月照小黑河

陶长坤 著

作家出版社

陶长坤　笔名黄炎，汉族，1944年生，山东省滨州市人，中国作家协会会员。1968年华东师范大学政教系本科毕业。1982年辽宁大学中文系中国现代文学专业研究生毕业，同年获东北师范大学文学硕士学位。研究生毕业即在内蒙古师范大学中文系工作，直至2006年退休。教授、硕士生导师。曾任内蒙古师范大学文学院首任院长、中国现代文学研究会理事。从事高教工作二十余年，出版学术著作《论象征主义文学》《小说创作新论》；出版长篇小说《静静的大运河》及"新文坛全传"长篇小说三部曲：《风流场》《风情场》《风云场》。

作者照

一脉山峦　自成风景

——《月照小黑河》序言

包明德

学者、作家陶长坤的散文集《月照小黑河》在作家出版社付梓出版。我作为老朋友首先表达欣悦与祝贺之情。

我与陶长坤相识于20世纪80年代初，曾同是内蒙古师范大学人。他跨入内师大校门不久，我就调离了内蒙古师范大学，到内蒙古文联工作，后来又到中国社会科学院文学研究所任职。几十年中，虽天各一方，但不绝交际，遂成老友，相知甚深。陶长坤原籍山东，出生于黄河岸边一乡村，既具齐鲁大地之豪放，又有孔孟之乡之儒雅。他十八岁离开故乡，辗转南北各地，或求学，或工作，最终研究生毕业后落脚内蒙古师范大学，在高校教书育人二十余年。

陶长坤既是教授、学者，又是作家，为中国作家协会会员。他教学业绩突出，曾获曾宪梓教育基金会授予的"高等师范院校优秀教师奖"；他科研成果丰硕，曾出版《论象征主义文学》《小说创作新论》等学术著作；他文学创作也成绩不菲，出版了《新文坛全传》三部曲和《静静的大运河》四部长篇小说。最近十多年，他又呕心沥血于散文创作，结集出版了这本散文集。

我们为记忆而讲述。本散文集分"月照小黑河""吊昭君墓""梦断兴安"和"坐床观海记"四个章节。作者秉持强烈的文体创新精神，随记随忆，叙议相悬，古今中外，融会贯通，展开绚烂的人文画卷，呈现一道道亮丽风景。读来，让人得到激情与美之感受的同时，收获知识的滋养与思想的启迪。

　　散文属于非虚构文学创作，是一种源远流长的文体。从春秋战国时期的诸子散文，历经唐宋时期的韩愈、柳宗元、范仲淹、王安石与苏东坡，及至现当代的鲁迅、郁达夫、曹靖华、钱锺书、夏衍、吴伯箫和杨朔等大家的作品，散文文体界定的演化与净化之历程是渐进而缓慢的。其作为非虚构文学创作的一个类型，现实中理论相对匮乏，写作上缺少创新。"拥有强固文体意识的作家不少，但是对于这样一种文体进行拓展的并不多。"在散文集《月照小黑河》中，读者可以强烈感受到作者由文体自发向创作自觉、创意写作的转变与开拓。作者在创作中充分调动知识储备，挥洒文学才情，激活过往记忆；同时，倾心张扬审美主体的潜质与效能，使得瑰丽的想象与奇幻的神思交错叠映。从而，大大拓展了作品的边界，使之臻于跌宕与辽远。例如："只见小黑河河身宽阔，碧水盈盈；河上大桥飞架，气贯长虹；两岸高楼林立，鳞次栉比。小黑河像一条腾飞的巨龙，已不再是当年的吴下阿蒙了。"沿着浒栏徜徉，"像读一本缥缈神秘的书，像看一幅幽远朦胧的画，像听一支深邃迷离的月光曲"(《月照小黑河》)。再如，在莎士比亚的故乡斯特拉福，作者通过神思奇幻，细腻传神地表达了对莎翁的理解与赞颂。让人感动，使人陶醉，启人深思。

　　散文集《月照小黑河》还有一个显著特色，是充溢着浓郁的学理气韵。恩格斯在1870年《致保尔·恩斯特》的信中说："在这个世界里，人们还有自己的性格以及首创精神。"在所谓全球化与知识经济的现今，在《月照小黑河》中荡漾的是民族特有的记忆、想象、智慧与情感，游走的是文化与学术的精魂。作者把乡愁与诗意的远方，把民族文化品格的张扬与世界文化视野的拓展等辩证统一关系，在作品中达到了完美熨帖的把持与表达，从而使得在审美理想的抒发中，体现了鲜明的地域性、民族性、人民性和现代性。在英国大地凭窗远眺，烟雨迷蒙中展现的一片锦绣原野，"绿得就像中国山西名酒竹叶青一样"。看到金灿灿、黄嫩嫩的油菜花，作者心头为之一振，又马上想到祖国的江南："在祖国江南的原野上，不也正盛开着片片的油菜花么？"（《草地赞》）在游览康桥时，作者沉湎于两个传说。传说总是美好的，他为第一个传说欣喜，为第二个传说感到骄傲。"因为这大名鼎鼎的世界之桥在传说中竟是采用中国的技术建成的，是鲁班子孙再造的辉煌，作为中国一分子的我，怎能不为之扬眉吐气，油然而生自豪之情"（《再见了，康河》）！另外，他每当想到莎士比亚时，总会联想起曹雪芹。无论在莎士比亚故居前，还是在莎士比亚剧院里，"他们俩在我的灵府中，或联翩而至，或交错出现，像两颗璀璨的巨星与日月同辉，光耀苍穹"（《追寻莎翁的背影》）。

亭亭山上松，瑟瑟谷中风。《月照小黑河》贴近时代，契合心灵。这里有风景，慢慢欣赏吧！

2021年初秋于北京龙泽苑

（**包明德** 中国社会科学院文学研究所原党委书记、学术委员，中国社会科学院研究生院文学系教授，中国当代文学研究会顾问，第十一、十二届全国政协委员。）

苍茫之间

孙 郁

象牙塔里的学者，有许多是文章家，只是兴趣不集中在散文写作里，他们自己被种种知识缠绕，一些审美的感受是被抑制了的。不过今天的情况发生了变化，许多学者开始从事创作，且成了一个现象。他们放下学院派的架子，也非布道者的样子，自如地写着，说着，世人称之为学者之文，意在与一般作品的区别，是有道理的。

陶长坤是我的师兄，年轻时本来想做一名作家，各种缘由却走上了学术之路。他研究现代文学，写过多本专著，但也不忘创作，出版过小说，现在又要推出自己的散文集，诸体兼备，可见是很全面的写作者。师兄的简历很有意思，出生于山东，曾就读于华东师大，赶上"文革"，离校后去了大兴安岭。十年风雨过去，考入辽宁大学，随高擎洲先生读研究生，毕业便到内蒙古教书，一待就是几十年。观他的文字，浓彩大墨有之，精神独白亦多，气象上带着蒙古高原的某些意味。他在晚年回忆自己的过去，苍茫间留着悲悯，阅尽人间冷热的时候，见识通达。我在其文本里很少看见书斋里的呆气，迷恋大自然，喜欢艺术，对于世间的看法，有一种儒者敦厚之感。我们常说文如其人，陶兄和蔼的样子，也注解了他的书写风格。

我与陶兄只见过几面，加之地域之隔，交往不多。他研究生毕业后，我才成为高擎洲先生的学生，虽说属于同门，对于他的经历很是模糊。读这本书，了解了他过去的点点滴滴。比如他在上海的求学，曲曲折折中，嗅出特定年代的气味。大兴安岭的十余年岁月，冰天雪地里的人影与风声，涵养了其生命意志。无边的林海雪原，足迹未尝没有血印，那些关于林地、风声、旷野的片段，以及冰路的曲折之迹，都让人感到神奇。长期面对荆棘丛生的世界，杜甫式的忧思是有的，以至行文藏有某些冷思。我想，他能以持久的毅力面对各种挑战，肯定是经历了磨难所练就的。

出身在山东乡下的陶兄，敏于人间冷暖，故土的谣俗也影响了自己。他的早期记忆也与莫言有重叠的地方，看他笔下的故土，乡下的生生死死，又那么凄婉惆怅。只是他没有莫言魔幻的感觉，文本依然带着民国乡土文学的忧伤。陶兄这代人，坎坎坷坷中，不失寻梦的热情，所历所思，带出的是历史的光影，温和的气息里，也能感到难言之隐。知道该珍惜什么，拒绝什么，所以，说他沿着"五四"那代人的路不停地前行，也是对的。

因了"五四"的背景，精神是不断敞开的。对于不同风格的艺术，都能较客观对待，思想又不安于单一，喜欢吸收鲜活的思想。他写欧洲所感，没有一般老人的迟钝，而是带着跳跃的灵思。那篇关于莎士比亚的文章，就看得出审美的宽度，是深味文学史的人才有的感叹。而关于华兹华斯译作的点评，也属于精于创作奥秘的专家之谈，批评家的尺度很是到位。古今中外的文学，凡能入心、入神、入眼者，悉能催出新绿，历史上精神有弹性的人，多是这样的。他读风景，也读人，在诸多文章中，看出没有被教授的职业所限，收放之间，快意也在其中。

在众多文章里，他对于曹雪芹、鲁迅情感最深，以为是自己写作的引领者。但他的文字，却是另一风格，在什么地方让人想起创造社青年的书写，感伤与柔情俱在。我想作者所以选择现代文学作为一生研究的对象，也与精神重叠大有关系。他的散文，感情浓烈，不掩饰自己的喜怒，有时候觉得笔下的画面，是被热情染过的。他引用郭沫若与徐志摩的句子，自己的语境也与那氛围颇为接近，从章法看，姿态是还保留着青年式的热情。我觉得这也是他生活的态度，不消极地面世，爱身边的自然与人，顾影自怜就不易见到了。

当代人写作，有时候被俗音所扰，顾忌的地方很多。透明的文章，不是人人可以写出，而修养的不足，也抑制了审美的表达。白话文本来从文言文中脱出，或者说是民间表达的经验的外化。但后来失去趣味，越发单薄化了。陶兄在无趣味的地方，要寻觅的是童真的诗意，每每在自然与历史中，得通灵之径。我觉得他是一个用心的观察家，田野之绿得之笔端，便有春的气；潺潺流水溅入辞章，泥土之气就扑面而来；于寂寞中听远远的雷声，在奔波中得闲雅之趣，于是就意绪起伏，峰回路转。陶兄喜欢的大概是这种动感的文章。

不错，人到老年，易滑入暮气之中，一是纠缠于单一语境里的恩怨，一是陷入与世隔绝里的自闭里。我看到一些老干部体的文字，觉得是枯燥的游戏，丰润的表达甚少，是不鲜活的。老年的文章，大凡出色的，都有一种逆俗的意蕴。季羡林是丰赡闲远，王蒙是热气蒸腾，都有不同的审美风致。陶兄不走京派老道之路，也非浪漫之舞，而是葆有童心，对于世界睁着好奇的双眼。这在我看来，是他乐天精神使然的。夕阳的美在于没有垂暮的悲哀，虽然路途已短，却依然灿烂。孔子说，乐而忘忧，不知老之将至云尔，那是何等豁达的境界。

现在年轻一代，对于前人所历，未必了解。他们有时把远去的人与事，想得十分单一，不知道生命的多样性。教科书所载的内容，还不能够覆盖人间的所有。每个人的经验都是不会重复的，个人有个人的路，看那长长的足迹，刻着多样的我们未知的形影。在这个意义上说，陶兄所述，都是亲历的经验的一种，没有欺世的妄念。人的意义在于不断发现我们忽略的东西，在没有风景的地方创造风景。如是，我们便不再被无趣所裹，也因之而笑对人间的一切。

2021 年 6 月 26 日

（**孙　郁**　中国人民大学学位委员会副主席，文学院教授，博导；教育部长江学者特聘教授。曾任《北京日报》文艺周刊主编、鲁迅博物馆馆长、中国人民大学文学院院长。主要作品有《鲁迅忧思录》《椿园笔记》《往者难追》等。）

江郎才尽（自序）

中国有一句成语，也是一个典故，曰：江郎才尽。江郎者，南朝人江淹也，著名文学家。少年早成，即有文名，但晚年才思枯竭，大不如昔，故人谓之江郎才尽。我非江郎，本无大才，即使略具小才，亦自感才尽矣。

我一生无他爱，唯爱文学，爱诗歌，爱散文，更爱小说；写过诗歌，写过散文，写的更多的也是小说，达六部之多，二百余万言。

我最早喜欢的是诗歌，最早开笔创作的也是诗歌，那是在中学时代。初中的时候，我就在县报上发表过五言四句的豆腐块小诗，还得了两元钱的稿费，乐得忘乎所以。到了高中时代，我不断地在学校墙报上发表校园诗歌，达一二年之久，成了个小小的"校园诗人"。那时写的诗，今天看来，也不过是顺口溜、打油诗，下里巴人者也。大学之初，还一度学写过旧体诗，并曾给北京大学的王力先生写信请教过诗词格律问题，且得到他老人家的复函，予以热心指导。但我天生缺乏音韵方面的禀赋，分不清平仄，终究知难而退了。再说，一个时代有一个时代的文学，旧体诗词已是过时的东西，明日黄花，纵使李白、杜甫、苏东坡再生，也难以振兴了；就是将他们当年的名篇佳什移到今天才发表，恐怕也引不起什么轰动，甚至也少人问津了。不过，我偶尔还写几首文言打油诗，游戏笔墨而已。而对白话新诗，我也渐渐失去了兴趣。五六十年代，我也曾喜欢过贺敬之、郭小川们的诗，但那类诗体，后来也式微了。特别是今天有些所谓的朦胧诗，云山雾罩的，我连看都不爱看，也看不懂，更不用说学写了。

大学时代，我就开始写小说了，而且还是大部头的长篇。大学三年级的时候，我们全班同学去安徽定远县搞了近一年的农村社教运动（亦名"四清"运动），回来后即是"文化大革命"。我是"逍遥派"，便"躲进小楼成一统"，偷偷地写起了小说，题材便是以下乡农村为背景的农业合作化。大学毕业后，我分配到白山黑水林海雪原的大兴安岭工作，此期间完成了一部作品，初名《英雄谱》，后定名为《山村晨曲》。我殷切希望她能出版问世，正如十月怀胎，总望一朝分娩。于是便寄到了上海文艺出版社，并在致编辑同志的信中说可文责自负，不料某编辑回信说，"文责自负"乃右派言论云云，顿时唬得我舌头伸出有三尺长，书自然未能出版。八十年代初，我在辽宁大学读研究生期间，又开始创作起以大学生活为题材的长篇小说，名曰《丽娃河畔》，也未能出版。我真正出版的，是到内蒙古师范大学任教后创作的以中国现代作家生活为题材的《风流场》（工人出版社），及以大学师生为主人公的改革题材小说《静静的大运河》（大众文艺出版社）。小说是叙事性文学作品，主要讲究的故事情节，表现不出太多的才气。当然也不尽然，曹雪芹的《红楼梦》，就是一部才气横溢的大才子书。

我认为，最能酣畅淋漓地表现文气和才气的是散文。散文可记叙，可描写，可抒情，可议论，十八般武艺皆可用得上，可将才气发挥到极致，如唐宋八大家无不如此。故此，我也断断续续地写过一些散文，特别是在退休之后。我写的散文并不多，也并无名篇佳什，却倾尽了我的才气，或者说把我的些许才华发挥到顶点了。从这种意义上说，亦可谓江郎才尽了。不过不是说今不如昔，而是说在这些散文，特别是几篇自以为较好的美文身上，呕心沥血，穷才竭智了。

我平生爱美文，也尝试着写美文。所谓美文，就是语言美、意境美、情思美的至美之文，一个"美"字了得。或华光四射，《岳阳楼记》《赤壁赋》《长江三日》是也；或秀丽柔媚，《洛神赋》《桃花源记》《荷塘月色》是也。行于所当行，止于所当止，行云流水，飞光溢彩，美之极矣！

我也写出过自认为较好的几篇美文，如《月照小黑河》《胡杨啊，胡杨》《吊昭君墓》《梦断兴安》《坐床观海记》《草地赞》《凄美的落梦湖》等。我写这些散文的时候，如醉春风，如饮芳醇，如醍醐灌顶，心旌摇荡，神怡气爽，物我两忘，近似迷狂，进入一种出神入化的境界。

苏东坡曾言："我一生之至乐在执笔为文之时，心中错综复杂之情思，我笔皆可畅达之。我自谓人生之乐，未有过于此者也。"我服膺其言，不辍为文，乐于为文，甘之如饴；纵地老天荒，海枯石烂，亦不悔也。

最近忽生一念，将过去写过的散文或近似散文的东西搜罗起来，编为一集，并将我自认为具有代表性的一篇《月照小黑河》的篇名做了集名。我的全部才气、才华、才情都凝聚和绽现在了这部散文集上面，既是才尽，也是尽才了。

目　录

第一章　月照小黑河

月照小黑河

十多年前，我曾偶尔漫步到小黑河畔。依稀记得，那时的小黑河，只见荒草萋萋，乱石堆岸，不仅不成河，连小溪也不是，一丝水流也没有，干涸到底，像一条僵卧的蛇。岸边散落着几个小村庄，兀立着几株老枝纵横的古树，树上叽喳着几只鸟雀，仿佛在诉说着历史的沧桑和时下的凄凉。

转眼间，十多年岁月悄悄地过去了，沧海变桑田，小黑河及其周边发生了石破天惊的变化。只见小黑河河身宽阔，碧水盈盈；河上大桥飞架，气贯长虹；两岸高楼林立，鳞次栉比。小黑河像一条腾飞的巨龙，已不再是当年的吴下阿蒙了。

一天夜晚，一个风清气朗的月夜，大约还是三五之夜。我踏着溶溶的梦似的月光，孑然一身地来到小黑河身旁，沿着浒栏徜徉。目不暇接，或天上，或地下，或河中，或两岸，像读一本缥缈神秘的书，像看一幅幽远朦胧的画，像听一支深邃迷离的月光曲。

天上的月亮很大，也很圆，像吹鼓的白气球。这是塞上月，边关月，月里的嫦娥也随王昭君出嫁到塞北来了。她款款地走出广寒宫，轻舒长袖，口吐莲花，洒下无限皎洁的月光，洒满世界，洒满青城，洒满小黑河。月光与河水拥抱起来了，亲吻起来了，交融起来了，化为浑然的一体。月光如水水如天，不知是月光化成了水，还是水化成了月光，水、月、天朦胧成了一个空灵的神境仙界。

月照小黑河，河水波光潋滟，碎银万点。河中没有蒲苇，没有菡萏，也没有荇藻，只有澄澈的晶莹的温润的水，水中只有一个圆圆的大大的月亮。蓦然，水中的月亮幻成了一个青春靓丽的妙龄女子，衣袂飘飘，蹀躞翩跹，渐渐浮出水面，像一朵盛开的芙蓉。我灵府中顿时涌上许多描写美女的艳丽诗句："手如柔荑，肤如凝脂。领如蝤蛴，齿如瓠犀。螓首蛾眉，巧笑倩兮，美目盼兮"，是《诗经·硕人》中描摹庄姜之美的；"增之一分则太长，减之一分则太短；著粉则太白，施朱则太赤。眉如翠羽，肌如白雪，腰如束素，齿如含贝。嫣然一笑，惑阳城，迷下蔡"，是宋玉夸赞邻女之美的；"行者见罗敷，下担捋髭须。少年见罗敷，脱帽著帩头。耕者忘其犁，锄者忘其锄。来归相怨怒，但坐观罗敷"，是《汉乐府·陌上桑》中称颂罗敷之美的；"其形也，翩若惊鸿，婉若游龙，荣曜秋菊，华茂春松。仿佛兮若轻云之蔽月，飘飖兮若流风之回雪。远而望之，皎若太阳升朝露；迫而察之，灼若芙蕖出渌波。秾纤得衷，修短合度。肩若削成，腰如约素。延颈秀项，皓质呈露。……"，是曹植歌讴洛神之美的。但我觉得，这诸多穷形极相的艳词丽句都不足以表达我眼前女子之美。她是谁？——嫦娥？洛神？西施？王嫱？……都是，又都不是。大音希声，大美无形，那就姑且称其为"娉婷"吧。娉婷者何？绝色美女之谓也。

娉婷微笑着朝我走来了，走来了，走来了……我急忙迎上去，她却倏地一转身消失了，留给我嫣然的一笑，也留给我一丝的怅惘和遗憾。

我随即想到了王昭君。两千多年前，南国女子王昭君去国出塞，就来到了阴山脚下的小黑河畔，离此不远处，就有她的坟墓，名曰青冢。千百年来，人们对她见仁见智，众说纷纭，但不管怎么评说，因她出塞和亲在一定程度上安定了天下，是功不可没、足垂青史的。我想，在我驻足的地方，也许王昭君也曾伫立过。那是个秋风萧瑟的黄昏，苍山如海，残阳如血，她身着皮袍，头戴毡帽，茕茕孑立，形影相吊，远眺着故国故乡，满怀乡思乡愁，浮想联翩，心里叹息着：天下太平，胡不归？她有自豪，也有幽怨，还有恼恨，甚至懊悔。但她终究老死朔漠，献身青山，埋骨边野，一抔黄土怎能掩其千古风流？

　　我似乎踏着王昭君的足迹，沿小黑河岸向前走去。三十多年前，我也像王昭君出塞一样，来到阴山山麓，安家落户，扎根师大校园。我也曾想回归故里，重返桑梓；我也曾乡愁绵绵，夜不能寐；我也曾望月伤心，临风洒泪；我也曾……但终究永留了下来，长做了内蒙古人；今日思来，倒也无怨无悔。

　　忽然，一群数以百千计的黑色小鱼儿，像柳叶一样地悠悠漂来。她们参差不齐，却方向同一，一致朝岸边游拢。一只只小巧玲珑，摇头摆尾，像水中的幽灵——不，精灵！水中没有杂草小虾，不知她们在觅食什么，但却仿佛听到了她们愉快的喳喋声。惠子曾对庄子说，你不是鱼，怎知鱼之乐？庄子当即反诘道，你不是我，怎知我不知鱼之乐？我亦非鱼，但我却知此时此水中的鱼儿是快乐的，因为我看到，她们"出游从容"，是自由的。人得自由快乐，难道鱼得自由会不快乐？人鱼同心，心同此理，这也许算得上一种普世价值吧？为官者，须知民情；观鱼者，应晓鱼情。察情观态，岂能不知鱼之乐？

　　我继续沿岸前行，月亮也渐渐西移，真个是"明月却多情，随人处处行"，月儿也更加明亮皎洁了。河心明净处，像一面长镜子，映着天光云影。徐风袭来，漾起层层波纹，并不断扩展着；水中的云影和月影、树影和楼影、桥影和灯影，也微微颤动起来，摇曳起来，迷离起来，暧昧起来，懵懂起来。夹岸的是两堵蜿蜒的树垣，如同给小黑河镶嵌上两条边。树在白昼是浓绿的，但在夜间却是墨黑一片，倒映在水里，像两脉逶迤的山。不知从哪儿飞来了一只夜枭，在河面上盘桓了一阵，长鸣几声，又倏然飞走了，落进了岸边的森森树丛中。

我又想到了花木兰。王昭君是汉宫楚女，历史真人，湖北秭归有她的故乡。而花木兰则是民间传说中人，文学作品中人，也许是实有其人，也许是虚构出来的北国巾帼英雄，极富传奇色彩。据说，花木兰是南北朝时期北朝后期人，籍贯、生卒年、姓氏，迄今众说纷纭，莫衷一是。还有的说她是内蒙古和林格尔人，幸哉！站在小黑河岸边，举目南望，穿过历史的烟云，就可看到北魏的早期国都——盛乐。遥想当年，小黑河一带，也曾是金戈铁马、刀光剑影的古战场，《木兰辞》中"且辞黄河去，暮宿黑山头"，就是写的这一带。小黑河是黄河的支流，"黑山"即在呼和浩特东南不远处。我仿佛看到花木兰英气勃勃，横刀跃马而来。"将军百战死，壮士十年归"，花将军，归去来兮！转瞬间，我又似乎看到花木兰"脱我战时袍，著我旧时裳；当窗理云鬓，对镜帖花黄"。脱掉戎装换红妆，又由壮士变村姑。战争固然造就英雄，但还是没有战争的好。刀枪入库、马放南山，总比烽火狼烟、血流成河的好。君不闻"利镞穿骨，惊沙入面。主客相搏，山川震眩，声析江河，势崩雷电"的惨烈战争场面吗？战争意味着毁灭，和平才能建设！

中国古代，是典型的男权社会，女子倍受歧视。连孔圣人都说："唯女子与小人为难养也。"以至于鲁迅先生不无愤激地反讽道："中国的男人，本来大半都可以做圣贤，可惜全被女人毁掉了。商是妲己闹亡的；周是褒姒弄坏的；秦……虽然史无明文，我们也假定他因为女人，大约未必十分错；而董卓可是的确给貂蝉害死了。"在根深蒂固的男权社会里，王昭君与花木兰却脱颖而出，裙钗不让须眉，流芳千古，永照汗青。这也是小黑河的光荣，因为小黑河是她们生活和战斗过的地方，留下了她们早已消逝却永不磨灭的足迹。

我望着望着河面，河面却渐渐幻化成一片茫茫的草原，耳畔并响起了雄浑苍凉的胡笳声和歌声：

　　敕勒川，阴山下，天似穹庐，笼盖四野。天苍苍，野茫茫，风吹草低见牛羊。

诗中所写，是一幅多么安泰、旖旎、美好的塞上景象啊，是一帧何等迷人、熏人、醉人的北国风光图哇。小黑河就在阴山脚下，敕勒川上，当年即塞北牧场之水源，哺育着塞上儿女及万千牛羊。

我凝视着小黑河，忽又想到黄河和故乡。小黑河是中华民族的母亲河——黄河庞大躯体上的一根血脉，也是系在黄河母亲腰间的一条飘带。从黄河中游顺流而下，斗折蛇行，逶迤千里，就到达黄河的下游——齐鲁大地。那里有我的故乡，我家就住在黄河岸边七八里的地方，我在那里度过了儿童少年时代，看惯了那里的春风秋霜，日月星辰。我曾觉得家乡的月亮特别大，格外圆，更加亮，还写过一篇短文《月是故乡明》。可今天看来，想来，无论是小黑河上空的塞上月，还是黄河下游、渤海之滨的故乡月，是一样的大，一样的圆，一样的亮：千里共婵娟哪！

冥冥中，我仿佛乘上了一叶扁舟，轻轻地在小黑河河心荡漾起来，载着我的心，载着我的情，载着我的梦。水中的月亮驮着小舟，天上的月亮牵着小舟。小舟在皎皎月光中飞起来了。我站在舟头，仰天长啸。舟遥遥以轻扬，风飘飘而吹衣，不亦快哉？……

河面上泛起一层夜岚，如烟，似霭，飘拂着，蒸腾着，膨胀着：小黑河朦胧了。朦胧中，混融着草原、沙场、高楼、青冢……混融着历史和现实；混融着我的思绪和情愫。岸上盛开的花送来一缕缕幽香，沁人心脾，如同绵邈的仙籁。大概是邓丽君咏唱的那"夜来香"吧，我不免沉醉了。

月亮抚慰着小黑河，就像母亲抚慰着儿女一样。小黑河在母亲的怀抱里，无忧无虑地睡去了。月光下沉睡的小黑河特别美，就像个睡美人。

夜深时分，我怀着缱绻的缠绵的眷眷之情，依依不舍地离开小黑河，回到近在咫尺的家中。登上二十三层楼宇，凭窗而望：明月照高楼，流光正徘徊。只见林立的高低参差的楼房上，一个个窗口中都透着明亮的灯光，密密匝匝的，像无数只眼睛，又像无数枚明珠，还像无数颗星星。整个呼和浩特，火树银花，流光溢彩，成了座地地道道的不夜城了。小黑河由一只丑小鸭变成了白天鹅——不，火凤凰——在塞北大地上高高飞翔！我赞叹，我感喟：小黑河之巨变，并非造化之功，而是创造之力。人是万物之灵，只要充分发挥出潜能，是什么奇迹都能创造出来的。

我爱月色，也爱小黑河，更爱月照下的朦胧的小黑河。月白风清，如此良夜何？

无限春光在青城

我站在二十三层高楼的阳台上，伸开双臂，无声地欢呼道："春天到啦！"

春天到啦！春天就像个娇媚、靓丽而又娴静的少女，辞别冬天母亲，踏着时令的足迹，微笑着，袅袅娜娜、翩翩姗姗地来了。来到了塞北边陲，来到了阴山脚下，来到了敕勒川上，来到了呼和浩特——一座青色的城，又名青城。

青城就像个朝气、俊朗、英姿飒爽的塞上少年，紧紧地拥抱起春天。他们融通和合，孕养化育，催生了春天的青城，青城的春天。

春到人间万物鲜。

春天的苍穹是澄净、湛蓝、空灵的，衬着若有若无的丝丝白云。云霄深处，似有一个时光老人，向人间洒着明媚的春光。

春天的阳光是绚丽、灿烂、和煦的。她融化了冰雪，消弭了严寒，苏醒了万物。无论是晨曦，还是夕照，都鼓动着春的旋律和活力。

春天的风是和畅、温馨、清爽的，沁着花香，拂在脸上，如同亲人的吻。春风吹绽了桃花、杏花、丁香花，吹醉了芸芸众生的心。古人云：等闲识得东风面，万紫千红总是春。

春天的雨是洇润、细密、缠绵的，像蚕儿吐出的柔丝，像燕子呢喃的情语，像蜂儿滴沥下的蜜汁，霏霏复霏霏。雨丝沾衣而不湿，润物且无声，如同缥缈的梦——春妮的梦。

我来到了包头大街，它毗邻我家居住的小区——民望家园。曾几何时，这儿还是村落、田畴、阡陌；枯草、老树、昏鸦，典型而又落后的农郊。如今却已是青城的繁华所在，旖旎的都市风貌。一条宽阔、坦荡、轩昂的通衢大道贯穿东西，大道上涌动着绵延不绝的车流，奏鸣着汽笛交响曲。路的两侧，是成排成行的树篱和青松、白杨、绿柳；再后便是林立的高楼：永泰城、民望家园、颐和家园、万豪长隆湾、中海蓝湾、万豪美墅城、恒大华府……一个个居民小区依次排开，争胜斗奇。小区的居民多为当年的农户，他们可说是破茧成蝶，华丽转身，由农民而市民，由贫穷而富裕。包头大街俨然已成了精缩的长安街。

我来到了与包头大街相隔咫尺、并列平行的小黑河畔。想当年，这儿也曾是"一川碎石大如斗，随风满地石乱走"的荒河野沟，如今却已是碧水粼粼，春波漾漾。河道拓宽了，修成了牢固的水泥堤，延展迤逦，齐整俨然。紧傍河边的，是护栏和甬路，顺河身而蜿蜒，随水流而曲折。略上是树垣。树垣是绿的，河水也是绿的，绿树映绿水，绿光熠熠，绿色莹莹，绿意溶溶，绿气盎然，绿作一体，绿成一片，苍翠欲滴，绿波潋滟，好一个"绿"字了得！朱自清曾写过仙岩梅雨潭的绿（《绿》），宗璞曾写过杭州西湖的绿（《西湖漫笔》），他们描绘的都是南国的绿；我着墨渲染的则是小黑河的绿，青城的绿，塞上的绿，北国的绿，不似江南绿，胜似江南绿。河上飞架着座座雄伟而各具形态的现代化大桥，像条条纽带连接起两岸。桥桥相隔不远，彼此呼应，守望相助，宛如姊妹桥、妯娌桥，不亚于英国伦敦泰晤士河上的桥梁景观。高岸上是公园式的露天游廊，姹紫嫣红开遍。绿荫下，廊道上，徜徉着休闲观光的人，老少咸集，优哉游哉，似乎都醉在春风、春色、春光、春晖、春心、春梦里。

我来到了大召寺广场，这儿是最接地气、人气、古气的地方。广场中央矗立着高大的呈坐姿的阿拉坦汗塑像。据说，他是呼和浩特的缔造者、奠基人，和夫人三娘子共建了这塞北古城——库库和屯，又称三娘子城。广场上游人熙熙，欢声笑语，人们做着各种的娱乐活动，也做着各种小的生意。有吹糖人的，有爆米花的，有卖香火的，有要把戏的、照相的、放风筝的……真个是三教九流，五花八门。广场的北侧，便是巍峨雄伟而又金碧辉煌的大召寺，又名无量寺。山门洞开，香客不断，香火旺盛，香烟缭绕，香气氤氲。广场的西端，有两条悠长的古街，一条是古玩街（塞上老街），一条是美食街（通顺大巷）。古玩街上草原特产、民族工艺、珍玩奇石、珠宝饰品，琳琅满目；美食街上烧卖炸糕、羊杂爆肚、肉饼锅贴、肉干鸭肠、煎焖子、炸灌肠、螺蛳粉、刮凉粉、酸辣粉……香甜酸辣，百味杂陈。这儿的店铺古色古香，或古房新颜，或新房旧貌，沉积着厚重的市井文化、历史文化、民族文化、民俗文化的底蕴，也濡染着现代的馨香和气息。

我来到了回民大街（通道南路），呈现的是浓郁的伊斯兰风情。各种建筑镂图雕花、纯净明朗，都是典型的阿拉伯风格；以橙黄色为主调，杂以赤、蓝、紫诸色，五彩缤纷。川流不息的人群中，时见头戴小白帽或彩巾的穆斯林男女同胞。周边是回民的聚居区，也是民族团结的熔炉和象征，一片吉祥和美的气象。

与回民大街成曲尺形的，是中山路。中山路是青城的商贸中心，聚集着金旺角市场、艾博伊和宫食府、国贸大厦、香巴拉酒店、天元商厦、汇星国际影城、民族商场、王府井商场、维多利商厦、海亮广场、丰泰金翠丽广场、诚信数码大厦、新世纪广场等等。人烟辏集，商贸昌盛，自诩点说，堪比北京的王府井和上海的南京路。

与中山路对接的是新华大街。这也是一条新建的通衢大道，坦坦荡荡，车水马龙，直达小黑河、市政府。我来到了新华大街，一览风物，只见新建的高楼大厦比肩耸峙，峰联壁立，绵延数里，更觉气势恢宏磅礴。市府是呼市的心脏，新华大街则是青城仍在茁壮成长中的第一大动脉。

我来到了二环路的高架桥上。高架桥凌空而起，犹似一条卧龙，浴着春光，银辉闪烁，展翅欲翔；又似一匹草原骏马，奋蹄扬鬃，绕城驰骋。我记得，三十多年前，我初来呼市时，城市规模还很小，连条像样的马路也没有；可如今，不仅有了包头大街、新华大街、成吉思汗大街……有了一环、二环，乃至三环，而且在建的地铁一号线、二号线也即将通车。上面有纵横交织、密如蛛网的柏油马路，下面有贯通全城的地铁。青城，啊，青城，已成了高度现代化、立体化的塞上新城。

我来到了二环路旁的内蒙古自然博物馆。它位于青城的中心，高大宏伟，造型新颖，是一座地标性建筑，与博物院、体育馆三足鼎立，遥相呼应，比肩媲美，相映生辉。我走进了博物馆，顿感空蒙、庄严、浩渺的氛围。在这儿，可以穿越时空，穿越历史，穿越宇宙，上下百亿年，纵横兆万里，无不历历在目，叹为观止。天地玄黄，宇宙洪荒；天地氤氲，万物化醇。天地四方曰宇，往古来今曰宙。纵时空无限，宇宙无限，人类也在不断地认识自然，从必然的王国走向自由的王国。自然博物馆展现的是宇宙之光、历史之光、科技之光，是镶在青城腰间的一颗璀璨的红宝石。

凭空俯瞰，又可见将军衙署、清真大寺、清公主府、延寿寺、三贤庙、大盛魁老宅、辽代白塔、五塔佛寺、昭君青冢等诸多古迹名胜，千年遗存，散落在城里城外，也无不洋溢着春天的气息，焕发着春天的风采。

我走遍了条条大街，还处处可见街旁路边建有青城驿站、卫生间、休息站，乃至吸烟室等公共设施，星罗棋布。一座座玲珑精致，多姿多态，既方便了广大群众，又为城市增添了一道亮丽的风景。这大约在全国也是独一无二、罕见其匹的胜事创举。

⋯⋯⋯⋯⋯

我来到了大青山上，站立在高坡间，环顾周边群山。过去的荒山秃岭不见了，再不是"三春白雪归青冢，万里黄河绕黑山"的肃杀景象；到处青葱葱绿油油蓊郁郁的，草木一碧，层峦尽染。纵目向前望去，泱泱青城尽收眼底。一幢幢高楼如雨后春笋拔地而起，林林总总，熙熙攘攘，簇拥成一个博大而又锦绣的塞外美城。天空风和日丽，大雁排成人字阵嘎嘎叫着向北飞去，和平鸽儿集成群自由地翱翔。春光像无形的空气渗透到青城的角角落落，沁入每个人的肺腑。我不由得心血来潮，口占一诗。诗道：

云想衣裳花想容，塞上明珠多风情；
琼楼处处流华彩，无限春光在青城。

青城，一座崭新的城，高速发展的城，放飞梦想的城。我爱青春亮丽的呼和浩特，我爱春光满园的青城！

欲睹塞上美，请到青城来！

情满大青山

呼和浩特的北面，横亘着大青山，为阴山山脉的重要组成部分。夏季的一天，我登上了大青山一个高高的山头，近览远眺，大有"会当凌绝顶，一览众山小"的豪情和气概。

从山巅近望，皆层峦叠嶂，峰连岭接，沟壑纵横，树木葱茏。西面峭壁上，有一道瀑布，缓缓下流，似一面水帘，映着日光，飞珠溅玉。东面的悬崖上，古松倒悬，藤萝攀爬；裸露处，怪石突兀，立有一只苍鹰；山腰间，还有几只山羊，时而发出咩叫声。峡谷中，有小溪，水鸣潺潺，如奏乐然。

往南望去，可见敕勒川。古歌云："敕勒川，阴山下，天似穹庐，笼盖四野。天苍苍，野茫茫，风吹草低见牛羊。"今天的敕勒川，已非"风吹草低见牛羊"的茫茫草原，而是禾稼丰茂的碧绿田野。敕勒川上，静静地流淌着小黑河、大黑河。两条姊妹河滋润着肥沃的土地，并双双汇入黄河。

大黑河南岸，矗立着昭君墓，又名青冢。我仿佛看到，王昭君端坐墓室中，怀抱琵琶，弹奏着和亲之歌，吟诵着汉乐府：

上邪！我欲与君相知，长命无绝衰。山无陵，江水为竭，冬雷震震，夏雨雪，天地合，乃敢与君绝！

14

她一会儿着汉装，一会儿着胡服，时而笑逐颜开，时而乡愁浮面。琵琶声与冢外的河水声融在一起，淙淙玲玲，宛如新一代的《塞下曲》。

再往南望，可见盛乐古城——当年昌盛的北魏之都。我仿佛看到，鲜卑人在此繁衍生息，发展壮大，城内熙熙攘攘，百业兴隆；城外兵强马肥，号角连营。他们从这儿出发，扩土开疆，一路南下，直达洛阳。俱往矣，一代古都，已成历史遗迹。但在废墟周边，兴起了蒙牛公司、内蒙古师范大学新校区、和林格尔经济开发区，一片欣欣向荣、焕然一新的景象；不似当年，胜似当年。

我的目光在游移中，又看到了白塔。白塔为辽代建筑，已有千年历史，历尽沧桑。白塔在我的眼前愈来愈近，愈来愈高大，几与大青山齐。白塔本名万部华严经塔，为佛塔。辽朝，由契丹人所建，风云二百余年，敕勒川亦曾为其属地。白塔迄今仍屹立于大青山下，作为契丹人和辽代的一个象征。然而，契丹人和鲜卑人一样，在历史的长河中消失了，但无疑仍为中华民族的一分子。瞬间，我仿佛置身白塔巅，尽览历史的风云。

忽然，我左右两侧的山峰上，燃起了熊熊大火，绵延而去，红光映天。我不由得自问道：此为何火，如此猛烈？只听云端有声传来：这是抗日的烽火！只闻其声，不见其面，是历史老人在告诉我。我顿然大悟，对了，是抗日烽火。八十多年前，日寇侵占华北，直抵大青山地区，因此，大青山也燃起了抗日的烽火，并最终将敌人烧灭。大青山是英雄的山，胜利的山，光荣的山！

我俯瞰山麓，高楼耸峙，如峰如岭，俨然一座新起的都市，坐落在大青山的怀抱里，这就是我生活了近四十载的塞外青城——呼和浩特。三四十年间，呼和浩特由丑小鸭变成了白天鹅，由边陲小城变成了现代化都市。变化之大，几乎让人难以想象。我亲身经历和见证了她的变化，感慨系之，难以言表，只能振臂呼曰：美矣哉，可爱的青城！

仰望天空，隐约可见连绵的白云，如同与大青山相对的另一座大青山。透过缥缈的云山，可见齐鲁大地，那儿有我的故乡，桑梓之地。故乡啊，生我养我的地方，您的塞外游子站在大青山之巅，衷心地祝福你！

我看到，蜿蜒崎岖的山径上，攀登人络绎相随，不绝如缕。我仿佛看到了我自己的身影，我就是一步一步登上大青山山顶的。人生就如同登山，只有坚持不懈，才能登上最高峰。世上无难事，只要肯登攀！

八十年代初，我来到呼和浩特，成了内蒙古师范大学中文系的一名教师，集教学、科研、创作于一身，历经几十度春秋而不辍；虽称不上著作等身，可也算得成果丰赡，无愧于世，足慰平生。巍巍大青山，就是我的见证人。

太阳像一只火轮，沿着大青山岭脊缓缓地向西滚去，绚烂的晚霞渐渐为大青山涂上了一抹神奇的暮色；黄昏时的大青山，更加妖娆。我沐浴在暮色中，披着虹霓，伫立山头，晚风拂面，左顾右盼，盛情满怀，不知夜之将至。无形中，我与大青山融为一体，化为大青山的一块岩石。

大青山哪大青山，你是一部历史，你是一部经卷，你是一部史诗；你是一座巍峨的山，鲜活的山，伟大的山！

塞上雪

入冬以来，逶迤数月，没有飘落一片雪花；直到转过年来的正月初八，才下了第一场雪，已是立春的第二天，下的是地地道道的春雪了。

我在呼和浩特已生活了三十余年，度过了三十多个冬天。此前，每冬都要下几场雪，并且是大雪，有时还是暴雪；可去年却历久不雪，天干地燥，细菌病毒孳生、肆虐，许多人都得了重感冒，医院里人满为患。患者大多将病因归罪于老天爷不下雪。不下雪就盼雪，越盼越不下，越不下就越盼，有人带着哀求的口气叹息道：老天爷呀，你怎么还不下一场雪呢？

我过去对塞上雪司空见惯，习以为常，对雪和下雪毫不以为奇，也毫不在意，可去年得了感冒，并由感冒引发了肺炎，住了半月院才好。于是对雪也感起了兴趣，并也天天盼望起下雪来，大脑里已形成一个解不开的"雪"情结。

终于要下雪了。气象台虽然预报的是小雪，可我仍然很兴奋。雪是夜间下的，清晨我便下楼出门，站在台阶上观看雪景。只见房顶上、树身上、空地上，都覆盖了一层不薄的雪，大约有中等偏下的规模。四望一片白皑皑、白花花、白晶晶，仿佛一夜之间，造化给大地披上了一件鄂尔多斯牌的白羊绒衫。

天上还飘着零星的雪花。我手里握着MP3播放器，一面听着邓丽君的歌，一面穿街过巷地朝南湖公园走去。路上已见有人在自扫门前雪，还见几匹小狗子，在雪地上戏耍打闹。有小土狗，也有小洋狗，它们都是童狗，或者说是狗童，大约是第一次见到雪，心里充满了无限的好奇，蹦跳、撒欢、互追、大叫，竟成了雪地上的一道亮丽风景。狗似乎比人更热爱大自然，更喜欢新生事物，不然，为什么小狗已经在赏雪踏雪玩雪了，而许多万物之灵却还在床上睡大觉呢？

　　南湖公园位于青城的西南角，离我住的小区新希望家园不太远，二三十分钟就可走到；我到时，公园里已有少许人在踏雪了。

　　南湖公园里，并排着三个大小和形状相仿的小湖泊，一字摆开。东边的一个，我称之为东湖；西边的一个，我称之为西湖；中间的一个，我称之为中湖。我绕过东湖，直接来到了中湖。

　　中湖中间有一个圆形的小岛，小岛上有一个同心圆的祭坛，祭坛上还有一个同心圆的敖包，敖包上高插着一杆苏鲁锭，苏鲁锭上端和周围的树间扯起的绳上，挂着一片片彩纸。这是我常来攀登的地方。因为祭坛是全公园中央的一个制高点，站上去可登高望远，一览全园的景色。

　　祭坛的四周都是雪，我踏着雪地围着敖包转圈，一面祈祷，一面透过树隙观看四边的雪景。转着转着，我就转入了对雪的追忆中。

　　小时候，我看的是家乡雪。我的故乡在黄河之滨的华北大平原上，大雪一下，白茫茫一片大地真干净！留给我印象最为深刻的家乡雪后景象有两个：一个是大雪初霁，旭日东升，一只五彩大公鸡屹立在雪地上，昂着头，对着太阳引吭高歌；另一个情景是，太阳照大地，房顶上的雪开始融化，雪水在房檐上结成冰凌，如同大小不一的一根根獠牙；孩子们用棍将冰凌挑下，或放进嘴里，咯嘣咯嘣嚼着当冰棍吃，或拿在手里作为武器，互相打斗，做着三英战吕布、关公战秦琼之类的游戏。

大学时期，我在上海度过了五年。江南少雪，但有一年，却下了一场罕见的大雪，毛绒绒软绵绵地铺了厚厚的一层，足有小半尺深。同学们大都来自南方，还有的是东南亚国家的归侨。他们初次见到雪，欢喜异常，堆雪人、打雪仗、滚雪球，雪团横飞，雪粉迸溅，几乎将整个校园都闹翻了。

大学毕业后，我被分配到大兴安岭林区工作——那是名副其实的林海雪原。从此年的十月份到来年的五月份，足足有七个月的时间被雪覆盖。一旦下起大雪来，天地一片混沌，就像黏合在一起；天晴后，刮起毛毛风，卷着雪粉呼啸着飞扬，让人听了就会心惊胆颤。那雪是太酷又太可怕了，今天回想起来，还背后嗖嗖生冷。

读研究生期间，我人在沈阳，看到的是关外雪，并无什么特别新鲜处，故印象不深，心上几乎已全无痕迹可寻。

研究生毕业后，我来到呼和浩特工作，一住就是三十多年，年年见到的是塞北雪、塞上雪。年年见雪，就像年年读同一页书，读来读去，就熟视无睹、漫不经心了。

真正重新燃起我对雪的兴趣的，还是今年。

走下祭坛，向西走去，来到西湖的一座小桥边。这是一座木质的小桥，高低参差，曲栏回护，玲珑剔透，颇有江南园林中小桥的雅致。我走在桥上，看天低云厚，雪花飘零，忽又想到《三国演义》第三十七回中那首脍炙人口的咏雪诗："一夜北风寒，万里彤云厚；长空雪乱飘，改尽江山旧。仰面观太虚，疑是玉龙斗；纷纷鳞甲飞，顷刻遍宇宙。骑驴过小桥，独叹梅花瘦！"我很喜欢这首诗，眼前的景象与诗中所描写的又何其相似乃尔，只可惜缺了头咴咴叫的小毛驴儿。

走过小桥，前面便是一片黑苍苍的小树林了。绕过树林，又来到西湖北岸；走下岸去，来到雪封冰冻的湖中央，游目骋怀，看周边盛景。随着雪花飞飘，我的思绪也又激扬起来。

自古以来，中国的文人雅士，总爱吟咏风花雪月，也多有名章佳句。李太白的"燕山雪花大如席"，是写雪大的；岑参的"胡天八月即飞雪"，是写边塞雪早的；"忽如一夜春风来，千树万树梨花开"，是写雪美的。大约雪的风情万种，万种风情，都让文人们写尽了。

中国古典文学名著《红楼梦》里，也多处写到雪，着笔最力的一处，是贾府的女眷们在大观园的芦雪庵中雪天即景联诗的那回。你一句，我一句，以雪为旨，串联成一首五言长诗："一夜北风紧，开门雪尚飘。入泥怜洁白，匝地惜琼瑶。有意荣枯草，无心饰萎苔……无风仍脉脉，不雨亦潇潇。欲志今朝乐，凭诗祝舜尧。"赞美了雪的高洁。

鲁迅虽为南方人，却也爱雪，他的散文诗集《野草》中，有一篇就名《雪》。他用对比的手法，既赞美了南国雪，也赞美了北国雪。"江南的雪，可是滋润美艳之至了；那是还在隐约着的青春的消息，是极壮健的处子的皮肤。""但是，朔方的雪花在纷飞之后，却永远如粉，如沙……""是的，那是孤独的雪，是死掉的雨，是雨的精魂。"

梁实秋也写过一篇名曰《雪》的小品。他紧紧扣住一个"雪"字，旁征博引，涉雪成趣，并点出了"雪的可爱处在于它的广被大地，覆盖一切，没有差别"，"雪最有益于人之处是在农事方面……俗语所说'瑞雪兆丰年'，即今冬积雪，明年将丰之谓"。确是一篇质、文俱佳的作品。

雪似乎越下越大，一片片雪花落在我的身上，很快便满身皆白，银装素裹，成就了一幅"孤身琉璃翁，独立南湖雪"的雪中剪影。

我的思绪化入了飞舞的雪花中，天、地、人、雪，融为一体，我也不知是自己化成了雪花，还是雪花化成了自己。

啊，美丽的塞上雪！

腊月雪

我撂下书本，站起身来，转身凭窗一望。啊，窗外又下起雪来。青城今冬雪多，已下过两场大雪。这是第三场雪了，但却是进入腊月以来的第一场雪，故名之腊月雪。啊，腊月雪，吉祥的雪！

我住在二十三层高楼上，视野开阔，晴日北望，可见巍巍的大青山。但今日下雪，唯余茫茫，大青山潜隐在了雪幕之中。

雪下得并非太大，但亦是纷纷扬扬，犹天降琼瑶，仙女散花。仙女散的什么花？是梨花、梅花，还是琼花？——都是，又都不是，下的就是雪花。不是梨花、梅花，琼花，却胜似梨花、梅花、琼花。

雪又下下来，雪上加雪，地上的雪更厚更白了，铺银砌玉一般。雪落塞北，雪落阴山，雪落黑河，雪落青城。雪落无声，犹似下着一场银色的梦。

渐渐地，雪越下越大，如同无数白色的蝴蝶满空翩翩飞舞起来。飞舞的雪将天、地，楼宇及其他万物都搅在了一起，整个世界融为浑然的一体。

我凝望着窗外的雪飞雪舞，心绪又随着雪花飞扬起来。我的心绪像雪花一样飘哇飘哇，首先飘到了我的故乡。我的故乡在鲁北平原，黄河岸边。我的故乡冬天也常下雪，下的是温润的雪。

雪花拂在脸上，暖乎乎的，像亲人的吻。大雪过后，便是半畴雪野。雪下面，是冬眠的麦苗。麦苗卧在雪被下，就似躺在母亲的怀抱里，静静地吮吸着母亲甘甜的乳汁，积蓄着春天返青后蓬勃生长的能量。故有农谚曰：冬天麦盖三层被，来年枕着馒头睡。雪，对我们家乡人来说，是丰收的象征，是生活的憧憬，是绽开的希望之花。

我的心绪又飘到了上海。上海，是我度过五年大学时代的地方，那里有我的母校——华东师范大学。上海很少下雪，有一年却下了场罕见的大雪，丽娃河畔的整个校园都沸腾了。同学们来自四面八方，五湖四海，有的还是东南亚国家的侨生。许多南方同学从未见过下雪，其兴奋之状不言而喻。滚雪球，打雪仗，堆雪人，有的还直接在雪被上翻筋斗，摸爬滚摔，极尽雪中之乐。这是江南的雪，鲁迅曾赞美说："江南的雪，可是滋润美艳之至了；那是还在隐约着的青春的消息，是极壮健的处子的皮肤。"但江南之雪却难以久存，即使下得很大，不久也就消融了，几乎不能隔夜，可谓美中不足、惜哉憾哉了。

我的心绪又不远千里地飞落到白山黑水、林海雪原的祖国东北边陲——大兴安岭。我有幸在那儿度过了十二载。那才是真正雪的世界，森林里，平地上，屋顶上，无处不是皑皑的白雪。雪下得既大，亦久。初秋时节即见雪，可至来年的春末，雪季达七八个月之久。那里经常有暴风雪，雪下得豪放又狂野。风卷着雪，雪挟着风，风雪纠缠在一起，扭结在一起，绞成一个个风雪的巨轮，旋转在林莽间。风雪和鸣，尖叫怪啸，狼嗥狮吼一般，令人惊悚不已。晴日里，有时卷毛风揭地而起，掠起雪粉满天飞扬，其锐叫声更是让人不寒而栗。但大多时日，却是风平雪静，艳阳高照，银装素裹，分外妖娆。漫漫雪季，恰是木材生产的黄金季节，也是林区百姓上山拉烧柴的最佳时候。清晨，一辆辆小拉车徐徐进山；黄昏，一辆辆小拉车拉着截成段的倒木、站杆，满载而归。拉柴车一辆接一辆，缕缕行行，络绎不绝，颇为壮观。拉车人一个个眉毛、嘴唇凝着霜，皆成苍髯老叟一般。每年，为了生计，我也要加入到这拉柴的行伍中，虽然艰苦备尝，且具危险，但倒也享受到了终生难忘的一种雪地驾车拉柴的"另类"生活乐趣。

八十年代初，我研究生毕业后，来到了青城——呼和浩特，成了内蒙古师范大学的一名教师，迄今已历近四十年。年年下雪，岁岁雪下，却习以为常，少有感触，漠然置之了。今日偶见下雪，却突发雅兴，引起浮想联翩。

我的茫茫思绪又从迢遥的大兴安岭拉回到窗前。窗外，仍然是飞雪翻跹，花团锦簇。古往今来，文人骚客写下许多脍炙人口的咏雪诗句。早在《诗经》中，就有关于雪的描写，如小雅《采薇》中的"今我来思，雨雪霏霏"，《信南山》中的"上天同云，雨雪雰雰"。咏雪之盛，莫过于唐。唐代诗人皆喜雪，几乎无人不咏雪。如李白的"燕山雪花大如席，片片吹落轩辕台"，杜甫的"窗含西岭千秋雪，门泊东吴万里船"，"乱云低薄暮，急雪舞回风"，岑参的"北风卷地白草折，胡天八月即飞雪。忽如一夜春风来，千树万树梨花开"，刘长卿的"柴门闻犬吠，风雪夜归人"，韩愈的"白雪却嫌春色晚，故穿庭树作飞花"，"云横秦岭家何在，雪拥蓝关马不前"，白居易的"晚来天欲雪，能饮一杯无？"，柳宗元的"孤舟蓑笠翁，独钓寒江雪"等等，皆成千古绝唱。

现代诗人咏雪之翘楚，自然非徐志摩莫属了。他有一首《雪花的快乐》，甚是脍炙人口。诗曰：

假如我是一朵雪花，
翩翩的在半空里潇洒，
我一定认清我的方向——

24

飞扬，飞扬，飞扬，——
这地面上有我的方向。

不去那冷寞的幽谷，
不去那凄清的山麓，
也不上荒街去惆怅——
飞扬，飞扬，飞扬，——
你看，我有我的方向！

在半空里娟娟地飞舞，
认明了那清幽的住处，
等着她来花园里探望——
飞扬，飞扬，飞扬，——
啊，她身上有朱砂梅的清香！

那时我凭借我的身轻，
盈盈的，沾住了她的衣襟，
贴近她柔波似的心胸——
消溶，消溶，消溶，——
溶入了她柔波似的心胸！

　　徐志摩笔下的雪花是那么潇洒、圣洁、温柔、欢快，是美的精灵，不仅自己是快乐的，而且给人间带来快乐。

　　风花雪月，乃自然之美，天赐之美，人之所爱，更是诗人之所嗜也。喜风花，爱雪月，钟情自然，实出自人之本能天性，无可厚非。然曾几何时，却贬"风花雪月"为士大夫情调，大加吐槽，逐其于正宗文学殿堂之外。今日看来，不免有些滑稽，甚至荒唐。可悲也夫！可叹也夫！

一片片雪花扑上窗来，顿时幻为团扇般大，紧贴在玻璃上。我注目细觑，她们是那么美丽、晶莹、纯洁。

雪花是美丽的！雪花乍看是圆的，仔细审视却是六角形。六只角围着中心两两对称。每只角又皆成枝状，多杈。杈杈相连相接，形成一幅精妙的图案，美轮美奂。古人又称其未央花。

雪花是晶莹的！雪花由小冰晶孕育而成，是结晶体，凝聚了天地之精华。看去薄如银箔，晶光莹亮，玲珑剔透，灿然生辉。奋扬起来，如满天飞玉，光耀宇宙。

雪花是纯洁的！纯洁者，纯粹高洁之谓也。雪花凝华生成，冰清玉洁，空灵澄明，一尘不染，绝无藏垢纳污之嫌，更无媚俗附庸之弊。洁身自好，实为自然界之君子也。

雪花又是既平凡又伟大的。说她平凡，是说她每一片每一朵，虽然美丽、晶莹、纯洁，但并非头角峥嵘，雍容华贵，很是普通，默默无闻；且量大数多，胜过恒河沙数，并非稀有。常言道：物以稀为贵，如黄金然，而雪非然。说她伟大，是说她们聚合起来，粘连起来，可成巍巍雪山，可成莽莽雪原；爆发起来，飞腾起来，怒吼起来，可以摧枯拉朽，可以摇天撼地，可以翻江倒海。雪可净化空气，消灭害虫，滋润大地，装点江山。雪于人于世，益莫大焉，岂非伟大哉？

翌日，雪住天霁，红日东升。我来到小黑河的一座大桥上，俯瞰冰冻雪封的小黑河，似一束白练，犹一条银蛇。凝望着，凝望着，银蛇忽然蠕动起来，活泼起来，腾跃起来，随即凌空而起，扶摇直上，冲向云霄……

我不由得高喊一声：啊！中国龙！

鲁迅说：雪，"是雨的精魂"。我赞美雪！

地上的街市

　　有人曾说：郭老，郭老，诗多好的少。我读过郭沫若的许多诗，也颇有同感。但既然"好的少"，就说明还有好的。在我的印象中，起码有两首是好的，而且是很好的。一首是《凤凰涅槃》，一首是《天上的街市》。前者激情澎湃，后者意境优美，皆非一般弄诗儿堪比。

　　我有幸乔迁新居，住在二十三层寓所，高高在上，视野非常开阔。凭南窗可看高楼林立，依西窗直视包头大街。夜晚到来的时候，万灯齐亮，光辉灿烂，楼与街相映相融，浑然一体，构成一个繁华的地上的街市，一幅非常炫目的景观。每当此时，我便不由得联想起郭沫若的《天上的街市》诗，且往往默诵低吟起来。诗道：

　　　　远远的街灯明了，
　　　　好像是闪着无数的明星。
　　　　天上的明星现了，
　　　　好像是点着无数的街灯。

　　　　我想那缥缈的空中，

定然有美丽的街市。
街市上陈列的一些物品，
定然是世上没有的珍奇。

你看，那浅浅的天河，
定然是不甚宽广。
那隔着河的牛郎织女，
定能够骑着牛儿来往。

我想他们此刻，
定然在天街闲游。
不信，请看那朵流星，
是他们提着灯笼在走。

　　郭氏笔下的"天上的街市"虽然很美很美，却是想象的，缥缈的，虚幻的；而我眼下的"地上的街市"却是实在的，客观的，具象的。我爱郭沫若笔端的天上的街市，更爱眼前的地上的街市。倏然间，我又起了写诗的念头。现代诗与我渐行渐远，旧体诗又不善平仄。我只好胡诌几句，既不敢妄称"律"，亦不敢僭谓"行"，姑且自嘲为"哈哈体"，效上海大世界里哈哈镜的称谓也。敝诗曰：

满街灯火不夜城，车潮汹涌奔似龙。
大星小星下界亮，银河北斗落地明。
嫦娥舒袖凌空舞，七仙联袂穿街行。
此景岂只天上有，人间何处不蓬瀛？

高楼赋

我家住在青城包头大街北侧民望家园的二十三层上。从前窗往外望，是一片高楼；从后窗往外望，也是一片高楼；从西窗往外望，还是一片高楼；东面没有窗，但我知道，仍然是一片高楼。

高楼！高楼！高楼！……

我住在高楼上，周围环绕着无数高楼，不是鹤立鸡群，而是群鹤共舞。一座座高楼，簇簇拥拥，熙熙攘攘，如群峰争雄，层峦叠嶂；如原始森林，巨树参天；如浩瀚大海，连波叠浪；如万千哨兵，昂首挺胸。白日里，阳光下，各色高楼争辉，五彩斑斓；夜晚中，个个窗口灯火熠熠，群星灿烂。

啊！雄伟的高楼！壮观的高楼！瑰丽的高楼！……

我爱高楼。每当我站在窗口，望着远远近近的高楼，就心潮澎湃，浮想联翩。我会穿越时空，追溯历史名人贤达登楼抒怀的故事。遥想当年，唐王勃临滕王阁，挥洒出"落霞与孤鹜齐飞，秋水共长天一色"的佳句；唐王之涣登鹳雀楼，发出"欲穷千里目，更上一层楼"的豪言；唐崔颢登黄鹤楼，吊古怀乡，发出"日暮乡关何处是？烟波江上使人愁"的慨叹；宋范仲淹赋岳阳楼，借景抒情，咏唱出"先天下之忧而忧，后天下之乐而乐"的家国情怀；宋苏轼中秋望月，虽未登楼，却发出"我欲乘风归去，又恐琼楼玉宇，高处不胜寒"的人生感触。俱往矣！看今朝，楼更多，更高，更雄伟，遍及青城，遍及华夏。到处是琼楼玉宇，但并非"高处不胜寒"。

我年逾古稀，一生住过多种房屋：童年时代，住过土坯房；中学时代，住过砖瓦房；大学时代，住过楼房；浪迹大兴安岭时，住过板夹泥房；来到呼市后，又相继住过平房、简易楼房……两年前，住上了这高高的二十三层楼房。真个是更上层楼，步步升高哇！

高楼，不仅是一种宏大的客观物质存在，而且是一种象征，一种寓言。

高楼，象征着改革开放。没有改革开放，就没有中国大地的高楼林立，更没有塞外边城呼和浩特的万楼争雄。曾记否？二三十年前的呼市，还是一片片黑压压乌沉沉的平房和低层楼房，匍匐在大青山下，典型的塞北丑小鸭。但借着改革开放的春风春雨，一座座崭新的楼房像春笋和蘑菇一样从地里冒出来了，并越来越高，已堪与大青山比肩。

高楼，象征着现代生活。我小时候，脑海里就萦绕着"楼上楼下，电灯电话"的民谚。楼，寄寓着民众对美好生活的憧憬和愿景；高楼，更是现代美好生活的标志。我每到一个城市，最爱看的就是那千姿百态的高楼。每当我看到那一座座崭新的高楼，心里就充满了阳光和欣喜，甚至心跳都加快起来，血液都鼓荡起来，眼睛更加明亮起来。

高楼，象征着智慧和智能。座座高楼，拔地而起，直参云霄，磅礴于天地间，无不是心血、脑汁和汗水的结晶。没有建筑师们的智慧，没有建筑工人们的智能，没有现代的高科技，又怎有神州遍地的高楼？

俗话说：万丈高楼平地起。无论多么高的高楼，都是从地面一层层地盖起来的，并且要打很深很深的地基。做任何事情，都要有盖高楼的精神，深挖地基，夯实基础，扎扎实实，一丝不苟。欲速则不达，好大喜功更不行。且记住"眼看他起朱楼，眼看他宴宾客，眼看他楼塌了"（孔尚任《桃花扇·哀江南》）的历史教训。

我家楼下有一个小学，名滨河小学。滨河者，毗邻小黑河也。我常常站在窗口，俯瞰楼下的小学。居高临下，一览无余。或看他们排着整齐的队伍，鱼贯而入校园；或看他们聚集在国旗下，举行升旗仪式；或看他们上课间操、体育课；或看他们踢足球、打篮球；或看他们追逐奔跑，嬉戏打闹……一个个穿着鲜艳的校服，红、黄、绿、蓝、紫，诸色皆备，五彩绚烂。他们生动活泼，天真烂漫，像春天绽开的花朵，像自由飞翔的雏燕，像翩然花丛的蝴蝶，更像小天使、小精灵。每当看到他们，往往艳羡之情油然而生，恨不能重生一次，回归儿童少年，与他们携手共舞。他们刚踏入人生的初步阶梯，今后的路更远更远，我默祝他们在未来的岁月里，不断地更上层楼，更上层楼！

登高楼可以望远。极目四方，可见五湖四海，天涯海角，茫茫宇宙，大千世界。我站在高楼的阳台上，咏叹道：

登高楼兮望漠北，

无限边疆春风吹；

登高楼兮望江南，

江花似火水激滟；

登高楼兮望东海，

神姿仙态是蓬莱；

登高楼兮望天山，

雪莲花开在银巅；
登高楼兮望故乡，
黄河卷起千层浪；
黑河黄河紧相联兮，
愿将他乡作故乡！

又见南湖柳色新

南湖公园里，有许多的柳树，大都植于湖的四周。冬天的时候，一株株柳树叶子脱尽，灰不溜秋的，就像新近丧偶的黑色寡妇。可春风几度，柳条上很快泛出了鹅黄，便又生气勃勃起来。

我爱松柏，也爱梅竹，但更爱柳树。

小时候，我生活在山东农村，庄头上就有几株歪脖子老柳树，枝叶繁茂，柳枝依依，我们孩子们经常在树身上爬上爬下。有时候还折下柳条，脱下皮来，做成柳哨，一吹呜呜响，很是好听，很是悦耳。

大学时代，我在上海，华东师大校园内有一条小河名叫丽娃河，河的两岸生长着的都是柳树。如果说我家乡的柳树是本地土柳，有一种乡土气，那么，大学校园河畔的柳树就可谓之洋柳了。柳丝很密很长，婆娑婀娜，拂在水面上，如少女浣发——是我过去在乡下从没见过的垂柳。曾经有些日子，每当清晨，我就来到柳荫下背诵外语单词。河面上荡着轻雾，如绡纱一般，似梦似幻，往往使我痴迷沉醉而流连忘返。这段美好的日子时间并不很长，但却给我留下了非常深刻、且终身难忘的记忆。

大学毕业后，我到了东北边陲的大兴安岭林区工作。大兴安岭是落叶松和桦树的世界，但在小河岸边上，也偶有柳树生长。

我丝毫不记得那儿的柳树是什么样子的了，但却知道它的用途，那就是做菜墩。将一株老柳树放倒，就能锯出几个乃至十几个圆滚滚的菜墩。家家户户的厨房里，都用的是这柳木菜墩。有的还被带到内地，成了城市人家灶房里厨具中的珍品。

八十年代初，我到了内蒙古师范大学教书，三十多年来，忙于教学、科研、创作和行政工作，几乎对所有的花草树木都失去了兴趣。直到晚年，赋闲在家，常到相邻不远的南湖公园里散步，满园皆柳树，才又惹起了我对柳树的关注、青睐、欣赏。

我礼赞柳树！

柳树不择地而生，富有顽强的生命力。无论是肥田沃土，还是贫地瘠壤；无论是田边地头，还是道旁池畔，乃至石罅山缝，只要有些泥土，插上根柳棍，就能发芽生枝，茁壮成长。俗谚云：有心栽花花不开，无心插柳柳成荫，就是讲的它的这种随遇而生的特性。

柳树含有人性，富于人情美。在中国古代，就有灞桥折柳送别的典故和唐王维"渭城朝雨浥轻尘，客舍青青柳色新，劝君更尽一杯酒，西出阳关无故人"的饯别诗，还有"闺中少妇不知愁，春日凝妆上翠楼。忽见陌头杨柳色，悔教夫婿觅封侯"（唐王昌龄《闺怨》）的少妇思夫诗。无论是恋友，还是思夫，都是人之至性至情，都与柳树柳色相映相谐，自成意趣。那柔媚的柳丝，就是人性的缠绵，人情的缱绻。

柳树还是希望与光明的象征。君不闻"山重水复疑无路，柳暗花明又一村"的诗句吗？这貌似写风景，实则表哲理。人生之中，往往有若干艰难险阻，重重关山，有时似日暮途穷，身临绝境，但只要迎难而上，坚忍不拔，就能迎来柳暗花明！

柳树的优点多多，难以尽述。

南湖公园的湖心，有一丈余的高台，我常站在台上，放目观景。居高临下，只见四周柳树层层环绕，翠中带黄，黄中含翠，颜青色新，一片盎然。我不由得又想起陆游在绍兴沈园写的题壁词《钗头凤·红酥手》中的佳句："红酥手，黄滕酒，满城春色宫墙柳。"我眼前所见，不就是满园春色南湖柳吗？

我仿佛又听到柳哨响了，从遥远的童年、遥远的故乡吹来……

放纸鸢

正是农历二月末三月初、万物复苏的时节，呼市西南角的南湖公园里，桃花开了，小草青了，柳条绿了。刚完全开化不久的湖水毛茸茸、碧莹莹的，像初破壳的鸡雏一样，十分可爱。徐风吹来，拂皱一湖春水，波光潋滟。

我常常——几乎是每天——下午去南湖公园散步、踏青、游春。围着湖周遛一圈后，就到一个高台上，看孩子们放风筝。

湖畔的小广场上，开阔地上，都有不少儿童在大人的陪伴下前来放风筝。看吧，满天的风筝，争奇斗艳，色彩缤纷。有的像蜻蜓，有的像蝴蝶，有的像蜈蚣，有的像蜜蜂，有的像燕子，有的像老鹰……；有的在袅袅爬升，有的在缓缓平行，有的在奋翼翻飞……；有的高，有的低，有的大，有的小，颉颃上下，御风凌霄，翩翩然，飘飘然，好一幅群筝闹天的热闹景象。

风筝古已有之。我孙子的二年级语文课本上，就收有一首高鼎写的七绝，名曰《村居》。诗道："草长莺飞二月天，拂堤杨柳醉春烟。儿童散学归来早，忙趁东风放纸鸢。"纸鸢者，即风筝也。

古代的孩子们爱放风筝，今天的孩子们也爱放风筝，看来古今同心，人性相通啊。

每当看到风筝在天空飘飞，总不免拈出我的缕缕思绪。有时我想，风筝虽然飞得很高，但总被一根线牵着，再飞也飞不出放风筝人的掌心；倘将线儿完全放开，又会飞得无影无踪，失去了放风筝的意义……嘿，这倒成了一个二律背反的哲学难题啰！

夕阳西坠，月儿东升，天上的风筝已经息影，我也踽踽独归。回到家中，余兴未尽，操起笔来，写下小诗一首，题名《放纸鸢》。诗曰：

> 春风送暖桃花天，群童雀跃放纸鸢。
> 但见翩翩百鸢舞，犹有脉脉一线牵。
> 天高云远晴空碧，风生水起薄暮寒。
> 我欲乘鸢月宫去，长与吴刚做酒仙。

夜雨·桃花·喜鹊

　　夜间，下了一夜的春雨。淅淅沥沥的雨声中，我做了个长长的梦。梦者，蒙也。空空蒙蒙、朦朦胧胧、迷迷离离的，似真似幻，如烟若雾。

　　我仿佛来到了小黑河畔，乘上一叶扁舟，悠悠然驶入了桃花源里："忽逢桃花林，夹岸数百步，中无杂树，芳草鲜美，落英缤纷。"又仿佛行在山阴道上："大红花和斑红花，都在水里面浮动，忽而碎散，拉长了，缕缕的胭脂水，然而没有晕。茅屋，狗，塔，村女，云，……也都浮动着。大红花一朵朵全被拉长了，这时是泼剌奔进的红锦带。带织入狗中，狗织入白云中，白云织入村女中……"小舟漂行于中流，看不尽的良辰美景，旖旎风光，恍如置身画卷中。不知过了几何时，突遇一片沙渚。弃舟登渚，仰见前方高处，上矗一亭，题匾曰春雨亭。我纳闷良久，终恍然大悟：此乃苏东坡所建之亭。想当年，苏学士为官凤翔，因志喜雨而命其所建之亭为此名。我涉沙前往，渐见亭内有人影憧憧，并传来谈笑声。我趋前而视，认得是陶渊明、鲁迅、苏东坡三位前贤。他们围一石桌，各抱一杯清茶，促膝而谈，亲密无间，真可谓君子之交淡如水。陶渊明为我远祖，鲁迅为我宗师，苏东坡为我文偶，三人皆为我高山仰止者。我致上问候，他们皆起身欢迎。问余曰："先生从何而来？"余答道："呼和浩特。""所居何处？""民望家园。""因何至此？""神游而至。""所治何业？""文学。"三位贤达拊掌道："乃我侪同道也！"遂邀我入座，不免诚惶诚恐。我请教为文之道，三贤同声答曰："真善美三字足矣！"我深以为然。正相谈甚欢，忽听一蓑笠翁逆流而上，长歌道："好雨知时节，当春乃发生。随风潜入夜，润物细无声。……"其声高亢，嘹亮，将我从梦中惊醒，已是拂晓时分。

我是个爱做梦的人，只要酣睡就会做梦，有生以来做了无数的梦。有时一夜做若干梦，有时一夜只做一个长梦；有时做的梦支离破碎，犹如投石下水激起的涟漪，有时做的梦相当完整，就像连续剧。尽管做了千千万万的梦，但除了今晚的这个粉红色的梦，其他的全都忘却了，不管是噩梦，还是美梦。

一梦醒来是早晨。推窗远眺，雨虽不下了，天还灰蒙蒙、湿漉漉的，大青山隐约可见。温润的晓风吹进来，沁入我的心脾，一腔如洗，万虑皆空。我随即下楼，开始一如既往的晨间漫步。

我家小区的四周，种着各种的树。其东侧，有一片狭长的桃林，约有三五亩，植桃百千株，成行成列，密密麻麻的。昨天似乎还沉睡未醒，并没引起我丝毫的注意；今日信步而至，却骤见桃林尽染，一片红艳，一下夺走了我全部的注意力。一株株桃树上，繁蕾满枝，含苞半开，沾雨带露，像是睁开了无数只鲜艳红湿的眼睛。我徜徉在桃林里，雨后桃花分外鲜，看了这株，又看那株，流连眷顾，目不暇接，饱餐秀色，大快朵颐，不亦乐乎！我穿行在小小的桃林中，恍如坠入万顷桃海里，只见桃花快速地绽放，像是飞舞起无边无际的红色蝴蝶。

我爱草爱树爱花，尤爱桃花。我爱桃花开得早，最先带来春的讯息；我爱桃花美艳，淡妆浓抹总相宜；我爱桃花圣洁，质本洁来还洁去；我爱桃花……啊，桃花，你开在春天里，你开在大地上，也开在我的心田中！

我走在桃林里，就如游在花海里。走着走着，又不由得泛起思古之幽情，心头涌上古人的一些咏桃诗句：桃之夭夭，灼灼其华……桃花潭水深千尺，不及汪伦送我情……西塞山前白鹭飞，桃花流水鳜鱼肥……武陵故里愫情怀，系念桃花入梦来……人面桃花相映红……竹外桃花三两枝，春江水暖鸭先知……桃源只在镜湖中，影落清波十里红……桃花坞里桃花庵，桃花庵下桃花仙。桃花仙人种桃树，又摘桃花换酒钱……种种诗句入我脑中，就如大珠小珠落玉盘。

沉醉之际，忽听喳喳叫声，环视四周，乃几只喜鹊嬉戏于桃林中。雨后清晨的喜鹊，也似乎格外精神，特别漂亮：黑白相间的毛羽，流线型的身材，凤头细颈，长长的微翘的尾巴。它们飞来飞去，跳上跳下，叫个不停；有时落在桃枝上，有时落在林地上；或比翼双飞，或雌雄对鸣。桃林成了它们的乐园，成了它们的天堂。与喜鹊相伴的，还有一群小巧玲珑的麻雀。喜鹊喳——喳——喳——，高声宏嗓；麻雀喳喳喳，轻音细语。彼此睦邻相处，齐飞和鸣，相得益彰，共享着桃林之乐。

喜鹊是吉祥鸟。俗谚说：喜鹊叫，好事到！今年将有哪般好事、美事、乐事？——我期待着！……

闲步桃林里，花香鸟语，风醉色迷，不由得感从心生，诗自情出。随口诵一诗，云：

夜雨霏霏梦依稀，桃蕾初绽天晓时。
倩问谁人报花信？喜鹊登枝声声啼。

丁香花儿开

师大校园的西侧,有一片东西长的小树林,主要植的是丁香树,可称丁香林。四月末五月初,夏风温煦,正是丁香花盛开的时节。

一天,我来到了校园里,无意间看到了这片平日黯然无色、如今花意盎然的丁香林。看去如同一片灿烂的云霞,并透出芳醇的丝丝幽香。花不醉人人自醉,我不免醺醺然了。

我流连起来。

这片丁香林开的是两种花,一种粉红,一种青白;且红、白相间,以粉红为主色调。丁香花朵很小,由四片椭圆形的花瓣组成;可花朵繁多,团团簇簇,开满枝头,成为一面绚丽的花垣。有小蜂活动在花朵上,时而轻捷地游走着,时而安详地吮吸着,既不飞舞,也不嗡叫,愉快地享受着大自然的恩赐。那白如雪片的蝴蝶娘子却悠悠自飞,翩然翔舞,腾挪闪回在花丛间。

丁香树并非单株独立,而是成丛。一丛少则三五株,多则十数株。一般一丛一色,或红,或白;然却有一丛独具两色。此丛双色树,大约由人工造成,其花冠红、白杂陈,更加斑斓,特别令人青睐。

丁香树似乎既非灌木,亦非乔木,其条条躯干虬曲斜出,纵横交叉，甚或纠缠在一起，如盘龙。它们的根部聚为一体，深深扎入泥土里。树身上有道道树纹，树皮粗糙，但古朴苍劲。树身上长着树疙瘩，犹似健美壮汉胳膊上的肉凸。

丁香林的两端，挺立着高大的榆树，西端一株，东端两株。榆树上正长满榆钱，绿绿的，嫩嫩的，莹莹的，像是缀满了珍珠。西端的一株尤其挺拔伟岸，直干云天。高端枝杈间，还垒着个硕大的鸟巢，不知是鸦巢，还是鹊巢，因为我既没看到乌鸦飞来，也没看到喜鹊飞去。我想，大约是鹊巢吧，因为在塞北青城，乌鸦甚少见，而喜鹊却很多。再者，我喜欢喜鹊。喜鹊者，喜庆之鸟、吉祥之鸟也。

高大的榆树，如雄壮的金刚，呵护着丁香林；又似大哥哥，看护着小妹妹。在高大榆树的衬托下，丁香花苑彰显得分外地婉丽柔媚。

我走入丁香林里，林中错落地摆放着形态各异的黄色座椅。我选了张弓背的长椅坐下，静享这丁香花韵。日光从树隙间洒下来，斑斑驳驳、陆陆离离的，似当年盛行的朦胧诗。静谧中，花香更加浓郁，缕缕花香直袭心扉儿。

我的思绪随袅袅花香飞散起来。首先联想到的是戴望舒的名诗《雨巷》，并情不自禁地吟哦道：

> 撑着油纸伞，独自
> 彷徨在悠长、悠长
> 又寂寥的雨巷，
> 我希望逢着
> 一个丁香一样地
> 结着愁怨的姑娘。

她是有

丁香一样的颜色，

丁香一样的芬芳，

丁香一样的忧愁，

在雨中哀怨，

哀怨又彷徨；

　　……………

　　我知道丁香，就是从戴望舒这首诗开始的。在此诗中，丁香虽只是个喻体，但却是个非常美好的意象，化身为了"结着愁怨的姑娘"。我沉吟之际，仿佛真的有一个"哀怨又彷徨"的花季少女从丁香林深处向我姗姗行来。她是谁？——哦，丁香！

　　她走近了，走近了。我正待起身迎迓，她却倏地不见了，融身在了丁香花丛中，化作了幽幽花魂。然在我的脑海里，却深深地印下了她飘逸的倩影……

　　我在家乡，从未见过丁香；在上海、沈阳求学时，也未见过丁香；在大兴安岭工作时，更没见过丁香。只有到了呼和浩特，在师大校园里，才初识丁香的芳容。这片丁香林，大约已有几十年的历史，上世纪八十年代，我初到师大时，就似乎已经存在了，只是没有特别地注意过。一年一度，花开花落，只做了过眼云烟。今日如此特意地观赏丁香林，在我尚属首次。退休多年，岁月蹉跎，去日苦多，来日难测，反倒对旧景旧物，大动感情，爱之恋之，依依惜哉！

　　我国古代咏丁香的诗词不多，但也不算少，李商隐、杜甫、李煜、李清照、元好问皆有所作。最为著名的，当数李商隐的一首《代赠》（节选）：

楼上黄昏欲望休，玉梯横绝月如钩。

芭蕉不展丁香结，同向春风各自愁。

此诗是写爱情的，不过是失恋诗；丁香结可谓爱情结——解不开的爱情结。

女作家宗璞曾写过一篇千字短文，就名《丁香结》。文中有一段便是解释自然界的丁香结的：只是赏过这么多年的丁香，却一直不解，何以古人发明了丁香结的说法。今年一次春雨，久立窗前，望着斜伸过来的丁香枝条上一柄花蕾。小小的花苞圆圆的，鼓鼓的，恰如衣襟上的盘花扣。我才恍然，果然是丁香结！宗璞所说的丁香结，是含苞未放的蓓蕾，而不是当下正怒放盛开的丁香花。

古代咏丁香的诗，多与"愁"字结缘，丁香花也似乎成了愁怨的象征。但在我的心目中，丁香花赏心悦目，风情万种，是素雅和朴美的象征。她没有玉兰花的冷傲，没有牡丹花的妖冶，没有芙蓉花的浮艳，没有梅花的孤僻，没有杨花的水性，没有……；有的只是淡泊、娴静、清丽和高洁。

丁香花开了，正盛开着。花枝招展，花团锦簇，花香馥郁，花气醉人，为师大校园增色添香，美莫甚焉！

朋友，有谁不爱丁香花呢？

雾

今年，呼和浩特雪多，雾也多。大雪过后，便是数天的大雾。呼和浩特本来少雾，像今年这样，浓雾弥天，连日不开，实属罕见。我生活在呼和浩特几十年，还是第一次领略到如此雾景，幸莫大焉！

大雾茫茫，如宇宙洪荒，混沌一片。我站在楼上外望，山不见了，远处的楼宇不见了，二环路上的高架桥及双向奔驰的汽车也不见了。

我爱雨、雪，也爱雾。我爱淡雾、浓雾，也爱弥天大雾。淡雾，如烟如纱，飘拂起来，袅袅娜娜，若仙女的裙。浓雾，如绒如絮，厚重沉凝，流荡起来，沸沸扬扬，像涌动的潮。弥天大雾，如梦如幻，笼天罩地，充塞宇间，生成雾的世界，雾的乾坤。

中国古代诗人咏雪的颇多，而咏雾的较少。最早的一首，是南朝梁元帝萧绎的《咏雾诗》："三晨生远雾，五里暗城闉。从风疑细雨，映日似游尘。乍若飞烟散，时如佳气新。不妨鸣树鸟，时蔽摘花人。"萧绎是帝王，写的是宫廷诗，表达的是闲情逸致，但也精细地描绘出江南晨雾的一些特征。唐李峤之"类烟飞稍重，方雨散还轻"、苏味道之"氤氲起洞壑，遥裔匝平畴"，虽没出现"雾"字，但都写的是雾。杜甫《小寒食舟中作》诗中"春水船如天上坐，老年花似雾中看"，也写到了雾，不过是以雾比喻自己老眼昏花的，后来便演变成"雾里看花"这一成语。最有名的莫过于秦观《踏莎行·郴州旅舍》中的"雾失楼台，月迷津渡，桃源望断无寻处"了，画出了一幅空蒙迷离的雾景。

雾是可爱的！

我爱雾的温润。雾由小水滴和冰晶组成，温和湿润，既无霜的冷，更无冰的寒。身处其中，心适意惬，通体清爽。她润物无声，默默地涵养着世间万物。

我爱雾的缥缈。雾既实在，又似玄虚，缥缥缈缈，高深莫测。实与虚是相反相成的，虚实相生。缥缈之中，有大千世界。

我爱雾的朦胧。朦胧是一种诗意美。空蒙苍茫，氤氲扑朔，迷离惝恍，内蕴深藏，如水月镜花，海市蜃楼。朱自清的散文《月朦胧鸟朦胧帘卷海棠红》，几乎将朦胧美写到了极致。

近若干年来，百姓口头上常说着一个令人生恶的词，雾霾。雾霾是灾害，是祸患，是自然界的毒瘤，人人共恨之，举世齐灭之。其实，雾和霾本是两回事。雾由水汽凝结而成，是纯净的，轻柔的，丰润的，宜人的；而霾是尘粒、烟粒，飘浮空中，是干燥而秽浊的，于人于世有大害。霾侵入雾中，混合而成雾霾，是对雾的玷污，是对雾的亵渎。以致今天许多人已经将雾与霾视为一体，混为一谈，即使是纯雾，也误认为误称为雾霾了。

忽然，我由霾想到了贪官。贪官就是社会中的霾，严重地污染了社会空气。它既是物质污染，更是精神污染。反腐就是清霾。无霾之日，方为清平之世。

雾是处子，应当还雾以清白！还世间以洁净！

叼鱼郎

　　8月8日，是立秋之日。正如杜甫所言：好雨知时节。秋天伊始，风就善解人意地由溽热变得凉爽了。秋风从窗口跳进来，悄悄告诉我：秋天到了！

　　秋天到了，开始了一个新的季节。一年二十四节气中，我似乎对立秋特别敏感，特别钟情，每每觉得，这天与前一天迥然不同，其重要标志是：风凉了。凉爽的秋风一吹，夏日的烦躁为之一扫，感到了特别的惬意，特别的舒畅。

　　这天下午四五时许，我浴着秋阳秋风，又来到了小黑河畔，彳亍在岸边小路上，忽见河面和上空，飞翔着数十只鸟儿。前几次来时，也曾见过这种鸟儿在河上飞舞，但没有今天这么多，或二三只，或四五只，因此并没有引起我特别的注意。今天蓦地见到了这么多，心中为之一振，便注意上了这群活泼的小精灵。细细看去，这种鸟儿身形修长，翅灰腹白，鹰喙燕尾，煞是漂亮、潇洒、干练。我认得乌鸦喜鹊，也识得鹰雁鸽鸥，却似乎从未见过这种鸟儿。它比燕子大，比鸽子略小，轻捷灵敏，飞如天使。这是何种鸟儿？我正在困惑之际，身旁走来一个年长的手执长竿密网的清河工，便向他请教鸟的名字。河工答道："叼鱼郎！"

　　叼鱼郎！真好听！多么美的名字呀！不知为什么，我对汉语中的"郎"字情有独钟，颇具好感，觉得此字色味俱佳，掷地有声。我由"叼鱼郎"之"郎"马上联想到其他许多的"郎"，首先是牛郎。牛郎与织女的故事，在中国几乎是人人皆知。牛郎是淳朴、忠厚、勤劳的农夫，其与织女的爱情生死不渝，每年七夕鹊桥相会，成为人间佳话。昨晚恰值七夕，牛郎与织女相会之时。我念及此，不由得吟咏起唐刘禹锡的《浪淘沙》：

九曲黄河万里沙，浪淘风簸自天涯。

如今直上银河去，同到牵牛织女家。

其次想到的是货郎。货郎者，摇鼓挑担走街串巷叫卖小杂货的商贩也。小时候，在我的家乡，常见货郎来村，卖些针头线脑给妇女，卖些小玩具给儿童。他的串鼓儿一摇，咚咚咚，就将妇女儿童从各家各户诱引出来，团团围起货郎担子，挑三拣四，讨价还价，嚷声笑语，嘈杂成一片，很是热闹。小村陌庄，常年没什么趣事，所以来个货郎，就高兴得不得了。我生性爱热闹，所以爱货郎，因为货郎会带来热闹，带来快乐。倘货郎时间长了不来，就会倚门而望：货郎哥，怎么还不来呢？货郎是小本经济的小商贩，惨淡经营，聊以糊口而已，属草根一族。也许今天货郎已经绝迹了，但他们还游走在我甜蜜的记忆和梦乡中。特别是那厚重响亮的摇咕咚声，仿佛还震动在我的脑海深处。

再说的，就是小儿郎和少年郎。小儿郎就是儿童，满带乳臭的黄嘴小儿。每一个人都有自己的童年，都有自己的少儿时期，都有自己的童年记忆。我想到童年，就想到这样一首儿歌："小嘛小儿郎，背着那书包上学堂，不怕太阳晒，也不怕那风雨狂……"同时也会记起李白的《长干行》："郎骑竹马来，绕床弄青梅。同居长干里，两小无嫌猜。"小儿郎有一副稚气未退的面庞，有一颗纯真无邪的童心，有一种欣欣向荣的朝气，背负着未来的希望。小儿郎再向前跨进一步，就是少年郎。有一首《少年郎》歌是这么唱的："少年郎少年狂，少年怀里滚烫希望，少年敢为梦想去闯荡。少年郎少年狂，少年眼中燃烧倔强，少年的字典里没有投降。……"从小儿郎到少年郎，是一次跨越，是一种成长，也是一种成熟。

还想到的，是新郎。大凡世间男子，大多会做一回新郎的。新郎又与新娘相伴而生，没有新娘何来新郎？小时候，最爱看人家结婚。新郎或骑马，或坐轿，头着瓜皮小帽，身穿长袍，十字披红，胸戴红花，俨然戏台上的状元郎。新郎好在一个"新"字，初为人夫。我对新郎的感觉是：青春年少，英俊潇洒，朝气蓬勃。古人云：洞房花烛夜，金榜题名时。这是人生的一个美好时段，憧憬着新的生活，负载着正能量。可以说，人生千般好，无限风光在新郎。

河工师傅又告诉我："叼鱼郎又叫鱼鹰，以鱼为生。它俯冲到水面，就会叼上一条鱼来，故俗称叼鱼郎。"

我急忙放眼河上，看叼鱼郎叼鱼。此时已是六七点钟的样子，迫近黄昏，但夕阳犹在，阳光仍亮，河面上澄明如镜，倒映着近岸树林楼房的影子。河面的上空，便是叼鱼郎的世界。几十只叼鱼郎齐聚河上，在尽情地飞翔。时而围成一圈，首尾相接，作圆周运动；扇动的双翼，如绽放的云花。时而各自单飞，纵横穿插，上下颉颃。有的高飞，有的低掠。一只只舞姿翩跹，疾如闪电。河水中，也有叼鱼郎在飞，是它们投下的身影，明亮处呈白色，阴暗处现黑色。叼鱼郎不善鸣啼，只偶尔"吱"叫一声。它们飞得酣畅淋漓，天花乱坠，扑朔迷离，我也看得眼花缭乱，目眩神迷。但却并没看到哪只叼鱼郎叼上鱼来。

我问河工师傅，何以不见鱼鹰啄鱼？河工答曰："它们早已食饱，现在是嬉戏娱乐。鸟同人一样，吃饱喝足后，也会狂舞尽欢，共享快乐的。"

"它们夜栖何处？"我又问。

师傅往岸上一指："它们就住在旁边树林草丛中，安居乐业，产卵生子。现在叼鱼郎飞得多了，大约又增添了新一代的鸟雏。它们依水而居，繁衍生息；水清鱼肥，是它们最好的生存环境。"

师傅的话提醒了我，我向下游河段望去。小黑河是分段的，我在的这段水碧波清，群鸟争翔，而不远处的下一河段，却是荒草丛生，连一丝水流也没有，不仅没有叼鱼郎在飞，甚至连一只麻雀也没有。叼鱼郎飞到交界处，就马上折回，不肯越雷池一步。我这才意识到，叼鱼郎择地而栖，无水不来，无水不飞，对生态环境非常地挑剔。良好的生态环境，才是它们快乐的家园。推鸟及人，不亦如此吗？鸟选择环境，人也选择环境。不过，人不仅选择环境，还能改造环境，使其变得更加美好。良好的生态，已成人类社会发展的必然要求。当然这生态，不仅是自然生态、物质生态，还包括文化生态、社会生态、精神生态。

这些年来，呼和浩特的发展变化很大，不仅楼多厦高了，路宽道广了，而且树多花多了，成了名副其实的青城——青色的城。无论是通衢大道的两旁，还是小街小巷的两旁，遍植了柳、杨、榆、槐、桑各种树木，还开辟了若干新的公园。绿树成荫，满目青翠，风清气净，蓝天碧空，一尘不染，万物如洗，禽鸣鸟啭，蜂飞蝶舞，真的是一座宜居城市。生态优雅，城市宜居，市民人人成了幸福快乐的叼鱼郎。

我亲历了呼市三十年的沧桑巨变，由嫌生爱，由爱至宠。我今天可以不无自豪地说：

我也是一只叼鱼郎！

鹊　巢

我家南窗外，生长着几株紫槐树。槐树开花的时节，繁花累累，像是缀满了紫葡萄；乍望去，又似一片紫色的云霞。我读书或写作累了的时候，常舒目窗外，见到这亮丽的景色，就心旷神怡了。

有一天，我目光信马由缰地在槐树上徘徊，忽然看到在一株树的干杈间，有一堆黑魆魆的东西，仔细一瞧，竟是一个尚在建设中的鸟巢。不久就又看到，一对喜鹊——大约是情侣或伉俪吧，正在忙碌着。他们飞去飞来，飞去时孑然一身，飞来时衔一根木棍，来去匆匆，不知疲倦。雌雄各自忙碌，彼此连个寒暄和说情话的时间也没有。不知过了多少时日，一个新的鸟巢就建成了，——准确点说，是鹊巢。

新巢垒成的这一天，喜鹊夫妇举行了庆祝典礼。他们围着自己精心建筑起来的窠儿蹦蹦跳跳，叽叽喳喳，兴奋之情难以言表。

家有了，可以安居乐业了，相继而来的，便是生儿育女。终于有一天，我看到一只喜鹊脑袋挺出了巢外，静静的，安详而愉快，大概是在孵卵吧。又过了不知多少日子，我惊喜地看到，巢中挺出了多只小脑袋，此起彼伏，躁动不已。我想，这无疑是鹊雏了。

可怜天下父母心哪，喜鹊父母爱护自己的子女并不比人类差，甚至有过之而无不及。我又看到，他们忙碌得更起劲了，仍飞去飞来，不过衔来的不再是小木棍，而是小虫了。他们将虫子精确地放到雏儿的黄黄的小嘴里，仿佛说："孩子，多多吃，快长大！"我也看到，他们真的一天天长大了。

此后，我去了北京数月，回来的时候，已经是深秋了。我再望向窗外，落叶飘零，几株紫槐树几乎变得赤裸裸了。那只鹊巢还在，却是大煞了风景，一副破败不堪的样子。我凝视了很久，等待喜鹊老人的归来，却始终没有来，我的心不由得悲凉起来。

在呼和浩特，我常看到喜鹊，很少看到乌鸦；而在我们家乡，却是喜鹊少乌鸦多。小时候，我记得，我们邻村徐家，村周的棵棵树上，垒的都是密密麻麻的老鸦窝，因此得了个绰号叫老鸹徐家。乌鸦很恋群，常组成浩大的群体一起飞翔。鸦群飞起，像是给天空罩上一大片乌云。它们呀呀地噪叫着，声音也不好听。有时还遗矢下来，或落在人的头上、肩上、背上，甚至直接落到在院中吃饭的人家的锅盆里。这时人们就会骂一声：臭老鸹！

喜鹊是吉祥的象征，长得又体面又漂亮。修长的身材，黑白分明的羽毛，干净得一尘不染，叫起来温文尔雅，很绅士。人们常说：喜鹊叫，好事到！我小时候，常看到的村画，便是"喜鹊登枝"。

乌鸦就不同了，长得像丧门星；一身的黑，又像黑寡妇。它们天天呀呀着，似乎永远报道着不祥。人们骂过去的财主是"天下乌鸦一般黑"，骂说不吉利话的人是"乌鸦嘴"。乌鸦成了典型的负面形象。

其实，乌鸦也有乌鸦的长处，喜鹊也有喜鹊的短处。乌鸦喜群居群飞，集体主义精神强，常向人们作出警示，富忧患意识。喜鹊爱一夫一妇、一家一户地独处，从不组团结阵飞翔，总是报喜不报忧，只想讨人们欢喜。世间万物，并非好的绝对好、坏的绝对坏的。

鹊巢在冷风中抖颤，摇摇欲坠。我期待着年迈的喜鹊老夫妇携着他们的子女一起归来，却终究没有归来。他们还会回来吗？也许他们明年春天会回来，也许再也不回来了。

爆竹炸空满天红

上

星转斗移，时光荏苒，春节老人又跨过一年三百六十五日的行程，降临到神州大地，来到中华民间，进入城镇乡村，千家万户。

春节俗称年，过春节又俗称过大年。春节是中国最悠久最重要的传统节日，可谓之节日之冠。春节象征祥和、团圆、希望；又标志着一元复始，万象更新。新的一年到来，人们充满了新的期待，新的憧憬。

春节始自哪朝哪代，何年何月，我并无考究。有人说，始于周代，因为在周朝已有了"年"的名称，只能姑妄听之。但我坚信的是，北宋时期已经将年过得红红火火，有板有眼，因为有王安石的诗为证。诗为：

元日

爆竹声中一岁除，

春风送暖入屠苏。

千门万户瞳瞳日，

总把新桃换旧符。

王安石以朴实生动的语言描绘了当时放爆竹、喝美酒、换桃符、春风送暖、艳阳高照的新年景象，堪称神来之笔。

王安石是政治家、改革家，又是散文家、诗人。他其貌不扬，性情乖张、倔强，人称"拗相公"，苏东坡的老爸苏老泉对他最看不上眼，多有诟病。但他心雄万夫，饱读诗书——腹有诗书气自华。

我年近古稀，在人生的旅途上晃荡了六十余载，也就是说，已过了近七十个大年。每至春节，我总不免抚今忆昔，追旧溯往。虽然不能说我对过过的每个春节都记忆历历，但对几十年过年的起伏兴衰的大概情况却仍了然于胸。年年岁岁花相似，岁岁年年人不同啊！

建国初期，我正值童年。那时候，真个是百废俱兴，欣欣向荣，正如诗人艾青所写，凡花都在开放，凡鸟都在歌唱。孩提时代，我最盼望的就是过年，最喜欢的就是过年，最钟爱的就是过年，因为"新年到，真热闹，穿新衣，戴新帽，吃饺子，放鞭炮"；还有守夜，喝茶汤，磕头拜年，得压岁钱。压岁钱固然不会多，只不过角儿八分，但体现了人情味，人性美。

可好景不长，转眼到了五十年代末，中国开始了一个又一个的政治运动，也过起了革命化的年，不吃饺子而吃忆苦饭了。革命化倒革命化了，但没有了年味，也没有了人间烟火味、风俗文化味、亲情人性味……

下

历史跨入了改革开放的新时期，拨乱反正，正本清源，国家复兴，也渐渐恢复了过年的老传统，既顺应了民意，又接上了地气。如果说过去曾经是"王小二过年，一年不如一年"，那么改革开放后，倒真的像"芝麻开花节节高"，一年胜似一年了。三十多年来，虽也曾有过起伏跌宕，出现过民气低落节味不足的年份，但整体向好，更上层楼，却也是不争的事实。

今年，2014年，农历甲午年的春节，人们过得更是风生水起，如火如荼，马腾骥跃，气象万千。起码我是这样认为的，也是这样感知和体验的。

春节前，腊月初，我忽然得了严重的肺炎，住了两周的仁济医院方痊愈。民谚云，大难不死，必有后福。患了肺炎固然算不上什么大难，但对身衰体弱的年迈之人来说，也算得上一场沉疴。病愈出院，又来到光天化日之下，顿觉眼前一片光明，真是山重水复疑无路，柳暗花明又一村哪！心想，一定要好好地过一个甲午年，一个马年。老年人更珍惜过年，因为去日苦多，来日不长，过一个年就少一个年、过一个年就赚一个年了。

春节已到，儿女毕至。一家十余口欢聚一堂，辞旧迎新，乐莫大焉。

除夕晚上，夜帷方垂，一场丰盛隆重的阖家团圆宴就已开始。觥筹交错中，洋洋喜气里，祝新的一年和合、幸福、安康。晚宴后，一家人齐聚客厅，一面观看冯式春节联欢晚会，一面促膝说笑，或叙亲情，或谈见闻，孙辈绕膝，其乐融融。我坐于家人之中，笑逐颜开，飘飘然，陶陶然，自觉如《醉翁亭记》中的欧阳修：醉翁之意不在酒，在乎山水之间也。

子夜时分，四周鞭炮大作，辞旧迎新的大幕拉开。我与家人一起来到楼下门口，既喜看晚辈燃放爆竹烟花，又遍观全城欢度佳节的良宵盛景。

这是多么壮观的景象啊！

一挂挂鞭炮炸响，一簇簇烟花升空。千头鞭，二踢脚，窜天猴，米老鼠唐老鸭七匹狼飞龙在天百花争艳……应有尽有，满天绽放。有的直冲云霄，有的掠空斜飞，有的四散迸射，纵横交织，盘根错节，云蒸霞蔚，花雨缤纷，将除夕的夜空装点成一个绚烂多彩的魔幻世界。与斑斓的光色相伴随的，是各种鞭炮的爆响声，或群响齐鸣，或尖啸独叫，噼噼啪啪，轰轰隆隆，咕咕咚咚，如雷，如鼓，如哨，各种声音混融一起，汇成交响乐，胜似仙音天籁。高潮时，甚至山呼海啸、天崩地裂一般，仿佛整个宇宙都在沸腾，都在喧嚣，都在爆裂，都在摇颤……

春节——大年，是中华传统文化的集中体现，也是现世生活的晴雨表，还是民情民意的风向标。国家兴，则春节盛；国家衰，则春节殆。应当说，马年春节传递的基本是好消息，释放的大多是正能量。

春节过后，我心情渐趋平静淡定。煦日临窗，春风鼓荡。我坐于窗下桌前，随手拈过一支笔来，写下一首名为《无题》的七言八韵的旧体诗。诗曰：

爆竹炸空满天红，疑是琼花绽苍穹。
流光溢彩除夕夜，火树银花塞北城。
春风已度青山外，鹊唱又添故园情。
人道今年春更好，老骥奋蹄仰天鸣。

吟罢，感慨系之，心潮澎湃。

独步元宵节

冬天已然悄悄溜去，春天也已姗姗而来。但在塞北大地，却仍然是雪封冰冻。不过，在凛冽的朔风中，已透出丝丝暖意和温馨，绽露出点滴春的讯息。

今天是元宵节，中国五大传统节日之一。不经意间，我已度过了七十多个元宵节：儿童少年时代，是在山东故乡度过的；大学时代，是在黄浦江畔度过的；工作初的十来年，是在白山黑水、林海雪原的祖国北部边陲大兴安岭林区度过的；此后便几乎都是在青城呼市度过的，大约已有三十多次了。随着年岁的增加，对过节的兴趣衰减了，变淡了，虽然今天是元宵节，我却依然故我，是当作平常的日子过的。

我已退休多年，赋闲在家，优哉游哉，颐养天年，不亦乐乎？因无外事干扰，也就养成了一种基本生活规律：上午写点杂七杂八，下午读读书、散散步，晚上看看电视。这天已到下午四点多钟，按惯例该下楼散步去了。散步遛圈，已成我的生活习惯，几乎天天如此，日日如此，风雨无阻，雷打不动了。

我下得楼来，随意遛去，不觉又到了小黑河畔。我走下岸阶，来至河边。小黑河仍然是冰冻着，雪封着，像一条仍在冬眠的白蛇。岸旁的树林，树林后的高楼，都在默默地伫立着，青苍苍，黑魆魆的，无声无息；空气也像凝住了似的。岸边别无他人，唯我孑然一身，形单影只，踽踽独行。到处一片沉静，静得像广寒宫。我喜欢动，更喜欢静，静是庄严，静是深沉，静是凝重。在静中，可以思接千载，可以遐想未来，可以视通万里，海阔天空，翩若飞鸿，无所忌惮，自由自在。许多思想火花，是在宁静中迸发出的；许多智慧结晶，是在宁静中酿就的。古人说：宁静致远。此言不谬也！

我沿岸西行，乍一抬头，正见夕阳西下。此刻的太阳，又大又圆，但并非红艳艳的，亦非金灿灿的，而是白亮亮的。我凝视起它，它像一只大的白瓷盘，周边又镶上更加明亮的边，像是给它戴上了一个银项圈。太阳放出了若干光束，形成了一个桶状，中间是空的，如同一条隧道。我的目光便透过这条隧道，直抵太阳本身。太阳在旋转着，像一只硕大的陀螺，又像一个风火轮。黄昏的太阳下落得很快，眼看着它在一分一分一寸一寸地降下。夕阳在坠落的过程中，颜色也在渐渐地发生着变化，终于变得红彤彤的了，像是烤熟了的热地瓜。夕阳紧贴着前方桥上耸立的高架沉落，被桥架分隔成了三段，上面一个小半圆是红融融的，下面一个小半圆也是红融融的，中间被桥架挡住的部分是黑漆漆的。一眨眼间，夕阳便扑通一声，跌进桥后面的小黑河里了。我仿佛看到，还溅起了缤纷缭乱的水花——不，火花！

我在薄暮中登上了小黑河大桥（类似的桥，在小黑河上有若干座），转身东望，啊！东天上又挂出了比落去的太阳更大的月亮，像是在追赶太阳似的。我又盯起了新月，眼前又出现了一幅奇景：圆月变成了相隔不远、依次下降和缩小的三个，像一串糖葫芦，或一串吊灯笼，在微风中轻轻摇曳。我一生从未见过这种景象，直叹大自然的玄妙莫测，鬼斧神工。同时也悟到，若不亲临其境，细心观察，是体验不到大自然的真正美和多样美的。美乎哉？真美也！

　　倏然，桥上的灯都亮了，小黑河两岸的灯也都亮了，各条街道和幢幢高楼上的灯也亮了。随之，这里，那里，响起了洪亮的爆竹声，绽放出瑰丽的礼花。我的眼前顿时闪烁起了红的光、绿的光、黄的光、蓝的光、白的光……五花八门、绚烂多彩的光；光，光，光……我不由得悚然一惊：啊，今天是元宵节！

胡杨啊，胡杨

苍黄的天底下，是一望无际的茫茫戈壁。戈壁滩上，细石似卵、枯草若丝，几不见一朵花，一棵树，一只鸟儿。纵目天地间，唯余莽莽，如梦如幻。

啊，多么广袤，多么寥廓，多么空旷！……

2014 年金秋时节，我随内蒙古日报社和作协组织的"亮丽风景线"文学采风团来到了阿拉善，来到了额济纳，一路之上看到的就是这样一番夺魂摄魄的朔漠景象。

从巴彦浩特到额济纳有千里之遥，长路漫漫。我们乘坐的小面包车行驶在如线似缕的柏油马路上，就如一条白鲸游驰在浩瀚的大海上，又如一只白色蝴蝶飞行在幽邃的历史长廊中，有一种雄浑、苍凉，乃至悲壮的沉重历史感。

一千二三百年前，唐朝边塞诗人王维曾经来到这片土地上，并留下了"大漠孤烟直，长河落日圆"的千古绝唱。我身临荒漠戈壁，虽既没看到"大漠孤烟"，也没看到"长河落日"，但看到了当年王维吟咏过的那轮又历经了千年风霜的浑圆而壮美的太阳，她像一位红妆娇艳的额吉，由东向西地默默巡行着，是那样的风尘仆仆，满面沧桑。

当夕阳西下、彩霞满天的时候，奔波了七八个小时的车子终于抵近了额济纳。忽然有人惊喊道：

瞧！胡杨林！

我为之大奋，凭窗外望，小白鲸已游走在胡杨林中；两边的胡杨在眼前一闪而过，只留下一个迷离惝恍的掠影。

我很早前就知晓胡杨，但亲眼目睹还是首次。我过去在电视和画册中看到的胡杨是新疆罗布泊中的枯杨，如今看到的却是内蒙古额济纳生机勃勃的活杨。一虚一实，一远一近，一死一活，自是天差地别，大异其趣。

我真正贴近地仔细地观赏到胡杨还是在隔天的采风日。这天，丽日和风，秋高气爽，我们乘车百里，来到了一片蓊郁的胡杨林。林边是沼泽地，或曰小湖泊，碧水盈盈，波光闪闪。胡杨林傍湖依水，茂盛生长，成为一大景观。沿甬路进入林中，就如进入金碧辉煌的圣堂。一株株高大挺拔的胡杨树迎面而来，参差错落，自然天成。树身满布条纹，枝丫纵横，缀满密密匝匝的黄叶，它们如身着金盔金甲的戍边卫士，又如雍容华贵的初嫁新娘。胡杨是那么古朴、庄重、苍劲、沉静、高傲，面带笑容而默默无语。它们聚族而居，生生不息，全身心地展现着自己的风采；以蓝天和戈壁为纸，书写着自己光辉的生命史。偶尔有一片树叶落下，在微风中飘荡，好似飘落一枚金箔，又似飘落一页历史，一个金黄色的梦……

观赏完胡杨林，又来到"怪树林"。所谓怪树林，就是枯死了的胡杨林。只见方圆数里的百十亩土地上，尽是枯木朽株：或僵卧，或歪斜，或孑立，秃干裸枝，断膀残臂，已无一枚树叶、一丝生机。远望去，奇形怪状，妖姿鬼态，似在挣扎、呼号、哀恸；"黯兮惨悴，风悲日曛"，阴气重重，森然可怖，令人毛骨悚然，浑身起栗。想当年，这儿也曾是一片生气盎然的胡杨林，但曾几何时，却竟成了胡杨的坟场，与其称怪树林，还不如直称鬼树林。倘至月黑风高的夜晚，"魂魄结兮天沉沉，鬼神聚兮云幂幂"，必定更是一番凄绝的景象，一个幽灵的世界。

我礼赞胡杨、胡杨林，又为怪树林悲伤、哀悼。胡杨林与怪树林相隔并不太远，仅几十里地，却是生与死、兴与亡、存与灭的迥别。它们的命运如此不同，根源何在？答案只有一个：水！地下有水，则胡杨盛；地下水涸，则胡杨亡。

俗谚道：胡杨生而不死一千年，死而不倒一千年，倒而不朽一千年。当然这是一种夸张的说法，实际上，生而不死，死而不倒，倒而不朽，大约也不过各二三百年。但它们生长在贫土瘠壤、天旱水乏的极端恶劣的自然环境下，表现出了世所罕见的顽强生命力，成了一个寓言，一个象征，一个符号。但再顽强的生命也不能没有水：水是血液，水是命脉，水是一切生命的源泉！

采风归来，已有月余。我的眼前，还时时浮现出胡杨和胡杨林，金灿灿，光灼灼，神奇亮丽，美轮美奂。我仿佛还隐隐听到它们在呼吁：救救我们！

胡杨啊，胡杨，你是荒漠之星，你是戈壁之光，你是塞上最为璀璨炫目的风景。祝福你：永葆青春，万代千秋！

此境只应天上有

　　金秋时节，云淡风轻，天朗气爽。我们一行数人，来到北京通州大运河森林公园，观看国庆灯光秀。

　　我们从西门入园。一进门，便听唰的一声，万灯齐亮，眼前一片灿烂，一片辉煌，顿觉恍当一下，犹坠梦幻之中。

　　园里已是人流熙熙，扶老携幼，人头攒动。道路两旁，鱼贯而列着一个又一个喜庆欢乐的灯光图景，五颜六色、姹紫嫣红的，有着各种不同的艺术造型。或花卉，或山川，或古迹，或名胜，有静有动，明灭闪烁，变动不居。道旁树上挂着一串串鲜红的大灯笼，像是结出的累累秋果。树林深处，也散落着环形灯、投光灯、星星灯各种灯光和憧憧人影。整个森林公园，琼花玉树，星汉璀璨，宛如一座魔幻迷宫。

　　我们来到运河身边，眺望对岸，则是灿烂绚丽的十里灯垣。棵棵树上，缀满灯饰，融成一片，如同彩霞落地，并不停地变换着颜色。河的此岸，灯景如同彼岸，只因目光受限，不得尽览。运河秋水，溶溶荡荡，岸上的灯垣倒映在水里，随波飘摇。上静下动，两相辉映，楚楚动人。

　　半轮秋月高挂天穹，月里嫦娥半掩琵琶半遮面，窥视着世上人间、运河风情。月光下，细波微澜，粼光熠熠。碧水上，数只画舫往来游弋。每只船都由无数明灯装点，犹似金船一般。船中游客，飘飘欲仙；悠扬的歌声与潺潺水声，糅成轻音乐，袅娜在夜色淡烟里。画舫衬着灯光、月光、水光，是一幅何等绝妙的动态的秋夜上河图哇。

我们溯岸上行，别是一番风景。路边上，装有鸟巢灯。一个个人编的斗大鸟巢，高踞在中心树杈间；巢里彩灯吐辉，犹闻雏鸟嗷嗷待哺声。树身缀满枣般小灯，银装素裹，似白甲壮士，接受游客的检阅。

再往前行，便见一座拱桥。桥体玲珑，映出一幅幅立体的图画，花红柳绿，光怪陆离，闪回变幻，如万花筒。

八时半前，我们来到运河大桥的北面，观看水幕灯光秀。岸边上挤满了人，里三层外三层，长达数里。随着骤然一声巨响，一百七十米长的水幕倏然展开。水幕上，以春、夏、秋、冬为主题色，时而骏马奔驰，时而巨龙腾跃，时而群鸽飞翔，时而人物表演……通州八景，城市新貌，大运河沿线文化景观和风情，皆做了淋漓尽致的挥洒和演绎。光影闪耀，色彩绚烂，虚幻缥缈，扑朔迷离，让观众大饱眼福，共享了一顿精神大餐。

水幕灯光秀演罢，人们仍回味无穷，久久不肯离去。我站在岸边，望着夜色下的大运河，心潮起伏，感触万千。

大运河呀，你静静地流淌着，流着文化，流着历史，流着中国人的梦。

大运河呀，你是一个象征，一幅画卷，一个惊叹号。

大运河呀，你是一道亮丽的风景，一部英雄史诗，一串古老而鲜美的歌谣。

大运河呀，你是中国的一条大动脉，一条坚实的脊梁。

我爱你呀——大运河！

观灯归来，脑里满是大运河灯光秀。情溢言表，不由得赋诗一首。曰：

锦风送爽好个秋，万人争做运河游。
两岸灯火腾彩蛇，半轮明月映水流。
卧波桥上幻奇影，银河光里荡金舟。
眼前有景道不得，此境只应天上有。

春之曲

每当读起朱自清的《春》，心里就欣欣然，陶陶然，怡怡然，醉在一片春光春色春景春画春梦里。

春天是美好的，无论是南国春、北国春，还是塞上春。我身处塞北青城几十年，亲身感受到的，大多是塞上春。有谁写过塞上春吗？似乎还没有。

塞上春天的脚步来得要迟。立春已到的时候，仍然是雪封冰冻，朔风凛冽，万物枯僵，死气沉沉，一幅严冬肃杀景象。只有到了三月初，惊蛰过后，才渐渐感到了春的讯息。在节气时令上，已接近仲春了。在南方，金黄的油菜花早已开遍原野了，樱花也开了，桃花也开了，杜鹃花更是开得漫山满坡，姹紫嫣红，红红火火。

首先带来春的感觉的，是风。风是传递春讯的使者，又是春的保姆。她似乎在悄悄地向人们说：春孩儿就要来了。

不知不觉中，风越来越温柔了，越来越和蔼了，越来越善解人意了。她对雪说：你快融了吧！她对冰说：你快化了吧！雪和冰回答说：我们就要化茧为蝶，华丽转身了！

她又对其他万物说：你们醒来吧！

首先醒来的是树。

我家小区周边植的都是树，有松树、柳树、榆树、槐树……，还有桃树。松树虽是四季常青的树，但在严寒中，还是畏畏缩缩的，像失了元气非常憔悴的老太婆，现在却变得青葱起来，要返老还童了。

再看那桃树，身上也明净起来，泛出了光亮的青铜色。树枝上生出了一粒粒小球。我向前摘下一粒剥开外壳，啊，我的天，里面包的竟是粉红的嫩蕾，孕育着花的胚胎。

我又走向一行柳林。柳树垂着万千柳条，在煦风中飘拂。柳条上也挂出一粒粒小球。我剥开来，嘿，里面也躺着一个新的翠生生的生命体，不过不是红的，而是绿的，呈椭圆形。

桃蕾是向上的，红的，是姐姐；柳苞是倒垂的，绿的，是弟弟。姐姐对弟弟说，咱们快出世了！

真的，没过几天，桃花绽开来，柳苞裂开来，桃林里一片红晕，柳林里一片鹅黄。姐姐和弟弟们都拍着手欢笑道：春妈妈，我们来了！

与此同时，林地上还生出一层苔藓，如同给地面披上一身浅绿的胎衣。草儿也萌出幼芽来了。

突然，来了一场沙尘暴，是从遥远的异域刮来的。沙尘漫天盖地，如烟似雾，浩浩汤汤，茫茫苍苍，掩蔽了一切，仿佛要把世间万物吞噬了似的。这次的沙尘暴，竟整整持续了两天两夜，真是大煞风景。正当沙尘暴肆虐猖獗、无法无天之际，从苍穹深处滚来一阵春雷，先是隐隐，后是隆隆，似战车疾驶，如大炮轰鸣，震怒的雷霆把沙尘暴给驱散了。

紧接着春雷的，是一场春雨，对，春雨。雨不大，飘飘洒洒，丝丝缕缕，润如酥，细如愁，却弥足珍贵。俗言说，春雨贵如油哇！雨洗净了天空，洗净了空气，洗掉了沙尘，洗出了一片明媚的春光和生机。在雨的滋润下，桃花艳红了，杨柳翠绿了，草儿碧青了——"草色青青柳色黄，桃花历乱李花香"——塞上的春天真的到来了。

喜鹊站在枝头上，喳喳喳，唱起了春之曲；北归的大雁飞翔在高空中，嘎嘎嘎，鸣起了春之曲；河水轻快地流淌着，潺潺潺，弹奏着春之曲；各种纸鸢翩然翻飞在云霄里，吟着无声的春之曲。孩子们在公园里，在游艺场中，活蹦乱跳，欢喜雀跃，戏耍打闹，上演着儿童版的春之曲。春天，就是大自然的竖琴上拉奏出的一支鼓荡着蓬勃朝气的曼妙绝伦的交响曲。

清明节到了。清明是春季的一个重要节点。塞内塞外，江北江南，凡国人几乎都会背诵唐朝诗人杜牧的七绝《清明》："清明时节雨纷纷，路上行人欲断魂。借问酒家何处有？牧童遥指杏花村。"杜牧描画的是一幅农耕文明时代清明日乡野踏青寻沽图。我今天生活在现代化的塞北青城，周边是高楼大厦，柏油大道，可每当看到街旁路边，楼角墙下，盛开着的桃花、杏花，就油然而生杜牧《清明》诗的意境，仿佛穿越历史的时空，回到那个田园牧歌的年代，心胸中更加泛起春的涟漪。

春天，最先出蛰的小昆虫是蚂蚁。蚂蚁聚族而居，喜集体活动，动辄倾巢而出，千百成群，纷纷攘攘，忙忙碌碌。它们似乎也懂得：一年之计在于春哪。随之，蜜蜂、蝴蝶也出现了，蜂飞蝶舞，戏春闹春，把个塞上春推向了极致。

春天易困，多梦，春宵一梦值千金。人到老时梦更多，一入黑甜乡，各种各样的梦就如小白兔一样蹦蹦跳跳地进入脑中，有黄粱梦，有邯郸梦，有红楼梦，有青春梦，有黄金梦……梦上加梦，梦中生梦，梦梦都是温熏熏、香喷喷、软绵绵的春梦、美梦、桃色梦！人生如梦，梦如人生，一樽还酹江月。

桃花谢了，换成了绿叶；柳絮飞了，飘起了满天的雪花；榆钱绽了，挂了满树的黄金。所有草树都葳蕤了，塞外青城绿成了一片翡翠的世界。

春深了。

春天，"——你是爱，是暖，是希望，你是人间的四月天！"

春天的脚步匆匆，匆匆。"草树知春不久归，百般红紫斗芳菲。"转瞬间，春天长成风姿绰约的新娘子了，倾情地扑入了白马王子——夏天——的怀抱里。

啊，我钟情春——尤其是塞上春！

老牛湾

　　站在高高的观景台上，俯瞰脚下，是气势磅礴的老牛湾。一道河水由东南滚滚而来，绕过一个山嘴，又折向南方，奔泻而去，形成一个近似U字形的弯道，深深地刻画在蒙晋大地上。凸出的部分状如牛头，故人称"老牛湾"。

　　老牛湾流淌在峡谷中，两岸皆高山悬崖，壁立百丈。北岸属内蒙古，南岸归山西，一衣带水，鸡鸣犬吠牛叫声相闻，但难以交通，彼此可望而不可即。遥望南岸，牛头之上，是方圆数亩的平台；平台之上，隐约可见一座城楼，巍然屹立，相传建于明万历年间，名曰"老牛湾墩"。老牛湾墩居高临下，雄视黄河，曾为军事要塞，今成观光名胜。

　　啊！老牛湾，古老的老牛湾！

　　老牛湾静静地流淌着，闪着粼粼波光。它流淌着一个个神话传说，流淌着一页页历史。

　　相传，老牛湾源于太上老君。我仿佛看到：在远古蛮荒时期，这里常常暴雨成灾，洪水泛滥。有一年，竟一连下了九九八十一天大雨，到处一片汪洋，百姓流离失所，无家可归。太上老君为救苍生，便派遣自己的坐骑大青牛前来犁河，要在汪洋中犁出一条通向大海的河。大青牛犁呀犁呀，犁到黄昏时刻，周边忽然亮起无数的火把，如同明灯。大青牛受到惊吓，一扭头，一转身，便犁出个拐把子弯儿，于是老百姓就为其取名老牛湾。并歌唱道：

> 九曲黄河十八弯，神牛开河到偏关；
> 明灯一亮受惊吓，转身犁出个老牛湾！

相传，大禹曾家住老牛湾。我仿佛看到：四千多年前，在老牛湾岸边的高崖上，筑有几间茅屋。每天，一个中年妇女和一个男童倚柴门而望。他们望啊望，望穿双眼，终于盼来了一个中年男子。他风尘仆仆，满面沧桑，行色匆匆。男童高喊了一声"爸爸！"扑入他的怀中。中年女子大叫道："禹！回家吧！"可男子只是抚摸了一下男童的头，深情地看了妻子一眼，就又急忙赶路了。他如此三次，于是留下了"三过家门而不入"的千古佳话。

相传，王昭君曾在老牛湾浣发。我仿佛看到：两千多年前，王昭君出塞途经老牛湾。她下了坐骑，放下琵琶，沿石径小路徐徐来到河边。澄清的河水映出她姣美的面容。她松开发髻，轻轻地洗濯起来，并散发出一缕香气。于是，老牛湾又称香溪。

相传，走西口的一个"口"就在老牛湾。我仿佛听到一首凄婉、苍凉、悲壮的山西民歌：

> 哥哥你走西口，小妹妹我实难留，
> 拉着那哥哥的手，送哥送到大门口……

我仿佛看到一对青年夫妻留恋不舍、依依告别的情景。哥哥离别妹妹，丈夫离别妻子，怀着憧憬，背着包裹，长途跋涉，一路来到老牛湾渡口，坐上羊皮筏子，乘风破浪，死里逃生，终于登上北岸——仿佛走到了我的面前。

老牛湾啊，老牛湾，你是大自然的神奇造化。黄河之水天上来，它绕山环岭，穿峡过谷，吞虹吐霓，气壮天地。黄河十八弯，壮美莫过老牛湾！

老牛湾啊，老牛湾，你是中华文明的积淀。自从盘古开天地，三皇五帝到如今，黄河都是中华民族的母亲河，老牛湾处于黄河的中心，是黄河的一个重要节点。它连通陕、晋、蒙，西达高原，东接大海，华夏儿女在此生生不息，创造了灿烂的古代文明。

老牛湾啊，老牛湾，你是伟大民族精神的体现。你雄奇，你倔强，你开山劈岭，你宁折不回，你胸襟博大，你浩然正气贯长虹！

一只小船，像鸟儿从上游翩然飞来，飞过老牛头顶，又向下游飞去。它满载着一船历史，飞行在峡谷中，犹如飞行在历史隧道里。

我行在老牛湾右岸，视通南北，思接古今，不觉天色已暮。太阳走到了西山头上，用力一抖，洒下了万道霞光；霞光渐渐变作了一片火红，形成一条赤龙，腾跃在万里长空。

啊，火烧云！

白蝴蝶

　　一双白蝴蝶飞临我的眼前，翩翩然，悠悠然，飘飘然。它们时而旋舞，时而颉颃，时而互逗，时而纠缠，飞得酣畅淋漓，似癫若狂，如醉如痴，进入一种忘我的境界中。

　　青城的蝴蝶比较单一，几乎全是清一色的白蝴蝶，彩色蝴蝶和花蝴蝶极为罕见。春末夏初的时候，在树篱上、花丛中、草地里，就已出现它们的倩影。白蝴蝶白璧无瑕，熠熠闪光，像梨花，似雪片，犹银箔，在微风中飞舞、招摇，成为一大景观，常常引起我驻足观看。

　　这是仲夏的一天，下了一场不大不小的晨雨。雨住云开，天气放晴，我出外散步，顿有一种"渭城朝雨浥轻尘，客舍青青柳色新"的鲜美感觉，心胸也像被雨洗过了一样。蛰伏了一夜的白蝴蝶也飞了出来，精神更加抖擞，尽显自己的身手，无论是单飞，还是双飞，都舞得风生云起，朝气蓬勃。我不由得停下脚步，仔细地观赏起来。

　　这对白蝴蝶越飞越近，越飞越大，直逼我的眼球。倏然，也就是瞬间，它们变作了一对白衣情侣。我不由在心里无声地惊呼：梁祝！

　　梁祝者，梁山伯与祝英台也，在中国几乎是家喻户晓，人人皆知。我小时候，在家乡，就看过吕剧《梁山伯与祝英台》。留给我印象最为深刻的，就是剧的最后，在电闪雷鸣中，一座坟墓张开，梁山伯与祝英台化为双蝶，从墓中飞起来，翩跹缠绵于舞台，让观众目眩神迷，大饱眼福。后来，我又看过多个剧种的《梁祝》，皆是梁祝化蝶的最后一幕最为吸引我。白蝴蝶，也成为生死不渝的凄婉爱情的象征。

这对白蝴蝶在我眼前婆娑了一阵，就别我而去。它们越飞越远，越飞越高，直插云霄，大约进入了爱情的天国。我默默地祝福它们：一路走好！

我不见了双飞蝶，心里有点失落、怅惘。我继续向前行去，又见一只孤蝶扑面而来。蝴蝶大多是单飞的，成双成对的只是少数，起码青城的白蝴蝶如斯。即使是双飞蝶，也是时合时分，时聚时散，并非爱得死去活来，拆解不开。可见在动物界里，真正享受到爱情的也不多，憾哉！这只孤蝶虽然形单影只，我行我素，但并不落寞，更不颓唐，依然飞得有声有色。

孤蝶在我面前恣情飞舞，忽上忽下，忽左忽右，闪回腾挪，舞成了身影一体的超大蝴蝶。我不由得又在心里无声地惊呼道：庄生！

庄生者，庄子也，姓庄名周，字子休，道家始祖之一，千古哲人，与老子齐名，在中国知之者也不少。其《齐物论》中记载了一个自梦为蝶的故事。文曰：

> 昔者庄周梦为蝴蝶，栩栩然蝴蝶也。自喻适志与！不知周也。俄然觉，则蘧蘧然周也。不知周之梦为蝴蝶与？蝴蝶之梦为周与？周与蝴蝶，则必有分矣。此之谓物化。

庄生梦蝶的典故向来为国人津津乐道，"物化"亦成为重大的哲学范畴。物化即物我交融、天人合一之谓。

孤蝶在我面前狂舞了一阵，也高飞而去。它的一对翅膀就像两挂对称的白帆扇动着，扶摇直上，去做它的逍遥游了。我虔诚地祝福：行稳致远！

我的目光扫视着，看到了一只又一只蝴蝶。其实，青城的蝴蝶并不多，但又无处不有，凡绿化过的地方，都会看到它们飒爽轻灵的美姿，只是稀稀落落，不成群结队，更形不成阵势。此刻，我视域中有三五只白蝴蝶在各自飞动，互不干扰。有的飞得迅疾，似水中游鱼，"倏尔远逝，往来翕忽"；有的飞得舒缓，如轻风飘絮，摇曳多态。

一只白蝴蝶蓦地飞落到我身边树篱的一片阔叶上，屏住翅膀，与我对视起来。我凝视着，凝视着，这才发现，白蝴蝶也并非纯白如纸，而是在双翼的上端，各有一个圆圆的小黑斑，飞起来辨不出，落下来却清晰可见。不过，小黑斑并不影响白蝴蝶之为白蝴蝶。水至清无鱼，人至察无徒。

白蝴蝶纹丝不动，渐渐虚化起来，我的脑际随之映现出一幅幅流转的蝴蝶繁衍生息图：一只雌蝶伏在树叶上，像圣母玛利亚一样安详地产下若干粒圆球形的卵；卵孵化为幼虫，蠕动着，毛茸茸的像家蚕；幼虫一次次蜕皮，吐丝，变而为蛹，为茧；蝶破茧而出，飞舞起来。一只，两只，三只……啊，化茧成蝶！化茧成蝶！化茧成蝶，是一个复杂的变态过程；化茧成蝶，是一次华丽的转身。

白蝴蝶依然纹丝不动。我凝视着，凝视着，蝴蝶的双翼忽然像人造卫星的太阳帆板一样徐徐展开。我细觑去，竟然发现蝶翼上各镌有一联咏蝶诗。左翼上是杜甫的"留连戏蝶时时舞，自在娇莺恰恰啼"；右翼上是李商隐的"庄生晓梦迷蝴蝶，望帝春心托杜鹃"。古往今来，多少文人墨客咏蝶，赞蝶，借蝶抒情，托蝶言志。现代诗人胡适也写过一首《蝴蝶》：

两个黄蝴蝶，双双飞上天。

不知为什么，一个忽飞还。

剩下那一个，孤单怪可怜。

也无心上天，天上太孤单。

这首诗是托蝶寄情的，胡适也因此被称作"蝴蝶诗人"。

白蝴蝶依然与我对视着，目不转睛。它仿佛对我说：亲爱的，你也化蝶吧！我颔首道：好的，正得偿夙愿啊！心有灵犀一点通，于是，我热血沸腾起来。热血融化了我坚硬的躯体外壳，我像涅槃一样，一个华丽转身，"栩栩然蝴蝶也"。我飞向空中，欢呼着：我化蝶啦！我化蝶啦！

我是一只白蝴蝶，飞入大化中。我扇动着两只白色的翅膀，是如此轻盈、灵捷。我飞呀，飞呀，像陀螺一样，旋上高空。海阔凭鱼跃，天高任蝶飞。天空无限浩瀚，白云在我身边飘过，我与白云一起飞。

我身下是青城，一座蒸蒸日上、欣欣向荣的塞上名城。我飞过了小黑河，飞过了包头大街，飞过了二环路，飞过了高架桥，飞过了层层叠叠的琼楼玉宇，飞过了密密麻麻的居民小区，飞过了若干丛林、花园、绿地……

我也是蝴蝶诗人，拟胡夫子，赋新乐府一首。我飞翔着，高吟道：

我是白蝴蝶，独自飞上天。

自由复自由，翩翩又翩翩。

南望小黑河，北眺大青山。

身下青城美，崛起敕勒川。

破茧成新蝶，气象已万千。

但愿人适志，天下共缱绻！

第二章　吊昭君墓

吊昭君墓

青城南郊大约二十来里处，有一座硕大的土墩儿，位于大黑河南岸，人谓昭君墓，又称青冢。据考，西汉时期即修此墓，中国古代四大美女之一的王嫱王昭君就埋葬在这大墓下。

此刻，我正站在高高的冢顶上，举目四望。只见天高地远，云邈野旷，风淡烟清，苍苍茫茫，好一派塞北风光。环视脚下，墓草青青，葱翠欲滴，宛如给墓体披上一袭碧绿玉衣，又如给它笼上一层绿茸茸的婚纱，还如给它涂上一身橄榄色的梦。据说，当别处草枯叶白的时候，这儿仍是郁郁葱葱，绿意盎然，大约"青冢"称谓的来由就在于此吧？

我伫立着，远眺着，畅想着，精神的丝线牵起了那段遥远的历史。想当年，一个豆蔻年华的南国少女被选入汉皇宫掖，背井离乡；后又千里跋涉，出塞去国，来到阴山下，黑河旁，与牛羊为伍，茹腥啖膻，并终老此地，葬身荒野，遂成千古佳话。她头戴风兜、身披红氅、怀抱琵琶、骑乘白马出塞的形象已成为历史经典。昭君出塞，是喜是怨，是乐是忧，是欢是愁？是和亲还是逃离？是主动请缨，还是被迫无奈？是喜剧还是悲剧？二千年来，众说纷纭，莫衷一是，迄今仍是个"哥德巴赫猜想"，仍是个"斯芬克斯之谜"。见仁见智，各执一词，成为一大历史纠结，一大历史悖论：说不透的王昭君哪！

我又忆起，有一年孟夏，我曾乘江轮途经西陵峡，时值上午。行旅倥偬中，忽见左岸远处，三山怀抱中，矗立着一座高大婀娜的仕女塑像，在晴空丽日下银光闪耀，直扑眼帘，不由得心中为之一振，为之一亮。有人说，那就是王昭君塑像。记忆中的昭君像渐渐位移，由南向北，飘然而至白山黑水间，倏地落在了青冢脚下，昭君墓前……

万籁俱寂，四野无声，唯有大气在微微颤动，如同鱼儿在水中喋喋。和风轻拂，春光烂漫，令人如醉如醺。凝想中，我仿佛听到唐代大诗人杜甫站在高空吟哦：

> 群山万壑赴荆门，生长明妃尚有村。
> 一去紫台连朔漠，独留青冢向黄昏！
> 画图省识春风面，环佩空归夜月魂。
> 千载琵琶作胡语，分明怨恨曲中论。

苍哑的声音中满含惋惜和悲凉之情。

似乎又听到杜牧的哀歌声：

> 青冢前头陇水流，燕支山上暮云秋。
> 蛾眉一坠穷泉路，夜夜孤魂月下愁。

我又仿佛听到宋代大诗人陆游立于云端咏唱：

> 红叶琵琶出嘉州，四弦弹尽古今愁。
> 胡沙漫漫紫塞晓，汉月娟娟青冢秋。

放翁的声音似乎更加愁怨和凄清。

我又依稀听到元代诗人耶律楚材啸吟道：

汉室空成一土丘，至今仍未雪前羞。

不禁出塞涉沙碛，最恨临轩辞冕旒。

幽怨半和青冢月，闲云常锁黑河秋。

滔滔天堑东流水，不尽明妃万古愁。

恻隐之情也溢于言表。

我还仿佛听到《红楼梦》中的林黛玉在潇湘馆中抚琴悲叹道：

绝艳惊人出汉宫，红颜命薄古今同。

君王纵使轻颜色，予夺权何畀画工？

其声虽低微柔弱，却也不无愤忿不平之意。

最为高亢有力、振聋发聩的一首是董必武的《谒昭君墓》：

昭君自有千秋在，胡汉和亲识见高；

词客各抒胸臆懑，舞文弄墨总徒劳。

⋯⋯⋯⋯⋯

众口哓哓，诗声一片，或赞，或怨，或恨，或愁，或悲，或愤，缭绕在我耳边，令我百感交集，百味杂陈。

正在我魂牵梦绕、发思古幽情之际，忽然一声惊雷响起，顿见乌云四合，铺天压地而来；随之雷鸣电闪之中，大雨倾盆而下。我却并没感到雨淋水浸，依然屹立冢顶。瞬息间，又雨霁天晴，艳阳高照。一碧如洗的净空中，飞架出一道绚丽的七色彩虹。那彩虹如一座长桥，一头连着昭君墓，一头直达天际。

　　脚下微微抖颤晃动起来，坟头慢慢裂开，如绽出两片花瓣，又如打开两扇贝壳。紫气氤氲中，从墓底冉冉升出一位汉装靓女。她长袖翩翩，仙袂飘飘，袅娜娉婷，神姿仙态。细瞅去，她身乘白马，手执丝缰，回眸传情，飞彩流光，御风蹈云，一骑绝尘，直奔虹桥，飒然而去……

　　啊，王昭君！

三娘子之歌

    孟夏一日的傍晚，我又来到了大召寺广场。面对着阿拉坦汗的塑像，久久凝视。夕阳在天，映照着阿拉坦汗的背影，熠熠放光。

    蓦然，我仿佛看到一个头戴皮沿帽、身着蒙古袍的女子，隐现在阿拉坦汗的身后。她是谁？我恍然大悟，并差点惊叫起来：三娘子！

    对，是三娘子。我虽未曾与她谋面，却似曾相识。在阴山山麓，敕勒川上，大小黑河畔，曾活动过两位名垂青史的女子，一位是汉代出塞的王昭君，一位是明季被封"忠顺夫人"的三娘子。

    三娘子披着霞光，从历史深处赳赳走来。我与她一见如故，并双双坐于阿拉坦汗塑像前，做促膝长谈。晚风习习吹来，沁着花的馨香。

    我首先开腔，问道："尊贵的忠顺夫人，您是蒙古草原上的一匹骏马，一只雄鹰；蒙古族历史上的一代女杰，一位巾帼英雄，我深为敬佩。不知能否将你的生平事迹告诉我？"

    三娘子慨然应诺，随即眉飞色舞，侃侃而谈道："我本名钟金哈屯，出身土尔扈部贵族之家，因与土默特部联姻，嫁给阿拉坦汗，为其第三夫人，故人又称三娘子。

"我自幼读诗书，善骑射，练就文武艺。早年亲历战争动乱，目睹生灵涂炭，因此渴望和平，极想有机遇施展自己的政治抱负，展现自己的军事才能。

"我二十岁时，成阿拉坦汗妃，从此走上了政治和军事舞台。我的夫君阿拉坦汗出身黄金家族，成吉思汗十七世孙，为一代英主，雄才大略，开疆拓土，建'大明金国'；文治武功，与大明修好，被明廷封俺答汗顺义王，我亦被封为一品忠顺夫人。俺答是结拜兄弟的意思，俺答汗即'结拜兄弟亲王'；阿拉坦是黄金家族的意思，阿拉坦汗即'黄金家族可汗'。俺答汗是明廷钦封，阿拉坦汗是其自称。

"我为阿拉坦汗贤内助，竭力辅佐他成就大业，他对我也可谓言听计从。我们同心协力，共同谱写出光辉的篇章，彪炳于史册。

"我们共创的第一大功绩，就是与明朝罢兵休战，睦邻友好。隆庆五年，双方达成和议，通贡互市，化干戈为玉帛。过去多年，蒙汉不睦，常在边境发生冲突，互相残杀，彼此人财损失严重，民不堪其苦。我参政后，力主结好明廷。阿拉坦汗依我言而行，终结善果。从此，千里草原出现安定、祥和、昌盛的景象。

"我们共创的第二大功绩，就是大力发展经济，发展农业。由于长期战乱，阴山脚下虽有千里敕勒川，但经济衰败，民生凋敝。抬头唯见'天苍苍，野茫茫，风吹草低见牛羊'，而不见农田阡陌，禾稼五谷。我们共同兴农，努力稼穑，致使五谷丰，仓廪实，民食足，人丁兴旺。

"我们共创的第三大功绩，就是建起了'库库和屯'，也就是今日的呼和浩特。因当初全城都是青砖青瓦，看去一片青色，故又名青城。因我建城有功，还有人称青城为三娘子城。明廷则赐名归化城。呼和浩特历尽沧桑，已成历史名城矣。

"呼和浩特不仅是历史名城，今天已成现代化都市了。我常魂游呼市上空，看其一天胜似一天的变化，看其是如何破茧成蝶、华丽转身的。我爱当年的库库和屯，更爱今天的呼和浩特。今天的呼和浩特是奠基在当年的库库和屯之上的，每一条街道，每一座楼房，每一株树，每一棵草，都与我血脉相连，我为此而深感骄傲！"

三娘子说至此，满面红光，稍作停歇。我忙去通顺大巷买来一杯奶茶，供其润舌。她小饮一口，接着又滔滔不绝地说下去："阿拉坦汗离世后，我又先后改嫁黄台吉和扯力克。黄台吉是阿拉坦汗长子，扯力克是阿拉坦汗长孙，我一生为他们祖孙三代王妃。这既是我们民族的习俗，也是我的政治需要。只有这样，我才得以再主政掌兵三十年，保证蒙汉和好、民族团结的方针大计不变。我为蒙汉团结而生，为蒙汉团结而死，一生无愧无憾。

"我一生嵚崎磊落，功绩卓著，深受后人敬仰。有的绘画，有的赋诗，来纪念我，赞美我。明朝有一个书画家、文学家徐渭，字文长，就一股脑儿写了六首《咏三娘子》。其第三首曰：

汉军争看绣裲裆，十万弯弧一女郎。

唤起木兰亲与较，看他用箭是谁长。

他把我与北朝替父从军、转战十载的巾帼英雄花木兰相提并论，荣莫大焉。

"我自幼习武，爱横刀立马，驰骋疆场。我曾随阿拉坦汗出征，也曾自率大军作战。可汗赐我一万精兵，供我驱策。我热爱和平，痛恶战争，尤其反对蒙汉之间的民族之战。但和平有时却要凭借战争，战争是手段，和平才是最终目的。马放南山总比兵戎相见好。战争是为了和平，我也曾戎马倥偬，为和平而征战沙场。说起来，我也算得上一个花木兰，一个穆桂英，一个巾帼英雄哩！

"我六十二岁无疾而终，葬身美岱召内。至今那儿还有我的骨灰和腰刀、盔甲、战靴等遗物，还有白色大理石塑像。我请你抽暇去那儿参观一番。"

三娘子讲述完自己的事迹后，邀我去拜见一个人。我问谁，她答："王昭君！"

此言正合我意。于是，我们一起辞别阿拉坦汗，并向他三鞠躬，然后便乘夜色赶赴青冢。我们骑上蒙古马，并辔比肩，扬鞭奋蹄，一路奔腾，瞬间即到。正见青冢大门洞开，王昭君笑容可掬地出来迎接我们。

"哈啰！"

凉风飒飒，月光如水。

梦中"情人"邓丽君

我并不太喜欢听歌，但却是邓丽君的歌迷，时髦点说，即粉丝。我喜欢邓丽君的歌，也喜欢邓丽君的人。用什么形容我心目中的邓丽君呢？脑壳里忽然蹦出一句熟语：梦中情人。

我从没梦到过邓丽君，更不会将她作为自己一般意义上的情人。邓丽君终身未嫁，大约一生为圣洁的处女，任何人想把她作为自己的情人，或想让自己作为她的情人，无论是在梦中，还是在现实里，都是对邓丽君的亵渎。

那我为什么又将她称作"梦中情人"呢？我有我的理由：梦，是扑朔迷离、虚幻朦胧的。我没亲眼见过邓丽君，只是在她唱歌的影像中看到过她的音容笑貌、靓丽风采，这第二手的间接印象，便恍如梦一样。而所谓情人，只是将其颠倒过来讲的，情人即人情，扩大开来，即具有人情美的人，邓丽君就是我印象中最具人情美的人，起码是之一。也许这种解释有点牵强附会，但却是一种别开生面，有标新立异之妙。

邓丽君出生于台湾一个国民党下层军官的家庭，因家中人口多，一家生活也相当窘迫。小小的邓丽君就一心想靠自己的歌艺来挣钱帮助父母养家糊口，让全家人过上富裕日子。她成名后，始终眷顾着全家，体现着一种血浓于水的亲情。

邓丽君每当在舞台上唱歌，总是满面春风，亲和温馨。她是用心在唱歌，对观众满怀挚爱，体现着一种赤子之心、鱼水之情。

邓丽君的歌充满了人性美、人情美。她的歌中没有刀光剑影，没有血火硝烟，没有暴戾之气，没有狂傲之情，更没有矫情。只是像小溪之水，潺潺流淌；像蓝天白云，缓缓轻飘；像溶溶月光，匝地无声。用她的歌抒发人生的喜忧哀乐，爱怨情愁。她的许多歌常有忧郁感伤色彩，如泣如诉，如怨如慕。忧郁是人的感情之首，是艺术的一大美学原则，波德莱尔曾说过："美是这样一种东西，带有热忱，也带有愁思……"，"……而'忧郁'却似乎是'美'的灿烂出色的伴侣"。

邓丽君的歌声甜美、柔丽、纯净、空灵、晶莹、透明，富于质感，每一个音符都浸透着她的情愫，是她心灵的颤动。可以说，她是无情不成歌，无歌不具情。

邓丽君是歌的化身、人性的化身、美的化身。她是她世界上所有粉丝的"梦中情人"。

大哉，邓丽君！美哉，邓丽君！

大音希声

邓丽君四十而殇，已故去多年。她去了遥远的天国，羽化而登仙。但她的音容笑貌和甜美歌声，仍然留在无数歌迷和粉丝的心目中。

邓丽君长得很美，而歌声和心灵更美。因缘际会，我十几年前爱上了邓丽君的歌，至今兴致不衰。邓丽君的歌和人是融合在一起的，邓丽君就是歌，歌就是邓丽君。

邓丽君就像一块水晶，莹润而透明，靓丽而不妖。她里里外外透着真纯、高洁，洋溢着人性美、人情美，天使一般。

邓丽君又像一团火，燃烧着激情和良知，她热爱生活，热爱人生，热爱民众，燃烧自己，而将真善美洒向人间。她浑身放着圣光，菩萨一样。

邓丽君又像凌霜怒放的梅花，正如她在《梅花》一歌中唱的那样："看啊遍地开了梅花，有土地就有它；冰雪风雨它都不怕，它是我的国花！"邓丽君，不就是国色天香的中华之花吗？

她的歌声是天籁。完全是从内心深处自然而然地流淌出来的，是灵的震颤，是血的脉动，没有丝毫的伪情，没有一点的假意，清水出芙蓉。

她的歌声是仙音。袅袅娜娜，缥缥缈缈，仿佛来自仙国；又珠圆玉润，似金声玉振，意境绵邈而深远。听之如饮琼浆，如啜甘露，心清气爽，迷醉其中，不知老之将至。

她的歌声是阳春白雪。曲高而和众，超凡而入圣，如天上白云，既飘在高空，又映照大地。

不知怎的，每当提到邓丽君，我总联想到三国时曹植《洛神赋》中的宓妃："其形也，翩若惊鸿，婉若游龙，荣曜秋菊，华茂春松。仿佛兮若轻云之蔽月，飘飘兮若流风之回雪……"不过，洛神仅为美神，而邓丽君不只是美神，更是歌神。

有时缅怀邓丽君，不免惘然。邓丽君在哪儿呢？不由得又神往起她唱的《在水一方》："绿草苍苍，白雾茫茫，有位佳人，在水一方。绿草萋萋，白雾迷离，有位佳人，靠水而居……她在水的中央！"

老子曰：大器晚成，大音希声，大象无形。邓丽君浩然天地间，好一个"大"字了得！尚飨。

忆发小

在故乡，我家的斜对门是春意家。春意是我的发小。

我们的村子并不大，满打满算只不过百十户人家。四百多年前，明朝年间，一个姓陶的庄稼汉挑着一对箩筐，从河北逃难到这儿，扎下根来，繁衍生息，造就了这个村庄：村名叫陶家堤口，简称陶口村。

陶口村绝大多数人家都姓陶，我家姓陶，春意家也姓陶。论辈分，春意还比我高一辈，我应该叫他叔，他比我年长四五岁。因为是发小，也就没有了辈分的隔阂，彼此不像是叔侄，而如同兄弟。

春意留给我最早的深刻印象是，他穿着一身厚厚的臃肿的长棉袍，头戴小毡帽，脚着老头鞋，典型的一个小乡巴佬。他腿有点瘸，一条短一条长，走起路来摇摇摆摆，起伏跌宕，像个笨笨倒，平地里也会摔骨碌。有一次，他竟从一个高门阶上骨碌骨碌一直滚下来，像滚落一个皮球。

再一深刻印象，是他挑水的情形。别人家挑水一般用木筲，他却挑的是瓦罐。肩上一根小扁担，一头吊着一个陶罐儿。罐里打满水，一走一晃，还有些溅出来。他家挑水为什么用罐子而不用木筲？大约一来罐儿轻，挑得动；二来木筲贵，他家穷，买不起。

春意的父亲早死了，从小与母亲相依为命。据老人们说，他家曾是殷实人家，却被一把大火给烧掉了，落入了贫穷。我小时候，常见他家有一个白胡子老头，那是他的姥爷，农忙时来帮他孤儿寡母做农活的。老头儿很慈祥，也很健旺，七八十岁了，还能下地。不知怎的，我至今想起来，还觉得他姥爷像一尊门神，永远贴在他家的门上。

春意未曾上学，一天校门也没进过，连自己的名字也不认得。我们上学的孩子，却很跟他玩得来。他从不欺负我们，我们也不欺负他。

农业合作化了，他成了社里最忠实的成员，出工最勤，干活最卖力，真个是劳动模范。那年月，日子都不太好过，甚至挨饿，但他总是乐呵呵的，脸上常带笑容，对生活极易满足，就像田里的草一样。用今天的话说，就是很阳光。

春意家住着三间简陋的土房，室内虽然很逼仄，却是一个小小的人场。冬闲的时候，常有邻舍的人晚上到他家里来串门，扒瞎话，唠闲嗑。春意娘盘腿坐在炕头上，串门人坐在炕沿上，春意坐在灶门口。我们一面侃着大山，一面看着他家吃饭。在我们家乡，几乎家家晚上都要喝粥，好年景喝小米杂豆粥，孬年景喝糊糊，饥荒岁月就喝清水汤。我最喜欢春意喝粥的样子。他一手托着碗底，嘴衔着碗沿，不停地转着圈儿，并发出呼噜呼噜的响声；几圈下来，就将满满一碗粥给喝光了；喝到最后，还用右手的食指把碗边上的剩粥刮下来，抿进嘴里。他喝了一碗又一碗，两碗又三碗，不喝到六七碗决不罢休。肚子渐渐鼓起来了，像个蛤蟆。他喝饱粥，眼角绽出笑纹，一副非常满足和幸福的样子，就跟在极乐世界里似的。

有一年的一天，不知过什么节，春意上集卖掉家中院子里种的几个向日葵头，称回几两猪肉，包了一顿饺子。他吃罢，抹抹嘴巴，美滋滋地说："嘿，真是酒肉饱十分哩！"心满意足之情溢于言表，脸上绽满笑容，那样子至今历历在目。

我长年学习工作在外，很少回家乡。偶尔回去，每晚上必到春意家去坐坐。这年回来了，当晚就去了他家，发现多了一口人，还是个女人。不用问就知道，春意娶亲了。其实，春意已经三十多岁，早该找媳妇了，只因自身条件不好，打了多年的光棍儿。听人说，春意媳妇有点智障，有人还称她傻娘们。接触过几次我发现，"傻娘们"并不傻，只是不太灵透，反应慢了点，和春意还算般配。有一天，家里没有人，她还将春意藏在床底下小罐里的十元钱偷出来买了零食吃，能说她傻吗？

再一年回去，春意娘死了，她活到了八九十岁。老太太早年守寡，抚孤成人，一生操劳，很不容易，可说是没享过几天福，这大约是过去许多中国农村劳动妇女的一种宿命。

又一年我回去，路过春意家门口，却见大门紧闭，还露出贴过白纸的痕迹。透过门缝往里一看，已是一座荒院，只有枯草在风中叹息。我不由得骤地一惊："春意死啦？！"

回到家中，我的猜想得到了证实。

"春意才四十来岁，怎么就死了呢？"

"他是上吊死的。一根小麻绳往桌腿上一系，就吊死了。"

"为什么？"

"好像觉得生活压力的沉重，失去了活下去的信心和勇气，就寻了短见。"

"他媳妇呢？"

"早改嫁邻村了。已生下个大胖小子。"

我默然了，不胜唏嘘。……

今天，我坐在南窗下，回忆往事，春意的面影又浮在我的眼前。他，我儿童少年时代最要好的发小，年轻轻的却走上了一条不归路。他大约像那鸟儿，长期禁闭在笼子里，一旦笼门打开，竟不敢飞、不能飞、也不想飞了。他的一生，是幸耶，非幸耶？是悲剧，还是喜剧？

我的老师

我一生有若干老师，大致可分三类：一类是严格和真正意义上的老师，即亲临讲台上课而传道授业解惑者也；二是间接意义上的老师，即虽未上课面授，但从他的著作中学到很多东西，心仪为师。上两类都是"人师"。第三类已不是人，而是书籍，可谓"书师"。

我真正意义上的老师也不少，小学、中学、大学，都有一些老师，迄今音容笑貌、姿态风度仍历历在目者，亦不在少数。小学时期，我印象最深的是吴绍普老师，因为他是我的第一个老师，也就是启蒙老师。吴先生当年不过二十来岁，面孔白净，身材修长，虽为男性，却如妇人好女。他对我很好，很关心很呵护。我今天仍然清楚地记得，我上学的第一天，他站在教室前的台阶上迎接我的一幕。不过我跟他学习的时间并不长，一年后就回本村上学了。原先我们村没有学校，得去毗邻的赵家村上学，吴先生在赵家村小学当老师。我离开赵家村小学不久，就听说他调回他自己的村子岔口吴村当老师去了。再后来，又听说他辞了教职不干，当起了村干部。我真难以相信，这样一个文弱书生，怎么就当得了村领导人？再再后来，我便听传言说，他在某运动中，被整得很惨，很惨。

初小毕业后，我考上了里则镇高小，最喜欢的是教数学的杜老师。他已五十多岁，短粗身材，圆大的脑袋，头发稀疏，几乎没有脖子，额头上亮着油光。他慈眉善目，举止温雅，像个菩萨。他教学认真，课又讲得好，同学们都喜欢他，我更喜欢他，因为我数学比较好，他垂青我，我自然更喜欢他。可惜我今天想起他，却只记得姓，而忘掉名字了，真是歉疚得很。

中学时代，我是在山东省立北镇中学度过的，一待就是六年。初中阶段，我有几个喜欢的老师，最最喜欢的是梁华栋老师。他是教历史的，又是我们班的班主任。他大约是胶东人，浓重的外乡口音，说话不太好懂，但讲起历史课来，滔滔不绝，头头是道，极为卖力，也非常地生动；教态翩翩，很是潇洒飘逸。他讲课都是带动作的，在讲台上走来走去，使尽浑身解数，一堂课下来，往往是汗流满面。我们听课的学生被深深地吸引住了，心随着他声音的抑扬顿挫而起伏跌宕，如同享受一顿精神大餐。初一学年结束，我暑假值日时，去他家中，他午觉醒来，看到我的第一句话就是："你的成绩很好哇！"他的这句话鼓舞我终生。

高中阶段，给我上过课的老师更多，自然喜欢的也更多，但说起来，我最喜欢的还是教政治的李老师，可惜我把他的名字也给忘记了。政治课本来是一门相对枯燥的课，可李老师却把它给讲活了。尤其是哲学，看来是玄奥的高深的学问，可他讲得深入浅出，丝丝入扣。我喜欢上了政治课，也喜欢上了李老师。我高考的各门成绩中，政治课成绩最好，传言是山东省第一名，我也因此考上了华东师范大学的政教系。这大约与李老师不无关系。李老师不只给我们上政治课，还给我们班当过班主任。他不仅课讲得好，而且修养高，温柔敦厚，和蔼可亲。他好像是济南人，带着一个小男孩住校。我去上海上学时，与他同坐一辆长途汽车到济南，从此也就成了永别。

我大学时代的老师中，印象最深的是北大毕业的教逻辑学的一位老师，他叫彭漪涟。他身形单细，但很精干，大概在北大读书期间，也属于"学霸"一类。

　　逻辑学并非我们的主干课程，但他讲的逻辑课却比其他许多专业课更受同学们欢迎。他不愧是学逻辑的，讲课特别富有逻辑性，严密得真可说是水泼不进，针插不进。他讲课全身心地投入，仿佛化入了逻辑中。

　　研究生阶段，我就学于沈阳的辽宁大学，印象最深的自然是导师高擎洲先生。他那时已年过花甲，六十多岁。他是山东人，老东北大学的毕业生。他骨骼清奇，为人正直，是辽宁省民盟的主委。他有着老知识分子的传统风范，温文尔雅，厚德载物，学养丰赡，品格高标。他给我们上课并不多，但他身上体现出的高风亮节，严谨精神，却成为无形的师范，潜移默化影响着我们。他已仙逝多年，祝先生陶然天国，含笑九泉！

　　我的耳授面命的老师数以百计，通过著作认识的老师更何止百千。在这众多的间接老师中，我钦敬有加的是曹雪芹和鲁迅。曹雪芹一部皇皇巨著《红楼梦》，冠绝天地，窃以为，迄今为止，古今中外的长篇小说，尚没有出其右者。我读《红楼梦》的遍数并不多，只有二三遍而已，但从中获益良多，难有企及者。特别是其瑰奇的小说艺术，可资我借镜享用终身。在我的心目中，他大于孔子、高于孔子、胜于孔子。如果说曹雪芹是我最仰敬的古代先师，那么，鲁迅则是我最敬仰的现代先师。鲁迅著作等身，小说、杂文、散文、散文诗、旧体诗，无不称绝。我作为一个文学爱好者，或者说小说作家，几乎将他的小说作品给啃烂了。那哲理似的深刻思想，那变化多端的小说艺术，令人叹为观止。我钦敬鲁迅的文品，更钦敬他的人品，不阿世，不媚俗，横眉冷对千夫指，俯首甘为孺子牛，没有丝毫的奴颜和媚骨，凛然浩然，卓然屹然，庞然巍然，永远是我学习的楷模。

上面谈了人师，下面即谈书师。其实，我本来打算是主要谈书师的，但开笔后，却情不自已，信马由缰，拉扯了前面的许多话。

书师，即以书为师之谓也。书者，书籍也。古人曰："著于竹帛谓之书。"（许慎《〈说文解字〉序》）今人云："书籍：装订成册的著作。"（《辞海》）书籍是传播知识的媒介，是照耀人生的灯塔。书籍既是人类的产儿，又是人类的良师。世界上有不以书为师而成圣贤的吗？没有，也绝对不会有！

我蹉跎大半生，聊以自慰的是，读过若干书。虽不敢自诩读书破万卷，但说数以千计，大约不算吹牛。我的体会是：开卷有益，开卷有师。书中自有千秋在，书中自有吾之师！

书为我师，在洋洋大观的诸多书师中，我最青睐的是词典。在广义上，词典也是书，而且是特重要的书。我的文学生涯，几乎是伴随着词典度过的。

初中伊始，我从一位表兄那儿得到一部《四角号码成语词典》，视如珍宝。我利用课余时间将它认真地通读了一遍，并将一些比较通俗易懂的大概用得着的成语用红笔画了出来，然后去死记硬背。一个大雪后的星期天的早晨，我躲在教室后面的墙角落里背成语，把手都冻僵了。功夫不负有心人，我就是靠这本小小的四角号码词典，学得了许多成语，并大大地派上了用场。一次写作文，题目是《植树》，我用上了我从成语词典里学得的几个成语，诸如鹤发童颜、老当益壮、汗流浃背之类，得到了语文老师的高度赞评，并拿它作为范文，读到了别班去，使我着实风光了一番。这本四角号码词典，陪伴了我中学六年。

如果说成语小词典是我的一个初级书师，那么，《辞海》就是我的顶级大书师了。我至今已用过三部《辞海》，还准备购买

第四部。自从在高校工作以来，三十多年间，我就没离开过它。不认识的字求教它，不懂的词求教它，不知道的事求教它，古今中外的问题都可求教它，何止是百科全书，简直成千科全书、万科全书了。从某种意义上可以说，《辞海》先生是我最最最伟大的绝无仅有的几乎万能的超级大老师了。为此，我曾赋诗一首。诗道：

> 一部《辞海》摆案头，几多知识内中求。
>
> 开卷犹如观沧海，翻篇更似上层楼。
>
> 风云滚滚眼前过，烟波滔滔胸中流。
>
> 我欲乘鹤逐梦去，全赖此师写春秋。

　　《辞海》是我的超级大老师，倘无《辞海》为师，我难以设想自己今天将会是个什么样子。我顶礼膜拜《辞海》，向《辞海》敬一万个弟子礼。

　　大哉，《辞海》——吾师！

系在木椅上的亡灵

　　人总是要死的，这虽非名言，却是至理，而且是放之四海而皆准的至理。司马迁说过，人固有一死，或重于泰山，或轻于鸿毛。无论是重于泰山，还是轻于鸿毛，死亡都意味着一个生命的结束，一条人生曲线的终止，一次灵与肉的分离，一个人类活体的消失。在人类的社会里，大约永远达不到人人完全平等的；但在死亡的世界里，在上帝的面前，人人却是绝对平等的。每一个亡灵，都有纪念的意义和价值。

　　纪念死者，追悼亡灵，又因时因地而异。在中国的从前，建坟修墓，树碑立传，设灵堂，立牌位；倘文人墨客，还要写悼亡诗、祭祀文。当然今天简单得多了，一般便焚之一炉，化尸为灰，或存于匣中，或撒向高山大海。让亡灵飘荡天下，遨游世界，不亦快哉？

　　在英国，我曾在大教堂里看到过历史名人的灵柩，也曾在教堂附近的陵园里，看到过密密麻麻、林林总总的墓碑。但引发我高度兴趣的，却是一种既独特又新奇，且颇具公益性质的悼亡方式。这种方式是我在托基发现的，也是我过去想也未曾想到过的。我称之为：系在木椅上的亡灵。

一

清晨六时许，我一觉醒来，拉开窗帘，迎来了到英国后的第一个黎明。

我夜宿在一个叫托基的小镇上。住房建在山坡间，居高临下，面向大海。房主去了澳大利亚，将房子租给了来此地支教的四个外国人：一个是我女儿，一个是法国女孩；还有两位男士，一位是德国人，一位是西班牙人。他们都是二三十岁的年轻人。

我盘腿打坐在床上，就能看到窗外的风景。近观是岸边山上鳞次栉比的黑顶白墙的二层小楼，远眺便是浩瀚无际的大海。房子既不巍峨，也不雄壮，还有点老旧，但体现着一种英国风格：坚实，敦厚，庄重。放眼望去，近处是海湾，远处便是英吉利海峡。乍一看，海水似乎凝住；仔细瞧，才见碧波荡漾，恬静娴雅得如同处子。

中国有句古语名言：仁者乐山，智者乐水。我称不上仁者，可是乐山；我更非智者，却尤其乐水。我见了水就像贾宝玉见了女孩子一样，浑身清爽。我既爱大江大川，也爱小溪小河，乃至一泓池水，半亩方塘，当然更爱大海大洋。五十年前，我在上海读书的时候，特别徒步跑上一百多里，去吴淞口看大海，着实欢喜雀跃了一番。当我坐车行在台湾东岸，看到世界第一大洋太平洋时，心情之亢奋更是难以言表。现在我看到的是欧洲的海，英国的海，像我在其他任何地方看到的大海一样，都是蓝湛湛的。

海面上有水鸟在飞翔，一种是白的，一种是黑的。白的是海鸥，黑的是乌鸦。海鸥与乌鸦和谐共处，歌声互答，相伴而飞。我忽然发现，一只飞倦了的海鸥落在了前面低处的房脊上，时而站住不动，时而在瓦脊上走来走去，徜徉徘徊，很是优雅，颇像英国的绅士，风度翩翩。偶尔也昂起头，顾盼自雄，一副天下英雄舍我其谁的样子。不知什么时候，又飞来一只。两只海鸥相向而立，四目直对，却只是沉默着，互相注视着，不发一声，也许在暗送秋波，眉目传情。不远处，传来"咕咕——咕咕"声，那是鸽子在叫。鸽子不敢去海上，只在树丛房舍间飞。在树丛间鸣啭的，还有其他一些小鸟儿。

在海天相接处的上空，泛出几抹红色，是早晨的火烧云。火烧云越来越长，越来越宽，越来越红。大约七时时分，太阳从海湾对岸的小山后扶摇而起，红彤彤的，圆滚滚的，金灿灿的，并渐渐脱离海面，挂上半空。大海一片苍黄。

我凝望着大海，视线有些模糊起来，一幅幅海景却在脑际展开。倏然间，我的脑头闪现出这样四句话：

> 天下的海水一样蓝，
> 天下的太阳一样圆，
> 天下的乌鸦一般黑，
> 天下的鸟叫一样甜！

二

早饭后，我和女儿下山，开始托基一日游。已是上午九时多，山街上却是静悄悄的，一个人影儿也没有，只有小鸟在树丛中啁啾。

托基的时令跟北京相仿，也许稍早一些。不少灌木丛已是苍翠葱茏，草地上一片绿油油。庭院里、花坛中的玉兰花、郁金香、水仙花，草地上的黄、白、蓝各种小花，都在盛开着，怒放着。但高大的梧桐等乔木，却依然是干巴巴的，没有发芽，没有

104

绿意，还在沉睡着，昏迷着。

我们一面慢行，一面浏览街景。转过几个弯道，下了几个陡坡，便行至海边。这是一个三面山坐拥着的小海湾，像婴儿在母亲的怀抱里轻轻蠕动。沙滩上已见人影，还有小孩子在玩耍、踢球。马路上有年轻人骑车狂奔，有中年人在轻松跑步，都是在锻炼。海湾里出现了小帆船和小快艇，在远处竞驰，也是一种体育活动。

早晨春寒料峭，渐近中午，已风和天暖。海边上，大街上，人影渐稠，多为银发皓首的老者，不少人还拄杖而行。令我惊喜的是，竟遇到几小群年轻的同胞，不知他们是长住在托基，还是特地来此观光。

小城的中心是一条不宽也不长的小街，两厢都是不大的店铺。房子更显古老，顾客也不多，只是不少店铺门口，摆着桌椅，供人饮酒喝茶，优游消闲。泡吧里有男有女，有老有青，个个心广体胖，闲情万种，像是活神仙。偶有公交车在街心驶过，都是双层大巴，颜色很鲜艳，花红柳绿的。我想，在中国大城市里，交通非常拥挤，堵车塞车已成常事，为什么不大力发展双层公交车呢？

逛完小街，又回到海边，沿滨海路漫步起来。太阳已有些偏西，正是午后天气最温热的时候。海上已不见海鸥飞翔，它们不少已飞落岸边，有的落在停泊的小船上，有的落在路旁。我是第一次近在咫尺地观看海鸥，兴趣颇浓。海鸥有纯白色的，也有带点灰色的，但体型大小一样，长颈黄喙，羽毛光滑，很帅气，很漂亮，很洒脱，很矫健，也很温驯，一点也不怕生人，就在人的脚边摇来晃去。有谁掷点食物，它们就会围过来抢食。游人和海鸥，成了天然的好朋友。

滨海路的外侧，安放着一溜木椅，相隔几米就有一张。木椅的大小和外观几乎一样，都是绛紫色。长条形木椅上坐的多为老人，有的在看报纸，有的在闭目养神，暖洋洋的阳光照在身上，很舒服，也很惬意。

我走了大半天，很有些疲累了，也找了张空椅子坐下。就在坐下的一瞬间，看到了嵌在椅背上的英文小字牌。我在其他椅背上也看到过，不觉纳闷起来：这上面刻的是什么呢？

三

翌日，又是一个晴朗的日子。这在天气糟糕的英国，是个难得的幸运。我在英国二十日，晴朗无雨就只有初来的这两天。

今天天气晴好，自然不能辜负。女儿安排去卡金顿公园。女儿说，这是托基镇唯一的一个公园，她每天上班都要从此穿过。

出门左行，走下一个极陡的山坡，来到一个小小的峡谷，中间有一条人行小道。两面山崖上，古树参天；小道两旁，草木葳蕤；时见小溪如线，腾挪向前，流水淙淙。山谷中少行人，森森然，有些可畏可怖；偶有鸦声响起，更觉凄然，头皮都有些发紧。山顶上，隐约可见民居，也多是二层小楼。出了小峡谷，方向一转，便进入卡金顿公园。公园也在一个峡谷里，不过要比前面的峡谷大得多，坡缓地宽，开阔豁朗。谷底和谷坡都是绿茵地。绿茵地上已有不少人，特别是孩子。他们在打闹嬉耍，嚷叫喧哗，洋溢着欢快气氛。个个穿着鲜艳，活泼可爱，像是小天使。我的心也比在小峡谷里时轻松得多愉快得多了。

公园里，也安放着许多木椅——像在海滨看到的一样的木椅。有的放在路边，有的放在大树下，有的放在灌木丛旁。椅背上也都有金属小字牌，又勾起了我的好奇心和疑问：这上面到底刻的是什么呢？

我终于忍不住问女儿，女儿回答说，这木椅是纪念死人的，可叫悼亡椅。有人死了后，他的家属或亲友捐钱买一张木椅，放在公共场所，既供游人休息，又达到了纪念死者的目的，一举而两得，何乐而不为？椅背的小字牌上，刻着死者的姓名、年龄、性别和捐献人的姓名、时间，中间是生者对死者的纪念题词。我这才恍然大悟，明白了怎么一回事儿。这是在将死人的亡灵系在木椅上，供人祭奠、缅怀、悼念的呀。

　　我逐个看那木椅上的字牌，悼亡词是多种多样的，很是耐人寻味。被纪念者多为老人，六七十岁者有之，八九十岁者也有之；还有一二十岁的少年、青年，乃至儿童。题词是根据死者的情况、捐椅者和死者的关系拟定的。有的写道："一个喜欢这儿的人"；有的写道："他是我生命中有价值的部分""爱的纪念""你可能因为他的离去而隐含眼泪，又因为他曾经活过而微笑"等等。最令我感兴趣的是这么一句："和上帝一起散步"，也可翻译成"和上帝同行"。

　　"和上帝同行"，多么富有诗意！也表现出一种人生的豁达。人死后，到了天堂，成了上帝的朋友。尼采说，上帝死了；我说，上帝没有死，仍旧活着，爱抚着一个个亡灵。上帝面前，人人平等。

　　"和上帝同行"，多么富有哲理！由生到死，只是人生的一种转型，乃至一种超越、升华。历史的逻辑是辩证的，人生的逻辑也是辩证的。老子说，有生于无，无生于有。生生死死，有有无无，天之大道，世之恒理，人之常情。自有入无，从实归虚，由色转空，都是辩证法的胜利。

　　卡金顿公园里天真烂漫的小孩，正是生的活现；系在木椅上的亡灵，则是死的象征。人从生到死，既长途漫漫，又只是一步之遥。

四

无论是海滨的木椅，还是卡金顿公园的木椅，纪念的都是普通人，或者说平民。生前无显赫地位，死后也只占一张木椅安身，而且这张木椅，还是供人休憩的。每张木椅是那么平凡，并总是沉默着。每当坐上一个游人，那系在木椅上的亡灵大约会发出一次无声的微笑，无声地慰问：您好？请坐！

世界上有些帝王，所谓的大人物，生前君临天下，死后还要占地为陵，企图在上帝面前也追求特殊。我想，这只不过是上帝的不肖子孙。没有平等思想观念者，上帝是不会接纳的。其实，无数的平凡人像是海滩上的沙粒，大人物就像海龟，没有沙粒铺路，海龟将寸步难行。

系在木椅上的亡灵，你们才是真正伟大的！

穿花格裙的风笛手

一

花格裙与风笛，是苏格兰人的两大民族特色，就像和服与木屐，是日本人的民族特色一样。而将花格裙和风笛完美地结合在一起的，是风笛手。

花格裙上有一些大的方格，颜色多式多样、多姿多彩，很是鲜艳，又古朴纯净。苏格兰花格裙起源于一种叫"基尔特"的民族服装，是苏格兰民族文化的重要标志。关于苏格兰花格裙，也有着许多的传说，有的传说是美丽的，就像花格裙本身一样美；有的传说却带着血腥气或滑稽色彩，令人唏嘘或哑笑。

古时候，苏格兰女人不善女工，就做一些简单的带格筒裙给男人穿，以蔽身遮体，防晒御寒，就像夏娃给亚当做的树叶裙一样。那年代，苏格兰和英格兰经常兵戎相见，争战不息。两军对垒之时，先是摆开阵势互骂，然后才是刀对刀枪对枪地肉搏。由于双方语言不通，听不懂彼此骂的是什么，聪明的苏格兰人就想出一个绝招：脱掉内裤，撩起格裙，撅起屁股，以示对英格兰人的羞辱。顷刻之间，阵前撅起白花花的一片屁股，气势何等恢宏；此时无声胜有声，英格兰士兵往往不堪羞辱，退下阵去。自此而后，苏格兰王定下一条规矩，穿格裙者不许穿内裤，尤其是军人；倘既穿了花格裙又穿了内裤，查出后严惩不贷。有的被掀起裙子打了屁股，甚至有的为此丢了性命。我倒不知道，今天穿着花格裙的苏格兰男子，是否穿了内裤？

1707 年，英格兰和苏格兰合并了，或者说，苏格兰被英格兰吃掉了。当时的汉诺威王朝下了禁裙令，不允许苏格兰男子再穿花格裙，因为英格兰王者始终认为，苏格兰花格裙是对英格兰的侮辱，必欲除之而后快。禁裙令颁布后，苏格兰人当然不服，进行了长达三十多年的不懈斗争，终于迫使汉诺威王朝将禁裙令取消了。苏格兰人取得了胜利，并对花格裙倍加珍惜，不断地创新格裙的图案，迄今已发展到数百种之多。在超市里看那挂售的苏格兰花格裙，真是斑斓绚丽，琳琅满目，美不胜收哇！

风笛是苏格兰最为盛行的一种吹奏乐器，下面有一个羊皮做的气囊，上方有二三个直立的簧管，旁侧有一个斜出的吹管。构造看上去很复杂，吹起来乐声高亢而悠扬。风笛来历怎样，源起何处？我不得而知，也没做过探究。但我想，大约是古时的牧羊人发明制作的。苏格兰自古牧业发达，处处牧场，遍地牛羊。牧羊人牧在旷野，生活单调乏味，耐不住孤独、寂寞、烦闷，便渐渐发明了风笛，以排遣胸中的郁积。试想在万顷牧场上，牧羊人一笛在手，紧抱在胸前，或立或坐，或倚或卧，鼓起腮帮，尽情地吹奏，优美而激越的声音响起，远播四野，直达苍穹，如同仙音天籁，引来百兽率舞，百鸟飞翔，是何等的富有浪漫诗意，又是何等的富有本土风情？

随着时间的推移，岁月将风笛造就得越来越精巧，越来越玲珑，用途也越来越广泛。或在孤独寂寞的环境中，偏处一隅，单吹独奏，自娱自乐；或在狂热的集体活动中，齐奏共鸣，群欢群享；或在隆重的庆典和重大的仪式上，作为雅乐，增添喜庆和庄重的气氛。风笛，是苏格兰民族之宝，民族之魂，民族之花！

花格裙、风笛、风笛手，三位一体，珠联璧合，相映生辉。在我的脑子里，无意间已经形成了一个几乎固化的苏格兰风笛手的光辉影像。

二

在英国，我曾四次见到风笛手，但总共也只见到四个作为风笛手的苏格兰人。

初次见到就是在那个"结婚小镇"上。烟雨迷蒙中，一对新人来到小广场举行婚礼，就是由风笛手吹着风笛前引开道的，突然响起的风笛声还吓了我一跳。可他匆匆而来，匆匆而去，虽然初次见到，却并没引起我的太大注意，因为我的注意力主要集中在了那对新人身上。当我醒过神来想再去看看那风笛手时，他已经溜之乎也了，所以对他的印象并不深，似乎只记得他戴着顶黑色小帽，至于小帽下面是一张怎样的面孔，身上穿着何种颜色的花格裙，我却是记忆模糊了。今天想来，还真有点惋惜和遗憾哩。

留给我深刻印象的，是第二次和第三次见到的风笛手，不仅至今记忆犹存，而且仍然清晰在目，还仿佛就站在我的面前，朝我微笑致意。

旅游大巴驶入苏格兰高地腹部，沿山腰曲折前进，来到一个稍为开阔的地方停住小憩。我一下车，便看到路旁一块向外突出的平台上，屹立着一个全身着民族服装的标准的苏格兰风笛手。这是一个老者，大约五六十岁的年纪，圆中带方的团脸，花白的络腮胡子，躯体很粗壮。头上是一顶饰有飘带的圆帽，肩上披着直垂膝下的大长巾，上身穿件短袄，胸前缠着十字带，下身着花格裙，腹下又是垂着的毛绦，脚上是雪白的高筒皮靴。他的身后就是悬崖，远处便是浑圆的荒山。正值天气晴朗，阳光照到他身上，五彩斑斓，真是个绝妙的风笛手造型啊。

风笛手早早地站在那儿，是等候旅客来到后跟他照相的，做的是旅游生意。他面前摆放着一只小木盒，谁要跟他一起照相就须先向他的盒里投币，大约一英镑为宜。他的脾气有点不太好，谁给钱少了就会嘟嘟囔囔，满脸的不悦，即使跟你照了相，也会觉得很不舒服。倘你一个子儿也不给，又要跟他合影，他就会扭过头去，大声嚷叫"NO，NO，NO！"一副很生气的样子。倘投足了钱，他就会喜笑颜开，高高兴兴地和你并肩合影，并卖劲地吹起风笛。

同时停在这儿的，往往是几辆大巴。旅客下车后，就纷纷涌过来，争着和老风笛手照相。旅客中大多是我们的同胞，印度人也不少，还有部分非洲黑人。大约是一个中国旅客投的钱少了些，他便揶揄道："小气的中国人！"旁边的中国人听了，颇有些忿忿。我倒不以为然，因为他骂的是某一个，而非全部中国人，似乎也没有故意的恶意。不过，我还是反讽说："他骂中国人小气，可他为了区区小钱斤斤计较，不也证明他小气吗？——小气的苏格兰人！"我是用汉语说给同胞听的，他听不懂。

为了表现中国人的"大气"，我迈步上前，将一英镑大大方方地放进他的木盒里。他的眼很尖，好像漫不经心的样子，却不断地往木盒处扫瞄。我的慷慨他肯定是看到了，很热情很爽快地和我照了相，留下了一张弥足珍贵的我与苏格兰老风笛手的双人合影。

惜别老风笛手，乘车北去，不久来到一个叫威廉堡的小镇。镇虽不大，却是军事要塞，古代为兵家必争之地。在小镇上，我再一次地看到了风笛手，不过已不是苍颜老人，而是一个英俊的少年。这少年大约只有十五六岁，一身风笛手装束，抱着风笛晃着身子在轻快地吹奏。他的面孔很白很白，即使在白人中，也算得上等，白中又透着微红。他显得很稚嫩，仍然在发育成长中。他时带微笑，满面春风，真像个天使，很阳光。他站在一个超市的门口，也做的是旅游生意。据说，每逢节假日，他就来这儿招徕顾客，此时正当复活节放假，就又来了。有人问他，你年纪轻轻，怎么不好好读书，却来此吹风笛。他说他想到美国留学，家中又不富裕，也不想依赖父母，便常到这儿来卖艺，赚钱做留学费用，一旦攒够了，就去美国……他说完，就又吹起风笛。笛声悠扬，飘散而去；余音袅袅，回味无穷。这少年风笛手长得很美，笑得很美，风笛吹得很美，心灵也很美。我甚至想到，他将来一定是个很有出息的人。

我最后一次，也就是第四次看到风笛手，是在伦敦。这一日，我要过泰晤士河去对岸参观莎士比亚剧院，登上了国会大厦附近的一座桥。在桥上，我看到了一个约摸三十多岁的青年风笛手。他倚坐在桥左侧的栏杆上，脸上有些污秽，身上的花格裙既不齐整也不干净，甚至已辨不清是什么颜色。他抱着一个破旧的风笛没命地在吹，面前也放着一只求人施舍的小盒。他很落拓，也很潦倒，可能是从苏格兰来到伦敦卖艺的"伦漂"。行人从他身边走过，仅仅投去冷漠的一瞥，既不停足听他吹笛，也无一文钱的施舍。他却吹得很来劲，近似疯狂，头剧烈地摇动着，眼睛微闭，真的像沉醉在艺术境界里，只是无人欣赏。我不由得在心里感叹：可怜的风笛手！

三

旅英期间，我照了上千张的照片。回国洗出部分后，我常摆在书桌上，逐一细览。每一张都会使我久久注目，流连，并引发我美好的回忆、遐思和想象。我最为垂青的照片之一，就是那张与苏格兰老风笛手的合影。

苏格兰高地的深处，很是荒凉。山几乎都是光秃的，很少有树木，几十公里内，都看不到什么人家，用"荒无人烟"来形容，并不为过。我不晓得这位老年风笛手叫什么，更不知道他来自何方，归于何处；只听人说，他每天定时来到这儿，笑迎天下来客。荒山野岭上，兀立着披挂整齐的风笛手，就像兀立着一只山鹰。我看着看着照片，他就展开双翼飞了起来，飞了起来，飞到高空，盘旋着，唳叫着……

我看到穿花格裙的风笛手，就进一步加深了对"民族"一词的理解。民族有其内涵，也有其形式，没有了民族形式，没有了民族特色，也就没有了民族。在这种意义上，我很赞赏鲁迅先生的这样一句话：越是民族的，就越是世界的！

花格裙、风笛、风笛手，是苏格兰民族绝妙的象征。有时，他在我意识的视野里越走越远，有时又渐行渐近。

我会永远地怀念穿花格裙的苏格兰风笛手。

民族，既要独立，又要融合。试看未来的世界，必将是各民族共舞的天下：同住地球村，同为地球人。

追寻莎翁的背影

一

忘记了是什么年代，我在课堂上听一位老师讲：有英国人说，宁可失掉印度，也不能失掉莎士比亚。他在说这话的时候，眼里透出崇仰的目光。

那时候，我大约还小，对莎士比亚很陌生，所知了了，甚至可以说一无了解。但老师的这句话和他说这句话时的神情，还是激起了我心灵的震颤，留下了深刻的记忆。那时我已知道，印度是世界四大文明古国之一，是唐僧师徒四人历经九九八十一难西天取经到过的佛国圣地；如此一个古邦大国，怎么就抵不了一个英国佬莎士比亚？他到底是怎样一个人呢，莫非有三头六臂，会奇门遁甲，能飞天入地？

困惑始终缠绕着我，直到长大以后。随着岁月的流转，年齿的增长，知识的丰赡，特别是专业学习的需要，我与莎翁的接触逐渐多了起来，他的形象在我的心目中也越来越高大越来越伟岸起来，我终于成了他的铁杆粉丝。我热爱莎士比亚就像热爱曹雪芹、崇敬莎翁就像崇敬鲁翁（鲁迅）一样。

我此生别无他好，唯与文学结缘，且如胶似漆，根深蒂固，枝繁叶茂。我心仪文学，自然也心仪文学家；我爱戴文学，也自然爱戴文学家；我崇仰中国伟大的文学家，也毫无例外毫无芥蒂地崇仰外国伟大的文学家。茫茫宇宙，泱泱地球，在世界范围内，文学家数以万计，一般写家更如恒河沙数。在文学家之林中，还有木秀于林者，就是文豪；在文豪行列里，还有大文豪，就是顶级文学大师。如果说一般文学家如满天繁星，那么，文豪就寥若晨星，而大文豪便是金、木、水、火、土星了。威廉·莎士比亚、列夫·托尔斯泰、奥诺雷·德·巴尔扎克、曹雪芹、鲁迅即为世界五大文曲星，也就是大文豪了。而莎士比亚又居世界大文豪之首，一如魁星了。伟哉，莎翁！大哉，莎翁！

我心仪仰慕莎士比亚，并有一个夙愿——有朝一日去追寻莎士比亚的踪迹。我曾读过苏联时期阿尼克斯特撰写的《莎士比亚传》，但那只是一种心灵的追寻，我更想做一种实地的循踪蹑迹，追逐他的背影。

梦里寻他千百度，到底梦想成真了，终于有一天，我实实在在真真正正地站到了莎士比亚故居前。

这一天，即公元 2012 年 4 月 5 日，星期四，时雨时晴，无风多云。

二

每个人都有自己的故乡，这个故乡可能是乡村，也可能是城镇。无论在哪儿，故乡都是自己的诞生之地，桑梓之地，孕育自己生命和哺育自己成长的地方。一般说来，有故乡即有故居。也许这故居破败了，凋敝了，甚至毁灭了，但故乡却永远存在。因为故乡永存，故羁旅在外的游子，往往会产生乡思、乡恋，乃至乡愁。人死了，而故居尚能长期保留且被世人精心呵护者，大约只有历史名人了。莎士比亚是历史名人，而且是世界历史名人，他逝世已四百余年了，至今仍保存着他的故居，并成为一座万众瞻仰的圣屋。

莎士比亚故居在一个名叫斯特拉福的小镇上。

斯特拉福位于英国中部沃里克郡内，因依傍在埃文河的身旁，故其全称为"埃文河上的斯特拉福"；离伦敦大约只有两个小时的车程。这个小镇确实不大，四百余年前只有一千多居民，今天也不过两万来人。从前在以百千计的英国小镇中，它极为普通平常，就像开遍各地的水仙花一样，默默无闻。可在十六世纪中叶，一颗文学巨星降落在这个小镇上——也就是说，在这儿诞生了一个伟大的文学泰斗：戏剧家和诗人——他就是威廉·莎士比亚，后人尊称之为"莎翁"。地以人贵，镇以人名，斯特拉福托莎士比亚的福，成了举世闻名的圣城、旅游胜地，并彪炳史册，名垂千秋。

在这个小镇上，有莎士比亚的故居和墓冢。故居坐落在镇中心亨利街的左侧，墓就建在圣三一教堂的祭坛下。每天都有来自世界各地的游人不辞辛苦地到莎士比亚故居前瞻仰，拜谒，凭吊。川流不息人接踵，都为莎翁一人来！

此刻，我就正站在莎士比亚故居前。

润物无声的如梦春雨飘若游丝，缕缕乡野的清风挟着温馨的花香轻轻袭来，我伫立在这栋简陋的木房前，全神贯注地将目光聚焦它。有谁见过这样贪婪的目光吗？大约与饿虎捕食前的景象一样。我时而宏观，扫瞄；时而细察，凝眸，像要将整座房子吃进眼睛里似的。

说实在的，这是一座很不起眼的简易房子，和周边任何其他的楼房相比，都相形见陋，如鹤立鸡群；但它又非常显眼，其他房子都是灰黄色的，唯独它一身洁白，如白天鹅立于牛群中；更因它是莎士比亚故居，倍加光芒四射，光彩照人。房分两层，木质结构，始建于伊丽莎白一世女王时期，已历经数百年风雨沧桑，仍保持着典型的中世纪风格。房子本身的价值并不高，一座小木楼而已，高就高在它的文化附加值，一木一瓦都闪着莎士比亚的光辉。

我的目光从左到右由上而下地顺着木楼的线条逐一巡视，角角落落棱棱坎坎都不放过。瓦顶，尖脊，正面墙上露着若干木板的纵断面，木面纵横交织，将墙壁分成一个个大小不一的长方形竖格。条条木面都成灰黑色，就像剑桥大学王后学院中牛顿数学桥的颜色一样，不知是木材的本色，还是人工漆上去的。木格中一律为白色，黑白分明，分外耀眼。底层有两门三窗，大门紧闭，窗户也都关着。据说，右侧的那面窗户，就是当年莎士比亚的父亲约翰·莎士比亚售卖皮毛制品的窗口。忽然，一对喜鹊飞到房脊上，喳喳地叫了起来；又有一群麻雀儿从房顶上掠过，像飘过一些淡灰色的纸箔。

莎翁的宅第门窗紧关，我不得入内，里面的情况一概不知，却又很想深入堂奥，看个究竟——越看不到越觉得神秘。正在无奈之际，忽然耳边响起一种声音，像是对我说："我来到斯特拉福做一次诗意的参谒。第一站是莎士比亚出生的那所宅子……房间都很脏，墙上满是不同语言的姓名和题词，都是来自各国的参谒者所写，不同头衔，不同地位，无论是王子还是农民，用简单又感人的实例，自发表达了人们对这位伟大诗人的一致敬仰。"这是谁的声音？我一时辨别不出。接着，又听他说道：

> 其中有把火绳枪，枪托已经损坏的，当年莎士比亚在偷猎的时候，曾用它射过鹿。还有他的烟盒，从中看得出他的烟瘾不亚于沃尔特·罗利爵士。有他扮演哈姆

雷特时用过的那把剑，还有劳伦斯在墓中发现罗密欧与朱丽叶时用的那盏灯笼。

稍停片刻，那声音又继续说，并越来越高：

最受青睐、最能勾起游人好奇心的，还是莎士比亚的椅子。以前他父亲店铺后有个阴暗的小房间，椅子就立在这房间烟囱旁的小角落里。也许，这个小淘气包曾多次坐在这把椅子上，满心渴望地盯着缓缓旋转的烤肉叉子，抑或是在某个晚上，聆听斯特拉福的老友和八卦分子们讲着英国动荡年代发生的教堂坟墓故事和奇闻逸事……

声音越听越熟，我终于回忆起来了，这是"美国文学之父"华盛顿·欧文的声音。他曾游历过英国，写出了《英伦见闻录》，并以此书赢得了世界声誉。上面我听到的，就是他在该书中对莎士比亚故居室内的描述。他比我幸运，曾进入莎翁宅子里面参观过。

我对欧文的描述仍然感到很不满足，他说得太简略了，就如几滴露水，怎能抵得了涸辙之鲋的干渴？我的想象力渐渐展开了，就像苍鹰缓缓地展开了翅膀，穿墙破壁，进入了莎翁故居的内里，飞翔起来，神游起来。我仿佛看到，木楼上下有若干小的房间，其中一间就是威廉·莎士比亚的卧室——也许在阳面，也许在阴面。靠墙放着一张床，靠墙摆着一张桌——莎士比亚的书桌。他曾在这逼仄的小屋里读书，做作业，练习写诗。他七岁开始上学，可惜不到十四岁就辍学了。其他房间里，住着他的父母和三个弟弟、一个妹妹。楼上楼下都有走廊，不甚宽，却很长，像条小胡同。威廉小时候也很淘气，他们兄妹几个常在走廊上追逐嬉戏，甚至踢小足球。瞧哇，威廉腾地一脚将小足球踢飞，撞到对面墙上，又猛地弹回来，撞到一面窗户上，引起一阵惊呼声。威廉是大哥，弟弟分别名吉尔伯特、理查、爱德蒙，妹妹叫约翰娜。爱德蒙最小也最顽皮，常缠着大哥讲故事。约翰娜是家中唯一的女孩子，很娇气，爱哭鼻子，威廉总是呵护着她。父亲约翰·莎士比亚渐渐老了，家道中落，有时经过走廊，会发出一声长长的叹息。母亲玛丽·莎士比亚不停地操劳忙碌着，走廊上投下她疲惫的身影。

楼下右侧，有一个较大的房间，是他们家的手工作坊，父亲约翰成天忙着在这儿制作手套，有毛的，也有皮的。莎士比亚辍学后，就成了父亲的好帮手，也学会了梳理羊毛、制作手套的手艺。关着的窗户开了，窗口出现了一个街坊的面孔，是来买手套的。威廉拿了一副给他，那人看了很满意，问是他做的吗，他点了点头。顾客笑了笑，称赞道："威廉，你很出息。你长大后，一定会像你父亲那样，成为一个很好的毛皮匠的！"莎士比亚苦笑了一下，望着客人远去的背影，自言自语地说："将来，我一定会成为一个匠人，不过不是皮毛匠，而是文学巨匠哩！"

我正在聚精会神地想象着，遐思着，莎翁从故居里走了出来。他大约五十来岁年纪，虽被称为"翁"，却并不显老。他个头不很高，身材稍胖，但并不显臃肿；脑门宽大，已经秃顶，两侧各有一溜长发；眼窝深陷，目光炯炯，睿智又深沉；微高的鼻子，浑圆的下巴，面带微笑。他见了我，问道："客人从哪儿来？"

"中国，"我自豪地回答，"孔子的故乡。"

"中国？好哇！我知道，那是很遥远的地方，"莎翁亲切地说，"你们的孔子说，有朋自远方来，不亦乐乎？您远道而来，我非常欢迎。"

"谢谢。"我说。

您不远万里来这儿做什么呢？参观您的故居。参观我的故居？莎翁向身后指了指说，这么简陋的小木屋，又有什么好参观的呢？不！我说，这座木屋虽然简陋，但在这儿，曾诞生过一个伟大的生命，哺育出一个伟大的生命。谁？就是您——莎翁！谬奖了，莎翁说，曾经生活在这栋小屋里的人，都很平凡，并不伟大，我也一样。我做过梳理羊毛的工人，毛皮匠；我在剧院里打过杂，看马，喂马，跑腿，给人提台词，跑龙套，什么脏苦累的活都干过；后来才做了正式演员，开始写剧本，有什么伟大的呢？伟大出于平凡，平凡成就伟大！我说，您一生创作了三十七个剧本，两首长诗，一百多首商籁体诗，著作等身，成就辉煌，是举世无双的文学大师！我又提高了嗓门说：您不只属于英国，也属于全世界；您不属于某个特定的时代，而是属于所有的世纪！从这座小木屋里走出一个梳羊毛工人，而世界文坛的天空中却诞生了一颗无与伦比的明星！

是吗？莎翁惊讶地疑问道。

是的！我斩钉截铁地回答。

一阵哨声响起，清脆而嘹亮，我从想象和幻觉中醒来，莎翁也不见了。我如同做了一场梦，还带着梦中的迷惘和遗憾。

三

毛毛雨还在飘着，如梦如幻，似纱似烟。

我随团沿着亨利街向前走去，不远就到了埃文河畔，首先攫住我目光的是岸边小广场上的一尊人物塑像。塑像大概是青铜铸成的，呈深黑色。高高的底座上，端坐着一个成年男子，左手支颐，右手扶膝，一腿裸露，一腿裹袍，作远视沉思状。他是谁？我想，可能是威廉·莎士比亚吧。可我请教了几个英国人，却莫衷一是，有的说是，有的说不是。也许是莎翁，也许不是莎翁。

即使真的是其他人，我也认为他是莎士比亚，或将他当作莎士比亚。我此时已目中无人，心中无人，唯有莎士比亚，唯有莎翁。试想一下，在斯特拉福这样一个小镇上，除了莎翁，谁还有资格被立像纪念呢？只有他——伟大的文学巨匠莎士比亚——起码我是这么认为的。

莎翁塑像的身旁，埃文河静静地流淌着。大约我在国内看多了大江大河，所以看到英国的一切河流，都觉得又瘦又小，像是一条小青蛇。埃文河给我的印象也是这样的。小河摇头摆尾而去，两岸都是树木。这儿像我到过的英国其他地方一样，大多树木还处于休眠状态，没有生芽长叶，只是微微发青，像是要苏醒的样子。树林里的小鸟却早就活跃了起来，欢蹦乱跳着，鸣啭聒噪着。我不知道这都是些什么鸟儿，只认得有麻雀——这小家伙是世界公民，在地球的任何地方，都不缺它的身影儿。另外大概有知更鸟、云雀、白嘴鸭什么的，我虽一概不认得，但从什么书上，看到英国有这些种类的鸟儿存在。

只因行程悾偬，时不待我，我未能沿河远足。但我知道，埃文河畔还有著名的圣三一教堂，莎翁受洗于斯，并长眠于斯。另外还有托马斯·露西公爵的古宅和园林，都与年轻时的莎士比亚有着很深很强的瓜葛和纠结。据说，莎翁当年很喜欢打猎，曾在公爵的园林里偷猎过鹿，结果遭到公爵的严厉惩罚，饱受屈辱，并最终不得不逃离家乡。在离此不远的地方，还有一间矮小的草舍，是莎士比亚和安妮·哈萨维结婚后共同居住生活的地方，在这小草房里，他们生下了两女一男三个孩子。这间草房后来便被称为"安妮·哈萨维茅屋"。随便捎带一句，莎士比亚非常喜欢自己唯一的儿子，给他起名哈姆雷特；但儿子十一岁上就夭折了；他非常悲痛，为了纪念儿子，他后来将自己儿子的名字做了一个剧本主人公的名字和剧本的题目，这便是四大悲剧之首的《哈姆雷特》。

我站在埃文河畔，又展开了想象的羽翼——想象是一种创新性思维，神奇的心理活动，可以补充实际感知的不足，扩展精神涉猎的空间。我又仿佛看到，儿童少年时代的莎士比亚赤膊一跃，扑入河中，一个猛子扎出很远；或跟小伙伴们在水中打闹、嬉戏，激起浪花飞溅。我又仿佛看到，青年时代的莎士比亚沿着蜿蜒的河岸在悠闲地散步，徜徉，徘徊，听树林里的小鸟唱歌；或躺在树林间的草地上，望着蓝天白云，低吟歌颂大自然的田园诗。我还仿佛看到，若干个不同年龄时段上的莎士比亚，一起在乡间小路上狂奔，或脚上沾着清晨的露水，或满身浴着夕阳的余辉，或头顶着星星和月亮。英国的月亮和中国的月亮一样，也是圆的，只是略显清冷了些，孤寂了些，苍凉了些。

据说，小时候的莎翁，并不是个安分的孩子——他热情奔放，桀骜不驯，经常像一个未经驯化的小马驹，领着一群小顽童，在大街小巷、田间乡野、河边丛林里乱窜，乃至引起镇民们的侧目。他热爱田野风光，热爱大自然，汲取了大自然的灵气和神韵，大自然的灵性渗透进了他的每个细胞，最终就化成了剧，化成了诗。

他是大自然的儿子。

四

大巴朝华威城堡方向驰去。

沃里克郡平畴沃野，水草肥美，多的是牧场和牛羊。天野一碧，郁郁葱葱，到处一片春意已浓、生机盎然的景象。车行途中，如行画中。

我坐在车上，开始默思。有两条思绪，缠绕在我的脑际：一条是，莎士比亚新婚才三年，长女不足三岁，一对双胞胎儿女刚刚受洗，他怎么就抛妇弃雏、孤身一人悄然离开了斯特拉福？另一条是，莎士比亚读书不到七年，相当于今天的初中尚未毕业，怎么就成了名扬天下、风华绝代的文学宗师？

这是两道世界性难题，不亚于宇宙之谜。

上面曾经提到，有人说，莎士比亚偷猎了当地富绅托马斯·露西公爵园林中的小鹿，不断遭受迫害，在斯特拉福待不下去了，只好离家出走，逃之夭夭。

也有人说，莎士比亚少有大志，不甘困于乡野小镇，待羽翼渐丰，便像雄鹰冲出樊笼一样，毅然弃家而去，到外面闯荡世界，求得发展，成就一番事业。

还有人说，莎士比亚从儿童少年时代就迷上了戏剧，是个剧痴，终于有一天，跟着一个流浪剧团远走高飞了……

也许还有其他的传说。

我觉得这几种说法都有一定道理，但我更倾向于第三种。莎翁生为戏剧而来，死为戏剧而去，一生钟情戏剧，视戏剧为生命，几乎成了戏剧的化身，为了戏剧而出走，是最天经地义的事情。他置戏剧于家庭之上，为了戏剧而牺牲家庭，这对家庭来说自然是不幸，而对戏剧来说却是大幸，万幸。

车轮在不停地旋转，我的大脑也在不停地旋转，转来转去，就不知不觉地转到下一个问题上了。此时我的双眼虽然仍然盯着窗外，天也似乎有些放晴了，但一切景物都变得一片模糊，视而不见了——脑袋里装的都是莎士比亚，莎士比亚。

是呀，莎士比亚小小年纪就辍了学，只读了几年书，跟父亲干皮匠活的时间比上学的时间还长，怎么后来就成了世所罕见的戏剧大师、文学巨匠了呢？也就是说，是什么因素促成了他的莫大成功呢？啊啊，也许用一句话来概括是最恰当不过的啦，那就是时代造就了他。我们不是常说时势造英雄嘛。莎士比亚生活在伊丽莎白一世女王时代，正值文艺复兴鼎盛时代。两个时代的叠加，造就了与这时代日月同辉的一代大文豪。伊丽莎白一世，美丽、聪慧、干练的英国女王，我见过她少女时的照片，真是风姿绰约、美貌盖世呀。但她却终身未嫁，正如她自己所说："我已经献身于一个丈夫，这就是英国。"由于她的励精图治，审时度势，英国因此兴盛强大起来，这为人才辈出创造了良好的外部条件。从十三世纪末十四世纪初开始的文艺复兴运动，已达到了鼎盛期。文艺复兴，啊，文艺复兴，它高张人文主义旗帜，解放思想、革故鼎新，如大河奔流，波澜壮阔，汪洋恣肆，席卷整个欧洲，莎士比亚就像是跃上浪巅的弄潮儿。没有文艺复兴运动就不会有莎士比亚，这大约不只是理论问题，而且是个不争的事实。可……可同时代的英国人有千百万，怎么其他人都没成为莎士比亚，而唯独他成了莎士比亚呢？也曾有人认为，莎翁的家乡风光旖旎，钟灵毓秀，文化底蕴丰厚，这种得天独厚的自然和文化环境熏染了他，陶冶了他，激发了他的诗情和创作灵感。这种说法也不无一定道理，莎翁的诸多作品——戏剧和诗歌中，确实可以明显地看到家乡生活打下的深深烙印，也许没有这种丰富的、灵动的、美好的，并带有一定浪漫色彩童话色彩的早期家乡生活，田园风光，莎士比亚就成不了莎士比亚。可……可与莎士比亚同时代的斯特拉福人口也数以千计，何以别人都没成为文学大师，而只有莎翁破茧化蝶、独领风骚呢？莎士比亚兄妹五人，光弟弟就有三个，为什么其他弟妹都平庸一生，唯独威廉·莎士比亚卓荦不凡、高标天际呢？……

大巴不疾不缓地向前行驶，远远地，华威城堡的雄姿已进入人们的视野中，可在我的眼帘内，只有一团模糊的影像，因为我内心的目光仍聚焦在莎士比亚身上，继续在探寻他成功的奥秘。

……时代的造就也好，乡野的哺育也好，可这都是客观因素，外部环境啊，而促使莎翁成为一代文坛巨星的更重要的自然是其内因。这内因又是什么呢？如用现成的逻辑来回答，那必然是天才＋勤奋了。我不喜欢天才这个词，它似乎意味着生而知之，生而能之，很有些玄学的味道；但我赞同天赋这个词，天赋，就是生命个体本身所具有的禀赋，也就是今天人们常说的智商，聪明程度。但儿童少年时代的莎士比亚并没有表现出特别的颖慧，更不是什么神童神少，在文法学校读书期间，也并非出类拔萃、成绩特别地优异；辍学做工阶段，更是表现平平，一无奇特之处。他在家乡生活了二十二个年头，既没有有关他此时期天才表现的任何文献记载，也没有这方面的民间传说，一个凡夫俗子而已。那他到了伦敦后，怎么短短二十余年间，就攀登到了文学的峰巅了呢？——文艺复兴运动也以他的谢世而落幕。……勤奋？对，勤奋出天才，任何人的任何成功都离不开勤奋，莎翁也自然不会例外。莎士比亚确实很勤奋，二十年写出三十多个剧本，能不是勤奋吗？我在杜莎夫人蜡像馆里，就曾见过他伏案疾书的一个镜头。为了创作，他必然会宵衣旰食，废寝忘食，焚膏继晷，孜孜兀兀，可仅仅是勤奋就能造就出一个莎士比亚吗？……

我脑子里，各种想法纠结着，竟成了一团乱麻，理不出一个清晰的头绪。我觉得，脑海深处有一个似乎永远也解不开的谜，就像一个扑朔迷离的彩球在弹跳闪烁着。

侘傺惝恍之际，大巴停在了华威城堡的脚下。

五

几天后，我回到伦敦，又站到了莎士比亚剧院面前。

剧院濒临泰晤士河，隔河与圣保罗大教堂相望。遥想当年，教堂沉重的钟声与剧院的喧闹声相呼应，融汇成文艺复兴的奏鸣曲，是何等的气派和风光！

莎士比亚剧院本名环球剧院，建成于 1599 年夏天，莎士比亚为参股人之一；但在 1613 年 6 月 29 日演出《亨利八世》时，剧院不慎失火，毁于一旦，莎翁也从此离开剧团，离开伦敦，重又回到了家乡斯特拉福。莎翁到伦敦十四年后环球剧院建成；又十四年后，剧院烧毁，他离开伦敦。前后各十四年，不知这是一种巧合，还是蕴着什么天机？

现在所看到的环球剧院，是二十世纪九十年代按当年原样重建而成的，成了泰晤士河岸边的一大胜景。大约是为了纪念使剧院蓬荜生辉、大放异彩的莎翁吧，今人更喜欢称之为"莎士比亚剧院"。

莎士比亚剧院与莎士比亚故居一样，也是木质构造。从外面看，墙垣黑白相间，像是在白锦上织上些黑色的条纹，并形成一个个大小不一的花格，但以白色为主调，白光耀眼，熠熠生辉。剧院的主体呈圆柱状，整体像个大的穹庐，又像个小的城堡，还像个粮仓儿。房顶一概青黑色，毛茸茸的，也许铺的是茅草。剧院门口上方，悬着带有莎翁头像的招牌，他宽大秃亮的额头和炯炯有神的眼睛特别引人注目。他神情凝重，若有所思，似乎仍在构思他的剧本；或许他正在向人们发出无声的询问：你们是来看戏的吗？

我不是来看戏的，是来参观的。我心里回答着，随人群步入了剧院的大门。满目所见都是木质品：天花板是木料的，地板是木料的，门窗是木料的，栏杆是木料的，角角落落旮旮旯旯无一不是木料的。走在地板上，富有弹性，人们的脚步声，汇成了木鸣曲。

剧院本是个热闹的所在，此时却是非常肃穆的气氛，每个参观者似乎都有一种朝圣的感觉，神色庄严而心情虔敬。曲折前行，顿觉眼前一亮，来到了剧院的核心部位——剧场。整个剧场就像中国旧时的一个大宅院。前面是演出的大舞台，中间是露天的半圆形小广场，宛如天井；围绕天井的是依次升高的三层看台，顶部有房檐。露天场地是供买低价票的平民站着看戏的，有座位的看台则是供有钱人买贵票坐着看戏的，大约地位越高越富有就坐得越高。靠近舞台两侧上面的两层看台设有包厢，无疑是供达官贵人享用的。而具有滑稽意味的是，舞台的上方竟然也设有座位，是最有地位的人坐的，坐在那儿根本就无法看戏。讲解员说，这种人不是来看戏，而是来被人看，以显示自己崇高地位的——他的话引起一片揶揄的笑声。

　　剧场并不大，也不算豪华，比起今天的现代大剧场来，自然是大逊其色，显得古朴而简陋。整个剧场呈黄褐色，色彩雅谐、柔和、温馨。就是在这儿，演出过一幕幕有声有色、精彩绝妙的经典戏剧，并成就了一代戏剧大师——莎士比亚。

　　我想，在这儿，每块地板上都曾留下过莎士比亚的足迹，每处墙壁上都曾映下过莎士比亚的身影。他与环球剧院同呼吸共命运十四载，可说是相依为命，相映生辉。他既是剧作家，又是演员，他为戏剧滴洒了无数的汗水和心血。

　　我眼睛一眨也不眨，聚光在前面的舞台上，因为剧场大部分为露天，光线很充足，虽然没亮灯，但舞台上的一切都看得真真切切。我望着望着，舞台上忽然热闹起来，仿佛正在演出。那是《罗密欧与朱丽叶》？还是《威尼斯商人》？也许是《哈姆雷特》《奥赛罗》《李尔王》《暴风雨》？……啊呀，《亨利八世》上演了！《亨利八世》是莎士比亚写的最后一个剧本，压轴戏。亨利八世胖大威武，头戴王冠，身穿王袍，大驾一出，臣民们便向他鸣炮致敬。轰的一声巨响，一颗流弹飞上房顶，点燃茅草，顿时火光熊熊、势不可挡地狂烧起来，整个剧院都陷入火海之中；房顶、回廊纷纷坍塌，演员、观众四散奔逃，偌大一个剧院很快化成一片灰烬、废墟。

我惊出一头冷汗。但回过神来，再看舞台，一仍原貌，安然无恙，只是空空荡荡。

一场大火造成了无妄之灾，莎士比亚走出废墟，从此离开了环球剧院。他沿着泰晤士河蹒跚而去，清清的水面上留下了他沉重的身影。

六

剧院大火后，莎士比亚又回到了埃文河畔的家乡斯特拉福。他是衣锦还乡，荣归故里？还是身心疲惫，倦鸦归巢？——莎士比亚初露头角时，曾被人骂作"暴发户式的乌鸦"，现在这只乌鸦老了，憔悴了，倦怠了，便敛羽归来，息影山林了。

斯特拉福展开双臂拥抱自己凯旋而归的儿子，埃文河欢跳着唱起了迎亲歌。莎士比亚回到小镇上，和妻子安·哈萨维共度桑榆晚年。其实，此时的他还不足五十岁；而妻子已是五十有六，比他大了整整八岁。安·莎士比亚是一个家道殷实的农场主的女儿，她二十六岁时才和只有十八岁的威廉·莎士比亚结婚，而且是未婚先孕。其间三十年中，他们既说不上爱情甜蜜，如胶似漆；也说不上同床异梦，貌合神离。他们大约是聚少离多，难得团圆，但既没有婚变，也没有绯闻，最终相偎相依在了故乡的土地上。夫妻二人或漫步在亨利街上，或徜徉于小河两岸，或听鹿鸣鸟唱，或望朝霞夕辉，度过了最后三四年的平安时光，也为并不精彩的婚姻画上了一个尚算圆满的句号。

1616年4月23日，年仅五十二岁的莎翁溘然长逝。他生于4月23日，死于4月23日；他走出斯特拉福，又回到斯特拉福；他在圣三一教堂受洗，又在圣三一教堂安息。这是天道循环，还是人生宿命？

莎翁走出了人世，却走进了历史。他彪炳于世界文学史册上，留给后人一个永垂不朽的光辉的背影。

华盛顿·欧文说：

> ……当他身心俱疲，老态龙钟，恍然发觉人生暮秋，老之将至，他回来了，如此热切地重归儿时的情境，如同婴儿投进妈妈的怀抱沉沉入睡。年轻的诗人背负屈辱，远走异乡，前途未卜。当他再次回首，作别故土，心情无比沉重。如果能预见多年之后能荣归故里，他的声名能为故乡增添光彩，如果能知道他的遗骸视为珍宝，得到世人虔诚的守护，如果知道泪眼蒙眬中，渐渐远去的教堂塔尖，他日将成为一座灯塔，屹立在一片旖旎的风景之中，指引着各国文学的朝圣者前来墓地拜谒，他该是多么神采飞扬、意气风发啊！

> （《英伦见闻录》）

七

我每当想到莎士比亚时，就会联想起曹雪芹。无论是在埃文河畔的莎士比亚故居前，还是在泰晤士河畔的莎士比亚剧院里，他们俩在我的灵府中，或联翩而至，或交错出现，像两颗璀璨的巨星与日月同辉，光耀苍穹。

我来英国瞻仰莎士比亚故居之前，曾两度参谒过曹雪芹故居。曹氏故居位于北京西郊。西山脚下，密林丛里，有一个小小的村落，人称"黄叶村"，大约只有几户人家。疏疏朗朗的民居中，有一溜数间青砖灰瓦的小平房，便是曹雪芹晚年栖息的地方。门口有三株古槐树，左侧一株，右侧两株。左侧一株是歪脖子树，斜卧着；中间一株已树干中空；唯右侧一株又粗又高，依然康健非常，风华正茂。看上去，三株古槐虬枝纵横，骨骼清奇，古迈苍劲，历经岁月风霜，依然奋力向上，很像是曹老夫子的化身和象征。在这荒僻山村，他一面度着"举家食粥酒常赊"的艰难时光，一面"十年辛苦不寻常"地埋头写作，终于唱出一曲感天动地的《红楼梦》。

一面是莎翁，一面是曹翁。

一个生活在伊丽莎白一世时代的英伦，一个生活在所谓康乾盛世的中国，不仅地域相隔万里，而且时域也相差百年。一个以戏剧名扬五洲，一个以小说著称四海；一个宽额高鼻，一个黄面瘦骨。但他们在我的心目中，都是文学大师，无分轩轾，无分国别。

他们手里都有一支神来之笔，写下了万古流芳的世界名著。他们所操语言是不一样的，所写题材也是不同的，但文学价值却是相同的，都是世界无比珍贵的精神财富。

他们的作品为什么绿树长青，永世不朽？

答案也许有若干，但我想，主要的恐怕是因为他们的文学都是人学。

他们都是写人的。在莎士比亚的笔下，活跃着哈姆雷特、奥赛罗、安东尼奥、夏洛克、罗密欧、朱丽叶等人物；在曹雪芹的书中，描绘出贾宝玉、林黛玉、薛宝钗、王熙凤、刘姥姥、尤三姐等形象。他们写出的人物百千计，一个个活灵活现，栩栩如生，展现了人的众生相。

他们是写人性的。人有人性，就像狗有狗性、猫有猫性一样。人性有善恶，就像树叶有阳面和阴面一样。他们以自己的良知，拷问和审判着每个人物的灵魂。他们既写出了美好的人性，也写出了扭曲的人性、异化的人性、丑恶的人性。人性就像一锅大烩菜，各种食材煮在一起，混杂，交融，漫漶，但青者自青，黑者自黑，白者自白，红者自红。

他们是高扬人文主义的。人文主义以人为本，强调人的本质、价值、尊严、个性。莎士比亚是西方文艺复兴时期伟大的人文主义旗手；曹雪芹的字里行间，也充分体现了民主主义的觉醒。民主主义是人文主义的核心价值，价值核心。

沙士比业与曹雪芹，莎翁与曹翁，他们走在历史的回廊中，远去了，远去了，我将永远瞩望和追寻着他们的背影……

谒鸽舍

一

旅英期间，我曾有幸拜谒过两个名人故居：一个是威廉·莎士比亚的故居，一个是威廉·华兹华斯的故居。

莎士比亚是剧作家，华兹华斯是诗人，他们都是伟大的文学家。莎士比亚的故居位于埃文河畔，华兹华斯的故居位于格拉斯梅尔湖畔。

欧美嘉五日游的首日，九时从伦敦出发，中经牛津，中午时分就到了莎士比亚的故乡斯特拉福小镇；翌日九时，从曼彻斯特市郊出发，两点半左右，就又到了华兹华斯的故乡格拉斯梅尔小村。

英格兰西北部的威斯特莫兰郡内，有山名坎布里亚山，山中星罗棋布着大大小小许多的湖泊，据说有八十多个，人称湖区。在湖区，山中有湖，湖外有山，山湖纠结，湖光山色，景致非常优美，如锦似画一般，被视作英格兰的后花园，也是著名的世界文化遗产。

湖区因多湖而得名，这些湖都形成于冰川时期。冰川融化了，融水随形就势，汇聚在低洼处，就形成了大小不一、体态各异的湖泊。湖区最大的湖叫温德米尔湖，狭长如带，蜿蜒曲折，盘绕在峡谷中。我们最先浏览的就是温德米尔湖。乘船泛湖，天高水阔，波光潋滟，煞是壮观。我发现，温德米尔湖的水像后来看到的尼斯湖的水一样，都是黑的，黑得像夜一样。

沿温德米尔湖前行，不久就到了格拉斯梅尔湖区。在这儿，主要的活动项目，就是参观华兹华斯的故居——鸽舍。

这是一个非常小的村子，最多也不过一二十户人家，坐落于山脚下，偏僻又荒凉，除了游客，并不见村民的影子。村中有一条不长的小街，顺路走去，就看到靠山一侧有一座低矮的石头房子，这就是大名鼎鼎的所谓鸽舍。全村所有的房子都是石片做成的，石片既作砖，又为瓦，上下两层小楼，都是青一色，倒成了一道奇特的风景。鸽舍也是这样的，不过更显得简陋寒碜罢了。

鸽舍位于小村的尽头，背后是山。山并不太高，山上生长着茂密的树木，据说有的树还是华兹华斯时代栽种的，已有一二百年的树龄。林木苍苍，鸟鸣声声，幽静又凄清。遥想当年，小华兹华斯和他的伙伴们，在这儿钻山入林，采花摘果，捉鸟掏蛋，奔逐戏耍，大呼小叫，享尽山林之乐，度过何等愉快的童年。

眼下的鸽舍，门窗紧闭着，似乎已无人居住，一幅凋敝景象，如同我想象中废弃了的希腊小庙。但旁边的一块小园子里，却开着一些花，姹紫嫣红的，虽不十分浓艳，却也装点出一番春色。

华氏鸽舍比莎氏木屋更为矮小浅陋，毫无奇异之处，可在这座极为普通平常的小石屋里，却诞生了一个并不普通平常的人物。他生于斯，长于斯，创作于斯，反映湖区的风物人生，人称湖畔诗人、浪漫诗人、桂冠诗人、大自然的诗人——他就是鸽舍的舍主和本文的主人公威廉·华兹华斯。

二

华兹华斯八岁丧母，十三岁亡父，是个孤儿。也许是这样的一个原因，他一生喜欢孤独，钟情孤独，赞美孤独，他的两首代表诗作《我孤独地漫游，像一朵云》和《孤独的割麦女》中，都有"孤独"一词儿。

华兹华斯少年失怙，由舅舅抚养成人。他虽生活困窘，但精神并不感痛苦，因为湖区美好的自然风光愉悦着他的心灵和神经。他读书有成，为剑桥大学高材生；他曾热衷政治，两度赴法参与法国大革命，并娶了个法兰西女子为妻。也许为生活所逼，也许遭到了迫害，也许厌烦了政治，也许怀乡心切，他不久就又回到了英伦，回到了湖区，开始脚踏实地地纵情咏唱本乡本土的自然风光。二十七岁至三十七岁的十年间，是他诗歌创作的井喷期、鼎盛期、硕果期，许多优美的诗章随缘而生，其中就包括他的鸣世之作《我孤独地漫游，像一朵云》。

仲春的一天，华兹华斯与妹妹多萝西深入湖区游春观光，归途中忽见湖岸边、林荫下，绽放着一大片金灿灿的黄水仙。"那金色的水仙花在映入眼帘的一刹那，也进入了他那躁动不安、不知所措同时又十分寂寞的内心深处，使他得到了安宁与和谐。"于是，一首绝妙好诗便由此而生。诗为：

我孤独地漫游，像一朵云

我孤独地漫游，像一朵云
在山丘和谷地上飘荡，
忽然间我看见一群

金色的水仙花迎春开放，
在树荫下，在湖水边，
迎着微风起舞翩翩。

连绵不绝，如繁星灿烂，
在银河里闪闪发光，
它们沿着湖湾的边缘，
延伸成无穷无尽的一行；
我一眼看见了一万朵，
在欢舞之中起伏颠簸。

粼粼波光也在跳着舞，
水仙的欢欣却胜过水波；
与这样快活的伴侣为伍，
诗人怎能不满心欢乐！
我久久凝望，却想象不到
这奇景赋予我多少财宝——

每当我躺在床上不眠，
或心神空茫，或默默沉思，
它们常在心灵中闪现，
那是孤独之中的福祉；
于是我的心便涨满幸福，
和水仙一同翩翩起舞。

　　这首诗读来清新、质朴、轻倩、飘逸、柔媚，人、物、景交融共生，浑然一体，多像一幅气韵生动、形神双馨的湖畔赏花图、水仙舞春画哇。

可我又见过该诗的另一种译文，那简直是令人大跌眼镜、大煞风景了。那译文是：

我像云一样漫步

自在漫游独行客，
犹如浮云飘山谷
刹那瞥见金水仙，
一丛丛、一簇簇；
树荫下，湖水边，
微风吹拂舞翩跹。

水仙连绵如群星，
点缀银河放光芒；
金黄水仙铺碧湾，
绵延无尽放眼望，
万朵水仙扑眼来，
随风摇曳舞自在。

波浪翻舞绕水仙，
繁花远胜波潋滟；
如此良友伴左右，
诗人欢欣不待言！
万般凝视忘思量，
悠悠情思随风扬。

几番倚床长憩息，

神情茫然沉思处，

眼前花影闪金光，

独处方能品幸福，

快乐洋溢我心间，

尽情欢舞伴水仙。

　　上面两种译文可说是有天壤之别，不可同日而语焉。前一种鲜活、灵动、洒脱、俊逸，后一种板滞、枯涩、干瘪、苍白，毫无生气，如同将一脉清流误导进了绝沟，成了一池死水；如同将一个青春少女百般虐待，变成了一个弃妇。我猛然意识到：翻译是多么重要哇！

　　对于不懂外文的人来说，翻译就是一切。人们往往会惯性地认为，译文就是原文，译文等于原文，忘掉了它是翻作。凡翻作都有差距，再精确的译文也不等同于原来的文本。翻译大概有三种情况：一种是妙手成春，将译作弄得比原作还好，锦上添花，其实这样并不可取，因为没有忠实于原著，也是一种误译；另一种则是水平低劣，将译文弄得远逊于原文，大失光彩，自然更不可取。最好的一种便是完全忠实于原作，翻译出来原汁原味，让读者感到的是庐山真面目。做到这一点，才可为翻译方家、大家。对于上面所录的第一种译文，我并不知道是否忠实于原文，但我很喜欢，既然该诗是世界级大诗人的看家名作，肯定是首好诗，译诗越接近原诗则会越好，越好也就会越接近原诗。

三

威廉·华兹华斯与塞缪尔·泰勒·柯勒律治、罗伯特·骚塞同称"湖畔诗人"。"湖畔诗人"一词，可谓有两层含义：一是说，他们生于湖区，长于湖区，用自己的诗笔反映湖区；二是说，他们热爱自然，崇尚自然，讴歌大自然，是"大自然的诗人"。

说到英国的湖畔诗人，我便自然联想到我国的大诗人陶渊明。五柳先生是我的本家，他姓陶，我也姓陶，一笔写不出两个"陶"字。中国有句老俗话：五百年前是一家嘛！我的这位老先人与英国湖畔派诗人一样——不，湖畔诗人与我这位高高祖一样，都是大自然的歌手，嗜大自然如命，"性本爱丘山"。

不过，在过去很长的一个时期内，我很不以这种沉醉自然、描写田园风光山水景物的诗为然，认为此类诗耽溺风花雪月，无关国计民生，是士大夫阶级的浅吟低唱，闲情逸致，不足以入诗歌正堂，只配享偏殿，仅供百无聊赖、无所事事者饭后茶余消遣消遣而已，何堪垂青高视呢。

现在看来，我是错了，不仅错了，而且是大错而特错了。

当今的世界，工业化、现代化、城市化突飞猛进，高楼林立，汽车如流，但却是以严重牺牲自然环境为代价的，钢铁水泥的欢鸣声中，浓烟浊雾的狂舞影下，一块块田野被蚕食，一片片空气遭污染，一条条河流变混浊。废水、废气、沙尘、雾霾、温室效应……已如恶魔肆虐，不仅损害着山川草木，天光云彩，而且伤及人类众多的细胞和神经。此时，方显出大自然的美好宝贵。大自然哪，你神圣，你纯净，你绮丽，你本身就是诗，就是画，深值得大歌特歌，大颂特颂。湖畔诗人的诗是天籁，是圣音，可以唤起读者热爱大自然之心，可以激活人类崇尚大自然之情，做大自然的铁杆卫士。古人云：人为万物之灵；我今天说：大自然方为万物之灵。倘有一天真的失去了大自然，那将是世界的末日，人类的浩劫。

自然，不只是一种事物的存在形态，而且是一种禀性、思想和感情，是素朴、纯真、和美的结晶。人的自然天性是善良、圣洁、清纯、质朴，可在当今的社会里，人性也被严重地污染扭曲而异化了，到处泛滥着贪婪、卑鄙、龌龊、肮脏、腌臜。因此，人类不仅要净化大自然，也要净化自身，净化人性！

直面英国的湖畔诗人，我又想到了中国的湖畔诗人。二十世纪二十年代初，在杭州的西湖畔，有四个青年人：汪静之、冯雪峰、潘漠华、应修人，也在认认真真地写诗，并因出版诗合集《湖畔》，也被戴上湖畔诗人的桂冠。他们虽不是歌吟西湖风景，而是咏唱爱情，但那种清新、纯情、本真，也如同华兹华斯他们一样。我不知道中国的湖畔诗人是否受过英国湖畔诗人的影响，也不知道英国的湖畔诗人是否影响到中国的湖畔诗人，但似乎觉得他们心有灵犀一点通，在渺远的冥处，交头接耳，拥抱亲吻。

中外湖畔诗人的共同品格是：自然。

四

当我离开华兹华斯故居的时候，一缕思绪又从脑海深处升出：这座华氏小石屋，为什么称作鸽舍呢？

导游没作解说，团友们也无人议论，我过去也未曾见过有关材料，只能做些揣测。

我想，也许是这屋子太小的缘故吧。在我们中国，不是常将狭小逼仄的居处称为鸽笼吗？华兹华斯的所谓故居确实很小，我虽然未能进入室内参观，但从外形上推测，里面也不会宽大。鸽舍者，屋小之谓也。

我又想，鸽舍之名也许含有和平之意。鸽子不是又叫和平鸽吗？鸽子象征和平，"地球人"尽人皆知。小时候，我最喜欢的一张画，就是一对胖娃娃怀抱着和平鸽；后来我还见过鸽子口衔橄榄枝的图画。华兹华斯是热爱和平的，起码他是热爱大自然的和谐的。热爱大自然的人，能不热爱和平吗？

我还想，鸽舍之谓也许还含蓄着自由之意。想想看，鸽子一旦飞出鸽舍，直上云霄，展翅翱翔，海阔天空，是何等的自由。华兹华斯漫游于湖区，不就像一只自由鸽飞翔于蓝天吗？

当然，上述种种，只是我的臆想妄测，也可能靠谱，也可能不靠谱。

我继而又想，这鸽舍之名是谁起的呢？是华仔生前自己起的，还是他先辈早就起下的，抑或是后人为了纪念他而起的？答案究竟是什么，我不得而知。

华兹华斯故居为什么叫鸽舍，该名又是何人所起，我虽然对此很感兴趣，但思来想去，也只能是不了了之。其实这些并不重要，重要的是：在这小石屋里，曾诞生过一个"大自然的诗人"；在这小小的鸽舍里，曾哺育出一个大自然的精灵。

别了，鸽舍！

第三章　梦断兴安

梦

俗言道：日有所思，夜有所梦。弗洛伊德说：梦是愿望的达成。文学创作就如同做梦。当今所谓的梦，主要是美好理想的象征。在中国梦的感召下，几乎每个中国人都在寻梦、追梦、圆梦，全国沉浸在梦之潮中。

中国古籍也记载了若干梦，最经典的就是庄生梦蝶。庄生就是庄子、庄周，他与老子齐名，并称"老庄"，战国时期道家学派的代表人物。有一天，庄子做了一个梦，梦见自己变成了一只蝴蝶，栩栩然；渐渐地，他就不知是自己幻化成蝴蝶，还是蝴蝶化成了自己。这个梦体现了道家天人合一的思想和物我两忘的精神境界。

曹雪芹的《红楼梦》便是写了一个人生的大梦。贾府的上上下下，都在做着各种各样的梦，贾母有贾母的梦，贾政有贾政的梦，贾赦有贾赦的梦，王夫人、邢夫人有王夫人、邢夫人的梦，贾琏、王熙凤有贾琏、王熙凤的梦，赵姨娘、刘姥姥有赵姨娘、刘姥姥的梦。最美好最亮丽的是贾宝玉、林黛玉的梦，他们做的是青春梦、爱情梦、自由梦、叛逆梦。但随着贾家的衰败，万梦皆休，都化作了一枕黄粱，落了个白茫茫一片大地真干净。

鲁迅受过弗洛伊德精神分析学的影响，还翻译过日本文艺理论家厨川白村的《苦闷的象征》，对梦情有独钟。他的许多作品都涉及过梦，散文诗集《野草》的二十三篇作品中，就有七八篇写了梦。我最喜欢的一篇是《好的故事》，写了一个极美的梦。

鲁迅写道："我在蒙胧中，看见一个好的故事。""这故事很美丽，幽雅，有趣。许多美的人和美的事，错综起来像一天云锦，而且万颗奔星似的飞动着，同时又展开去，以至于无穷。""大红花和斑红花，都在水里面浮动，……茅屋，狗，塔，村女，云，……也都浮动着。大红花一朵朵全被拉长了，这时是泼剌奔进的红锦带。带织入狗中，狗织入白云中，白云织入村女中……。"这是一幅多么美好的图景啊，也是一个多么美妙的梦境啊。可"我正要凝视他们时，骤然一惊，睁开眼，云锦也已皱蹙，凌乱，仿佛有谁掷一块大石下河水中，水波陡然起立，将整篇的影子撕成片片了"。最终却是个破碎了的梦，幻灭了的梦。

梦是美好的，理想也是美好的，但梦的理想必须是切实的、清晰的、明确的，而非虚无缥缈、扑朔迷离的。梦即使再好，若不切实际，也只是空中楼阁，最终必将化为泡影。有了梦想，还须脚踏实地去圆梦；倘只做梦，不作为，梦也只能是空梦，是画饼。

我的家乡，有一句土话，也是一句通俗的歇后语，曰：做梦娶媳妇——想好事！娶媳妇自然是好事，是一般年轻男性都梦寐以求的大好事。娶媳妇并非可望不可即的幻影，而是可以实现的梦想。只要修养自我，勤劳发家，就可娶到媳妇，甚至能娶到如花美眷。但倘为人不淑，懒惰成性，家徒四壁，一贫如洗，不具备人、财方面的最低条件，那么娶媳妇就像水中月、镜中花，只能是梦中的好事了。这句歇后语本是讥讽那些志大才疏、眼高手低、想入非非、爱做大梦空梦的人的，但内中也含着反激人们奋发向上的元素的。

　　梦，不能飘在天上，只能落在地上；人，不能只做梦，不践行，做单纯梦想家。圆不了的梦，就是破碎的梦，幻灭的梦。

枣与梦

　　我几乎天天晚上做一些乱七八糟的梦，有美梦，有香梦，有甜梦；也有酸梦，有苦梦，有噩梦。但这些梦却都如过眼云烟一般，随着早晨的醒来消散了，并没能留任何痕迹于灵府中。仔细忆来，又似乎有一种梦犹雪泥鸿爪般印在脑膜上——这便是关于枣的梦。

　　我的家乡在黄河下游的岸边，也是枣子之乡，大约村村都种枣树，户户都种枣树，或种一棵两棵在院子里，或种一片枣林在村边。枣树开花较晚，枣花不大，也不艳丽，黄色的，米粒般。枣花孕果后，青涩的，相貌也不出奇。可待到成熟时，就变得红艳艳的，特别讨人喜爱了。

　　每到深秋枣子熟了的时候，枣压枝头，硕果累累，红里透紫，紫里泛红，亮晶晶的，玛瑙、琥珀、珍珠一般，实在是艳羡煞人也。古语云，望梅止渴。而望枣呢？我姑妄言之曰望枣生津吧。梅子是酸涩的，止渴是发挥的负作用；而枣子是甘甜的，生津是产生的正能量，岂可同日而语哉？

　　我家在村西南有一片半亩左右的小枣树林，从枣树刚开花的时候，我就盼着枣子熟了。我童年最喜欢干的一件事，就是打枣子。清晨起来，全家人拿着木棍竹竿，筐箩口袋，兴高采烈地去打枣。棍竿打在枣树上，一颗颗润着露水的鲜枣子噼里啪啦地落在地上，也活蹦乱跳在打枣人的心坎上。收枣回家，晒在屋顶上，犹似给屋顶铺了一层紫红色的毡。这家那家，左邻右舍，几乎家家户户都在房上晒枣儿。晒的不只是枣子，还有甜美和愉悦。

村童们秋天还有一大乐趣，就是偷枣子。在我们家乡，小孩子摸瓜偷枣不算偷，正如鲁迅小说里孔乙己说读书人"窃书不能算偷"一样，绝不会提到道德品行的层面上予以谴责，更不会挞伐。当然也不是什么光彩和光明正大的事，值得吹嘘和炫耀（虽然也常常这么做）。偷枣子毕竟也是偷，偷的时候，还是有点胆怯的，心里像揣了小兔羔一样。偷的自然是别人家的枣子，自家的是不会偷的。可见，私心孩提时代就会有的。

我们村的大西边，有一片几亩大的枣树林子，是轱辘子（锢锅匠）三家的。他家缺男丁，自己又成天走村串巷地给人家锢盆子锢碗锢大缸，枣树林子没人看护，就成了我们偷猎的最佳对象。夜幕降临了，枣树林里静悄悄的，神秘秘的，我们就蹑手蹑脚鬼鬼祟祟地钻进林子，借着月光，或干脆摸黑，各自选好一棵树，像猴子一样爬上去，胜过水浒里的"鼓上蚤"时迁；大把大把地撸下枣子，装进衣兜里，直到两兜塞得满满的，鼓鼓的，才善罢甘休，溜下树来。然后满载着偷窃的丰硕成果，来到打谷场上，一面比赛着收获，一面吃着枣子，其乐融融的，竟不知羞耻为何物。

枣树上长着一种软体毛毛虫儿，一节指头大小，我已忘记其名字，似乎叫什么石蜡子，更不知名之由来。石蜡子像枣叶一样，绿色的，浑身细毛，手触上去，毛就会蜇进肉里，并留下来，又疼又痒，很是难受；上树偷枣，总不免被蜇上那么几回。可比起枣子的甘甜和偷枣的乐趣来，却是不值一提，可以忽略不计了，并没有哪个小伙伴因为怕挨毛毛虫蜇而退避三舍。

我们家的西邻居，住着一个老奶奶，和她的儿子相依为命。她家的西墙根，长着一棵不小的灵枣树。灵枣和前面说的小枣不同，也和我们家乡还有的躺枣、泼枣不同。小枣鲜的可吃，晒干了也可吃，灵枣却只能生着吃，不能晒的。灵枣又圆又大，水灵灵的，像牛眼睛，吃起来嘎嘣脆，甜个大跟头。我们几个小伙伴，来到老奶奶家的西外墙下，推一个做偷手，其他人搓他爬上墙头，有的抱腿，有的托屁股。待偷手爬上墙，已被老奶奶发现了，她气急败坏地扑过来，一面叱骂着，一面举着扫帚要打。偷手做贼心虚，吓得一骨碌从墙头上滚落下来，然后一起屁滚尿流地逃向胡同深处；大家一面没命地跑，还一面嘻嘻哈哈地笑着。身后的院子里，老奶奶仍骂个不停，跳脚不止。小伙伴们长大后，到老奶奶家去玩（她家是人场），说起此事来，她笑道，嘴馋就进家来要，吃多少都行，哪用得了爬墙头？要紧的是别摔着。

　　每当快要过大年的时候，家家都要蒸年糕。我们家乡的年糕与南方的不同，南方的年糕是糯米面做的，什么也不放，一片一片的，煮来吃；我们家乡的年糕却是黏黍米面和上枣儿做的，成窝窝头状，又称枣糕，是蒸来吃。枣糕枣糕，枣子很重要，不仅无枣不成糕，而且枣多了才好吃。我最喜欢吃的年食就是枣糕了，胜过了饺子。家家蒸上一大缸，从腊月一直吃到来年出了正月。年糕吃完了的时候，缸底剩下若干枣油，颜色是绛紫色的，油亮亮的，喝进嘴里几乎要把牙甜掉，其甜更胜过枣子本身，往往又大饱了孩子们的口福。我至今仍觉得，世界上的任何甜品，没有比枣油更甜的，大约也是爱屋及乌吧。

　　枣子刚下来，还可以做醉枣。挑选最好的鲜枣，蘸上白酒，封进坛子里，待一个多月后，就可开封取用了。经酒醉过的枣，更艳，更甜，并带上了酒香。我有一个表兄，与我家住同一个村子,他年年做醉枣,并年年送给我家一些尝新。至今也未能忘怀呢。

六十年代初,我正在上中学,学校食堂别出心裁,在红薯面掺野菜的窝窝头里,又加上几颗枣儿,这样就大大地提升了窝头的品位,也大大提高了学生们的食欲度。在那年代,又分到了进口的伊拉克蜜枣,也是用来充饥的。可以说,枣子在困难时期,是帮助我们中学的学生们渡过难关的功臣。

也许是我对枣子爱之切,印象深,这种感情和思想沉积在脑海深处,即成了潜意识,有时便化作梦像芙蓉出浴一样显现出来。我做了许多枣梦,有的忘却了,有的还记着。忘了哪年哪月了,我曾做过这样一个梦:一天,大约正值中秋的时候,我从学校(北镇中学)回家,路过一个村子,只见村边长长的一排枣树。枣树又高又大,棵棵挂着密密麻麻的果实,缀满了宝石一般。树枝都被压弯了,有的直垂到地面上,随手可摘。我望枣生津,馋涎欲滴了,想走过去摘几颗打打牙祭,又趑趄不前。踟蹰逡巡之际,忽然从村子里奔出几个半大不小的毛头孩子,大呼小叫着,仿佛是在喊捉贼。我惊醒了,额头上还沁出了冷汗珠儿。

还忘了是何年何月,我又做了这样一个梦:这天,大约已是初冬,我从学校(还是北镇中学)回家,来至自己村子的村头,看到几株孤零零的枣树高梢上,还吊着几颗打剩的枣子。叶子落尽了,疏枝横斜,红彤彤的枣子映在夕阳下,很是耀眼,像是小小的吊钟;晚风拂来,枣子摇晃起来,又像是风铃,还似乎听到了风铃清脆的铃声,像是向我召唤:快爬上来吧,我等着你!这是本村的枣树,主家又已打过了,我便无所顾忌且非常神勇地向上攀去。爬上去,溜下来;又爬上去,又溜下来;再爬上去,再溜下来;……就像希腊神话里推石上山的西西弗斯一样。当我终于攀了上去，就要伸手摘果的时候，不知为什么，却忽然醒了。睁开眼睛来，一脸的茫然。可那几颗吊在梢头的枣子，却迄今仍摇荡在我的记忆里。

还有这样一个梦……

多少年后，我读到了鲁迅的散文诗集《野草》，其首篇《秋夜》，便是赞美枣树的：

> 在我的后园，可以看见墙外有两株树，一株是枣树，还有一株也是枣树。
>
> ……
>
> 枣树，他们简直落尽了叶子。……他简直落尽叶子，单剩干子，然而脱了当初满树是果实和叶子时候的弧形，欠伸得很舒服。但是，有几枝还低亚着，护定他从打枣的竿梢所得的皮伤，而最直最长的几枝，却已默默地铁似的直刺着奇怪而高的天空，使天空闪闪地鬼睒眼；直刺着天空中圆满的月亮，使月亮窘得发白。
>
> 鬼睒眼的天空越加非常之蓝，不安了，仿佛想离去人间，避开枣树，只将月亮剩下。然而月亮也暗暗地躲到东边去了。而一无所有的干子，却仍然默默地铁似的直刺着奇怪而高的天空，一意要制他的死命，不管他各式各样地睒着许多蛊惑的眼睛。

鲁迅这是篇象征文，枣树是有着深刻寓意的。枣树不仅是枣树，而且象征着人；且不是象征着一般人，而是象征着沉静又坚韧勇敢的斗士。由此我又想到了郭沫若的一句话："真正的文艺是极丰富的生活由纯粹的精神作用所升华过的一个象征世界。"诚哉斯言，精辟之至！

年迈了，在家养息，常常回忆起童年，回忆起家乡的枣树枣子，乃至年糕。为了解馋和圆梦，我又常让家人做年糕来吃。吃着年糕，仿佛吃着童年的梦。

那颗亮晶晶的枣子，还时常在我眼前摇荡。

蝉鸣蛙噪忆童年

近日来，我忽然有些耳鸣，仿佛蝉的叫声。真个是塞翁失马，焉知非福，倒以此为机缘，由耳鸣——蝉叫，勾起了我对故乡和童年的深情回忆。

我的儿童少年时代是在故乡度过的。我的家乡在鲁北黄河之滨，一个聚族而居、不足百户的小村庄。村子林木环合，有榆林、柳林、杨林，还有枣林、杏林……夏天到来的时候，无论白天还是夜晚，各种树林里一片蝉鸣，犹似开起民间音乐演唱会。

我们家乡的蝉，俗名知了，有大小两种。一种大的，比大拇指稍大些，黑色，叫起来吱吱的，雄壮而遒劲，像男高音歌唱家；一种小的，灰色，小指肚似的，叫起来咝咝的，柔美而低回，犹女低音歌唱家。我们一般说的蝉，指的是前一种，大的，黑色的。盛夏，一只只蝉儿静静地伏在树干或树枝上，朗吟高唱，如醉如痴，物我两忘，非常地敬业，非常地抒情。古诗云：蝉噪林逾静，鸟鸣山更幽。我的家乡在华北大平原上，平畴千里，我小时候从没见过山，虽没领略过"鸟鸣山更幽"，却体会到了"蝉噪林逾静"。

蝉喜欢天热，天越热叫得越欢。三伏天的中午，烈日炎炎，正是蝉们大展歌喉的最佳时机。一唱百应，众蝉一声，响成一片。农人们劳碌半日，伴着蝉声午休，睡得又香又甜。整个村庄，万籁俱寂，唯有蝉鸣，显得分外静谧，安详。

蝉是由幼虫变来的，蝉的幼虫，称蝉猴、蝉龟。在我们家乡，俗名老道、笑死鬼，是祖祖辈辈传下来的称谓，谁也不知名之由来。蝉猴肉乎乎圆滚滚胖嘟嘟的，紫铜色，憨态可掬。捧在手里把玩，蠕动着，不蜇人啮人，很讨人喜欢。肉可食。因此，蝉猴也就成了村民们猎取的对象，捉蝉猴俗谓摸老道。

每到傍晚，少男少女们，也有成年人，就去村边树林里摸老道。据说，蝉猴在地下修行多年，经过几次蜕皮，才肯出世，从地宫里爬出来。也许这就是老道名称的缘由，当然是我的妄猜而已，不足为凭的。

蝉猴喜欢夜晚出洞。黄昏时分，来到树林里，看到地上一个圆圆的小洞，用小棍挑开土盖，便看到正在上爬的蝉猴。然后用手一探，就把它活活地提了出来；任凭你怎么弄，它也不退缩。时间再晚，它们就大都爬上了树。有的爬得不高，随手可摘；有的爬高了，须攀树才行。遇到月黑天，就得用手电。树林里电光闪闪，一幅美妙的乡村夜猎图。一晚上下来，每个人总摸得十只二十只，甚至几十只。回家扔进咸菜缸里，待腌过几天后，就成了口中美味，打了牙祭。

我也常与小伙伴们去摸老道，蹦蹦跳跳在树林里，一半是玩，一半是摸。摸得三五只回家，放进蚊帐里，一觉醒来，只只蝉猴便都变成了新蝉。起初翅膀是嫩黄的，渐渐地就变成了深黑色。蝉的双翅晶亮，透明，有花纹，人们常用蝉翼来形容物之薄。用手一撩拨，幼蝉就会飞起来。飞与鸣，是蝉的两大本能。蝉在蚊帐里飞，小孩子满炕上跑着追捕，直追得气喘吁吁，人蝉两倦。捉蝉在手，用棉线拴住，到屋外去放飞，也是童年的一大乐趣。

蝉虫化蝉，须脱掉一身皮。脱掉的皮即蝉蜕，我们家乡叫老道皮。蝉蜕淡黄色，玲珑剔透，莹光闪亮，胜似金缕玉衣，可用来做中药的。我与发小常去林中拈蝉蜕，或直接爬树，或用网来套。执一根长长的竹竿，上端系一小网，既可套蝉蜕，亦可套活蝉。将蝉蜕串起来，等到积多了，拿去药店卖，可得几文大钱，用以买铅笔、橡皮什么的，不亦乐乎？

想到蝉，不由得又联想到蛙。在我们家乡，蛙与蝉往往相提并论。它们都是天才的歌唱明星，且为黄金搭档，配合默契，相得益彰。特别是到了夜晚，皎月当空，蝉鸣蛙噪，树上吱——吱——吱——；塘里哽嘎——哽嘎——哽嘎——。二重唱，多重唱，大合唱，唱个天地玄黄，唱个山高水长，唱个沸沸扬扬，好不热闹也。

我们家乡有许多池塘，俗名湾。村前有湾，村后也有湾；村左有湾，村右也有湾。湾湾清水，是青蛙的乐园。特别是大雨过后，水涨塘满，百蛙齐出，争强斗胜，噪声呱呱，沸反盈天，吵翻了世界。蛙有多种，最大最美最讨人喜爱的一种，满身绿花，明净透亮，俗名丽丽呱。丽丽呱蹲在塘边，昂首鼓腹、引吭高歌的样子，迄今仍活现在我的脑海里。清人倪瑞璿《闻蛙》诗云：草绿清池水面宽，终朝阁阁叫平安。无人能脱征徭累，只有青蛙不属官。我们有时也捉蛙来玩耍，看它蹦高跳远，一蹦三尺高，一跳五尺远。玩耍够了，又把它放回塘里，是从不害其性命的。

蝉蛙齐鸣，胜似天籁，是丰收的预兆。我最喜欢辛弃疾的这几句词：明月别枝惊鹊，清风半夜鸣蝉。稻花香里说丰年，听取蛙声一片。辛弃疾虽然写的是江南，但于我这北方人，却也感触良深。蝉蛙欢唱之日，亦即政通人和之时。

蝉饮甘露、吮树汁而生，蛙则喜食飞虫。它们皆于人有益无害，是人类的好朋友。

夏天是蝉的黄金时代，萧萧秋风一吹，它们的末日就渐渐到了。歌声越来越衰弱，并且越来越苍凉越来越凄厉。秋雨一淋，寒蝉便从树上摔下来，挣扎一番，就毙命了。一群蚂蚁围上来，众志成城地把其尸体拖进蚁穴里，做了过冬的储备粮。蝉之寿命虽短，却将歌喉发挥到极致，酣畅淋漓地唱尽天下美曲，予人以愉悦；蝉一生光明磊落，无怨无悔，堪比世间君子。

古来咏蝉的诗不少，著名的莫如唐初虞世南的《蝉》：垂緌饮清露，流响出疏桐。居高声自远，非是藉秋风。这是虞氏踌躇满志地借蝉自况，也表达了一种深刻的哲理。另一咏蝉名篇是同为唐初才俊的骆宾王的《在狱咏蝉》：西陆蝉声唱，南冠客思侵。那堪玄鬓影，来对白头吟。露重飞难进，风多响易沉。无人信高洁，谁为表予心。此为一首怀才不遇、命途多舛、人生蹉跎的感怀诗，也是借蝉说事的隐喻诗、寓言诗。

中国有句俗谚：螳螂捕蝉，黄雀在后。我们家乡，有蝉，也有螳螂，自然还有各种鸟雀，但我从未见过螳螂捕蝉，更没见过雀儿啄螳。俗谚所云，我想这种情况还是有的。蝉才华横溢，英俊潇洒，朴实善良，与世无争，洁身自好，却是生物界的弱势群体，处于最低层，常遭侵害。唐戴叔伦《画蝉》诗道：饮露身何洁，吟风韵更长。斜阳千万树，无处避螳螂。一面是对蝉的赞美，一面是对其不幸宿命的无奈。蝉哪，蝉哪，你何日成为强势群体呢？

蝉猴青蛙皆可食，且为美味。于是有人便在它们身上大做起文章，将它们干炸了，摆到了饭馆的餐桌上，发点不义财。因此，蝉与蛙越来越少了，渐至绝迹的地步，也许有一天，蝉鸣蛙噪将成为绝响。即从这一点讲，保护自然生态，也就成了当务之急。

蝉鸣蛙噪伴随着我的儿童少年时代，成了我最爱听的生命之歌。我走出大学校门后，几十年来，工作在关外塞北，再没听到蝉的吱吱声和蛙的呱呱叫，世事倥偬，也几乎把它们淡忘了。不意竟因一次偶然的耳鸣，唤起了我沉睡多年的童年记忆，幸莫大焉。

我之耳鸣，并非恶疾，乃积垢所致。后经医院取出，听觉恢复正常。耳鸣消失了，但蝉鸣蛙噪仍不绝于耳，余音袅袅。我钟情蝉鸣蛙噪，因为它们是我的乡音，凝聚着我童年的快乐和乡思乡情。人愈老，童心愈重，乡情愈浓。蝉鸣桑榆，蛙歌唱晚，遥忆童年，情意缠绵，兴致盈胸，感慨不已，一笔在手，笑说东隅，岂非老来之福、人生至乐哉？

我的大学

　　高尔基有一部自传体小说，名《我的大学》。我近来写了篇散文，也名《我的大学》。我并非想借文豪自重，亦非东施效颦，而是出于必然，非此名不足以达我之文义。名正方可言顺耳。

　　我此生经历过三座大学：一是华东师范大学；二是辽宁大学；三是内蒙古师范大学。

　　我生于黄河下游的一个小村庄，村子不仅名不见经传，就是方圆二十里之外，知其名者也甚少。自夸点说，也许是草窠里也能飞出金凤凰，我竟一飞冲天，考上了华东师范大学，实现了我的大学梦。华东师大前身是大夏大学，位于上海的西郊，毗邻着江南水村。其校园很美，不仅在上海首屈一指，就是在全国范围内，亦属上乘。

　　一进校门，便是一条两行梧桐夹成的林荫大道。走到路的尽头，豁然而见一脉盈盈碧水，即丽娃河。河上架着一座拱桥——我已记不得桥名，姑且称其为丽娃桥吧，大约也未必会错。丽娃河将校园分成了两半。河的东岸有文史楼、外语楼、图书馆、大礼堂、共青场、学生宿舍和食堂。跨过桥去，是一近似正方形的广场；广场周边，建有数学楼、化学楼、生物地理楼、物理楼。广场的西面，连着一条与丽娃河平行的大道，道旁是两行花枝招展的木芙蓉。向北走，路东是大操场，路西是又一片学生公寓和饭厅——我就在这儿吃住了五载有余。

校园的风景亮点在丽娃河，如未名湖之于北大，珞珈山之于武大。丽娃河稍稍蜿蜒，流通苏州河。两岸垂柳依依，低拂水面；翠色映空，蝉鸣鸟啭。沿岸北行，即见夏雨岛，上造假山，花木扶疏，可供五六人岛上盘桓。常有同学登岛歌吟诵读，欢声笑语不绝。江南雾多，雾笼丽娃河，飘飘荡荡，袅袅娜娜，朦朦胧胧，另是一番奇观，另是一种景致。美哉，丽娃河！

我从穷乡僻壤初到上海，初进华东师大校园，真如进入天堂一般，处处感到新鲜可爱，美不胜收；也决心发奋努力学习，将来做祖国的栋梁。我在这儿度过了两年多平静、安乐、愉快的读书生涯，学识也大有长进。可惜好景并不太长，突如其来了一场政治风暴，席卷了朗润的校园，颠覆了正常的教学秩序，我也成了无书可读、无所事事的逍遥派。又厮混了两年多，我便带着爱怨交织的复杂感情，离开了这曾经给予我无限美好记忆和憧憬的华东师大校园。

华东师范大学是我的第一个大学母校。我怀念她！

八十年代初，在改革开放的春潮涌动中，好风凭借力，送我上青云，我考上了中国现代文学专业研究生，又走进了辽宁大学校园（旧校区），受教于高擎洲先生，同门弟子共四人。当时的辽大校园中既无河，亦无湖，连个池塘也没有，更没山。干巴巴的只有一排数座教学楼，另有图书馆和操场。其校园风景自然比华东师大逊色不少。但这儿却是人文荟萃，多饱学之士；更是我的一个重大的人生转折点，一次新的人生飞跃——我从兹走上了文学研究的道路。我在辽大校园的学习生活时间并不长，但学到了很多，开阔了文学视野，为今后的工作奠定了良好的基础。

辽宁大学是我的第二个大学母校。我感恩她！

研究生毕业后，我来到了呼和浩特，扎根在了内蒙古师范大学校园。当时的内蒙古师大校园如同一个大中学，其又略逊辽宁大学校园一筹。不过已开始了新的建设。首先，一座外观漂亮、规模宏大的图书馆拔地而起，成为一大地标式建筑。后来，又陆续建起了生物楼、艺术楼、逸夫楼、体育馆等，校园面貌为之一新。尤其是自2004年始，逐渐建成了盛乐新校区。

盛乐新校区位于呼和浩特市南面和林格尔县境内之盛乐，占地三千亩。盛乐为北魏古都，曾盛极一时，后废弃，渐成平地荒野，杂草荆棘丛生，几无人烟。内蒙古师大历经十余年，在此建成一个高楼座座、林荫处处、湖水荡漾、草坪如茵的花园式现代化大学校园——盛乐新校区。

新校区正门为北门，宽敞轩昂，恢宏壮观，有气吞山河之势。自北门而入，可眺见前方岿然耸峙的图书馆。大门与图书馆遥遥相对，其间大约有二里之遥，建有多种景观。先是五根圆柱环绕的半圆形喷池，可流光溢彩；喷池前面，是既阔又长的碧茵草地，如同铺开一条硕大的绿毡；草地前端，筑有银色旗坛，旗坛之上，五星红旗高高飘扬；草地南端，紧接一池塘，池塘中央，横一三孔拱形小桥，连接东西两岸。桥孔为圆形，一大两小，水齐孔腰，上下各半。池中绿水盈盈，有鸭、鹅、鸳鸯游弋，往来悠然。两岸垂柳，随风轻摇，且倒影于水中，上下婆娑共舞。柳荫下，有银白座椅，供师生小憩。池塘南岸，矗一假山，既石势峻嶒，又剔透玲珑。南侧一石上，镌有内蒙古著名书法家燕人康庄所书"师盛湖"三个楷体大字，端庄俊逸。此谓湖，即塘也。著名理学家朱熹有诗云：半亩方塘一鉴开，天光云影共徘徊。问渠那得清如许？为有源头活水来。师盛湖犹似朱熹笔下的半亩方塘，仿佛水平如镜，静止不动，其实活水滚滚。这活水一方面来自"师"，一方面来自前面的图书馆。这水是知识之水，人文之水，源源不绝，汹涌澎湃。此塘名师盛湖，亦堪谓名实相副。师盛湖，是师大新校区的一个象征。

图书馆面北而立，呈八字形，如雄鹰展翼，拥抱着前方的景观带和两侧的园区。景观带两侧，是并行的两条笔直坦荡的大道。大道外侧，有各式建筑，大楼参差错落分布。校园西半区，自南而北，有理工楼、学院办公楼、创业楼、美术学院楼，艺术馆、少数民族文学馆等；中部有一广场，场中高耸着一座方尖碑，正面书写着：建设特色鲜明的教学研究型综合性师范大学。校园东半区，自南而北，有旅游学院楼、体育馆、大操场、篮球场、足球场、行知楼、工艺美术学院楼、校办公楼等；还有八排学生公寓。工艺美术学院楼和校办公楼前面，立一三层塔式建筑，每层中央，悬一铜钟。底层钟最巨，上刻文学院资深教授王志民先生所撰《内蒙古师范大学六十年校庆记》，历述建校六十年之发展暨业绩。文中有语道："水怀珠而川媚，石含玉而山润。惟此师大，珠玉莘莘。"即对师大的高度赞誉。缘梯而上，可达三层，八面通敞，视野开阔，纵目望去，几览整个校园——校园规划齐整，道路纵横，分割成若干小的片区，犹似棋盘。

盛乐新校园是紫红色校园：大部分楼宇为紫红色，只是深浅略有不同。紫红色是否具有寓意，我不得而知，但由我揣测穿凿，可寓"紫气东来，红光普照"之意。

盛乐新校园又是绿色校园：处处是树，有柳树、杨树、槐树、榆树，最多的是松树，还有诸多修剪成球形的灌木。绿树成荫，成林，成碧海。校园初建时，连一棵树也没有，如今已是绿色满园。

盛乐新校园是现代化校园：现代化的建筑，现代化的设备，现代化的教育理念，培育现代化的人才。

美乎哉，师大新校园！

1931年，清华大学校长梅贻琦先生在其就职演说中，有一句名言："所谓大学者，非谓有大楼之谓也，有大师之谓也。"此言不谬。但也容易让人理解偏颇，似乎大楼与大师是水火，二者只能选其一。余以为，大楼与大师是相辅相成的。大楼代表了物质条件，对今天的大学来说，不仅是必要的，而且是必需的。君不见：今日之神州，乃至世界，凡高校校园，特别是新建校区，几乎无不比比皆大楼吗？良好的物质条件，有益于大师的培养和成长，何乐而不为呢？当然，只追求建筑大楼，不注重培养大师，徒具其表，银样镴枪头，则大楼枉为大楼，大学亦枉为大学了。

内蒙古师大大楼已备，只待大师了。大师即使已有，也不够多，不够大。大师济济之日，方为名校高标之时。

我主要工作在老校区，长达二十余年。退休后，仍不改初衷，发挥余热。在内蒙古师大，我既教学，又科研，还创作。勤奋耕耘，兀兀穷年，著述三百余万字，成就了我一生的事业。虽然平凡，却也伟大。

内蒙古师大是我生命的息壤。我热爱她！祝福她！

愿将他乡作故乡

每一个人都有自己的故乡。我的故乡在山东，离下游黄河不远的地方。在故乡，度过了我的儿童少年时代，春风秋月，夏雨冬雪，岁月流转，时光荏苒，生活了整整十八个年头。直到1963年考上大学，才离开故乡。

故乡有我甜蜜的往昔，也留给我辛酸的记忆。故乡有广袤的土地，沃野千里，一马平川，属于华北大平原的腹部。故乡鸦雀的鸣噪，蝉蛙的歌讴，至今还萦绕在我的耳畔；故乡茫茫的青纱帐，油油的谷菽田，黄黄的苦菜花，累累的红枣儿，仍时时映现在我的眼前；孩提时代的玩尿泥、掏鸟窝、逮蚂蚱、捉蜻蜓、偷瓜摸枣，还常进入我的睡梦中；发小、童伴、玩友的笑容，也常浮现在我粉红色的记忆里。童年、故乡是紧紧地糅合在一起的，甜蜜和辛酸也是紧紧地糅合在一起的。

八十年代初，我来到了呼和浩特，成了师范大学的一名教师。几十年来，我工作生活在大青山下，敕勒川上，小黑河旁，熟悉了这儿的山山水水，也熟悉了这儿的风土人情，还喝惯了这儿的奶茶，嗜好上这儿的稍麦。春来秋往，教学不辍，培养过百千学生，虽不敢妄称桃李满天下，但可自诩学生遍内蒙古。我像黄河的一滴水，融入了黑河中。

几十年里，我身在内蒙古，却又常常梦回故乡。在相当长的时期里，总觉得自己是客居异乡，是外省人，总有一天是要离开的。退休后，便移居北京，欲做京城人。但几年下来，并没有融入其中，时有"冠盖满京华，斯人独憔悴"之感。于是，生活重心又回到了内蒙古，回到了呼和浩特，并乔迁了新居。

老骥伏枥，壮心不已。白天，伏案读书，写作，精神矍铄，孜孜不倦，不似青年，胜似青年；夜晚，便沉醉在电视中，从中获得乐趣和知识。休闲时，漫步在包头大街和小黑河畔。早餐，常去"永禾源"吃稍麦、饮砖茶，或去"永和"吃油条、喝豆浆。如斯这般，几乎成了一种生活习惯，一种生活常轨。

我与呼和浩特产生了黄昏恋。当然，黄昏的是我，而非呼和浩特，呼和浩特正值豆蔻年华，还是青春少女，我则垂垂老矣。我年轻时，曾多次想调离呼市，回归山东，但终因各种原因，未果。而现在，即使迁我于天堂，我也意兴阑珊了。现我已认呼和浩特为我的故乡——起码是第二故乡。

鱼恋渊，鸟恋林，人恋乡。我恋第一故乡，更恋第二故乡。孔子曰："君子怀德。小人怀土。"我甘做乡痴，宁为"小人"也。恋乡本是人至情，怀土如何不丈夫？

我与呼和浩特感情弥笃，大约原因有三。原因之一，我的大半生在此度过，已历近四十年。生土已成熟土，熟土已成热土，热土已成故土。一方水土养一方人，大青山、敕勒川、小黑河之水土养育我几十载，人非草木，岂无情乎？人愈老情愈笃，至今已是不离不弃、融为一体了。

原因之二，是我一生的主要成就几乎全部是在呼和浩特完成的。我既非政要，亦非明星，更非什么大款大腕之类，仅为一介穷儒、酸儒、迂儒。我虽布衣草根，却也有鸿鹄之志，有自己的梦想，有自己的追求，有自己的奢望，有自己的企图。我不忘初心，一生努力奋斗的，便是执笔为文，或者说著书立说。苏东坡曾云，执笔为文为人生之至乐，此言不谬也。我身体力行，笔耕不辍，迄今已著作三四百万字，几乎每一个字、每一个标点符号，都是在呼和浩特写下的。我写作的汗水、脑汁、心血，都绞入了呼和浩特的风尘岁月中。

原因之三，便是呼和浩特日新月异、翻天覆地的变化。自改革开放以来，尤其是近十多年以来，呼和浩特如七宝楼台，层层升高，日益璀璨，亦大非昔日可比。山青了，水绿了，楼多了，厦高了，马路宽了，高架桥矗起了，高铁和地铁通了；天蓝了，云白了，空气清新了，干净、整洁、漂亮了……焕然一新，成了宜居城市，名副其实的"塞上明珠"。我站在我二十三层高楼寓所的阳台上，前瞻后瞩，左瞅右望，满目皆鳞次栉比的新楼宇，欣欣向荣的新气象，我怎能对其不产生浓厚的爱情、恋情、衷情、深情、乡情呢？

我心有所感，悱恻缠绵，著此短文，以寄情愫。并赋小诗一首，诗曰：

岁月如歌度边疆，沥血写下诗千行。
莫道塞北非桑梓，愿将他乡作故乡。

梦断兴安

　　人到暮年，总爱回忆往事。往事虽然如烟似雾，月朦胧，鸟朦胧，但略一回眸凝视，皆历历在目，清晰可见。往事沉潜于心底，偶有触发，就像鲤鱼跳龙门一样生动活泼地跳到记忆的层面上来。

　　一天下午，雨过而天未霁，雾气氤氲。我凭窗眺望着远处隐隐约约的大青山，忽然一股思潮涌上了脑际——我回忆起大兴安岭来了。

　　人生百年，既长路漫漫，又如白驹过隙。在我迄今七十余年的命途中，就在大兴安岭度过了十二载。纵使我真的活到百岁，也占去了寿命的八分之一——最青春最旺盛最珍贵的那个八分之一呀。老年忆，能不忆兴安？

　　小时候，我就学唱过"高高的兴安岭一片大森林，森林里住着勇敢的鄂伦春，一呀一匹猎马一呀一杆枪，獐狍野鹿满山遍野打也打不尽……"我生长在一望无垠的华北大平原上，赴上海上大学前，从未见过山，更没见过大森林，小森林也没见过，只见过树林儿。我虽然听过唱过这"大兴安岭之歌"，可对真正的大兴安岭，脑海里却是一片空白，一片茫然，像黑洞一样。不识兴安真面目，只缘未到此山中。

说实在的，我从未向往过大兴安岭，因为我知道，那是边陲之地，高寒之地，荒莽之地，不宜居住之地，撒尿马上冻成冰棍之地。然而阴差阳错，我却于1968年末，来到了大兴安岭腹地；是大学分配去的，也是命运安排去的——如果真的有命运的话。

　　还是说实在的，对分配到天高地远的大兴安岭，我当时并没有惆怅，并没有沮丧，并没有怨气，倒是真的有点高兴。其原因有三：一是当时的分配政策是四个面向，面向边疆为其一，绝大部分毕业生都分到了边疆，比起更加遥远荒僻的新疆来说，大兴安岭也许还算不错的；二是正值十年动荡时期，学校乱得不成样子，心中已不胜其烦，恨不得快点离开校园，离开上海——我曾经非常神往非常热爱的地方；三是岁当青春，血气方刚，颇有点豪壮之气，也想到艰苦的地方去磨练磨练自己。天涯何处无芳草？青山处处埋忠骨！

　　年近岁尾的一天，天刚蒙蒙亮，我提着行李箱，悄悄地感伤而又庆幸地离开了待了五年有余的华东师范大学校园。时值隆冬，朔风凛冽，破败的大字报栏里，凌乱的大字报在风中飘摇着，凄鸣着，呜咽着……

一、雪

　　忽然，我的耳畔响起了呼啸声，如虎吼狮啸，涛嘶雷鸣。我仿佛看到狂风卷着雪花，在我面前翻飞，乱舞，肆虐。那雪花虽非大如席，却也胜似梅花梨花，银箔般漫天潇洒。

　　这是哪里的雪？啊！——这是大兴安岭的雪！

　　回忆大兴安岭，我首先想到的自然是雪。大兴安岭是名副其实的林海雪原，雪是它的一个白色符号，白色象征。没有了雪，就没有了大兴安岭，雪是大兴安岭的生命，大兴安岭的精魂。

大兴安岭的雪下得早，十月份就大雪封山。树上挂满了雪，地上铺满了雪，山上砌满了雪，无处不是雪。那雪皎若月华，皑似玉衣，洁犹水晶。有谁见过大兴安岭的雪吗？浏览大兴安岭的雪景，就如阅读一部白色的童话。

大兴安岭的雪寿命长，直到来年四五月份才会融化掉，能生存七八个月之久。江南的雪，虽滋润美艳，却落地即融，倏尔而逝，生死在瞬息间。朔方的雪，可存活二三个月，但纷飞时如粉，如沙，积之于地，也貌合神离；塞北的雪，最多也不过挣扎三四个月，春风一吹，就化身为水。唯独大兴安岭的雪，精诚团结，凝为一体，经年累月，长盛不衰，可历秋、冬、春、夏四季。

大兴安岭冬日多晴天。艳阳照在雪地上，阳光与雪光交融在一起，灿烂生辉。林海雪原睡卧在太阳的怀抱里，非常地宁谧，非常地安详，非常地娴雅。但当刮起白毛风时，旋起雪被表层的雪粉，疯狂地飞舞着，尖利地啸叫着，像群魃在争斗，委实让人生畏，无不浑身起栗，心紧缩起来。人们最惧怕的就是白毛风——大兴安岭一种特有的骇人的风。

其实，雪对大兴安岭人来说，是利大于弊、不可或缺的。冬天是木材生产的最佳时节，靠的就是雪。伐木工人踏着厚厚的积雪，用油锯将一棵棵大树放倒，树倒在雪地上，就像婴儿扑到绵绵的绒褥上，不至于摔断身骨。从山上往下拖运木材的，既有套子，也有拖拉机，走的都是雪路；而将木材从工队运往贮木场的，则是汽车。碾实后的雪路，平坦光滑，极宜于汽车运输。俗话说，靠山吃山靠水吃水，大兴安岭人就是靠木材吃饭的。没有遍地的雪，没有厚实的雪，没有积久不化的雪，木材生产就会大打折扣的。

十冬腊月，又是拉桦子的好时节。那时候，林区人吃的是高粱米、大碴子；住的是板夹泥简易房，俗称拉拉辫；烧的则是柈子。何谓柈子？柈子者，即木柴也。整木和锯断劈成的木块通称柈子。柈子用来烧火做饭，用来烧炕取暖，是家家必具之物。而上山拉柈子则是件极辛苦又危险的事情。今天想来，仍心有余悸，不寒而栗。

大兴安岭的冬天日短夜长，下午四点多钟天就全黑了，而翌日八九点钟天才放亮。天还灰蒙蒙的，一户户拉柈子的人家就拖着小拉车从篱笆门出来，汇到上山的公路上，形成一条长长的车流向林海深处进发，浩浩荡荡，很是壮观，也很庄严，像是出征一样。拉柈子的人个个头戴兽皮帽，脚穿靰鞡鞋，手着棉闷子；有男，有女，有青壮年，也有老少，甚至儿童。一出家门，眉毛、双唇、下巴上都凝上霜，成了圣诞老人。到了山上，便各自散开，去雪地里寻倒木、站杆，紧张地忙活起来。累了，坐在雪地上稍憩一会（坐久了会冻僵的）；饿了，啃口冷馒头；渴了，抓把雪塞进嘴里——就差吃炒面了。

黄昏时分，其实就是四五点钟的样子，公路上又出现了满载而归的车流。每辆车上载的都是枯木，少的三两根，多的五六根。虽是重载，但因回程是下坡路，所以倒比空车上山时快。拉木到家，日后锯成轱辘劈成块，垒成一道柈子墙。家家如此，户户如此，倒成了林区一道亮丽的风景。一年之中，只要上山十来次，拉的柈子就够一年烧的了。今天回想起来，拉柈子不仅是生活所需，而且也是一种乐趣，一种充满了艰辛和风险的乐趣。

大雪封山，又是狩猎的好时节。森林中，除了歌子里唱的獐、狍、野鹿，还有野猪、熊瞎子、犴大罕、松鼠子、兔子、飞龙等。大型野兽只能由鄂伦春猎民来打，用的是猎枪；一般人只能打小型动物，用的是气枪。我也曾借过朋友的气枪进山打过猎，一次是打飞龙，一次是打松鼠子。飞龙又叫沙半鸡，比鸽子稍小些，长得很玲珑，肉味鲜美，是山中的珍禽。据说，有一次周总理招待西哈努克，还特意为他做了飞龙汤。我持枪卧在雪地上，紧瞅着前方，搜寻着飞龙的身影。深山的老林里，万籁俱寂，静得瘆人。远处的树上，有啄木鸟在叮叮咚咚地啄木，并响着阵阵回声，更添加了林中的幽静、凄清。我终于发现了前方一处雪地上立着一只飞龙，翘起小脑袋，东张西望着，不知是在寻找自己的情侣，还是寻觅更好的觅食地方。我实在有些不忍心枪杀这可爱的小生灵，却神不知鬼不觉地扣动了扳机，一颗铅弹飞出去，飞龙扑棱一下飞走了——我并没有击中它。我心里既懊悔又庆幸，懊悔的是一块到嘴的小鲜肉丢掉了，庆幸的是放走了一条鲜活的珍禽生命。又有一天，我去深林里打松鼠子。老鼠就鬼精鬼精的，松鼠子比一般老鼠更精。它能"飞"，能从一棵树上飞跃到很远的另一棵树上。我瞄准了，枪响时，一只肥硕的松鼠子应声落地。松鼠子皮毛光滑，很珍贵，但肉腥臊不能食。我不忍心打死飞龙，却对击落一只松鼠子很开心。于是，我提着沉甸甸的猎物，兴高采烈地凯旋归来。

大兴安岭狩猎，还有一种方式，就是下套子。下套子就是用铁丝做成套，拴在猎物必经之地的两棵树之间，猎物来了，便很容易被套住，成了盘中餐。狍子、野猪、鹿、犴大犴等大型动物都能被套住，套的最多的则是兔子。大兴安岭的兔子是白毛的，浑身绒绒的长毛，与雪一色，夏天不见身影，冬天却非常活跃，林中雪地上，常见它们深深的脚印。兔子皮既可用，肉亦可食，又易捕获，所以更多地成了牺牲品。狍子憨态可掬，却又傻乎乎的，见了人也不会躲，故称傻狍子，进而戏称愚笨人为傻狍子。我吃过狍子肉，也不好吃，差点呕吐出来。狍子如同草原上的羊，是最善良的，也是最懦弱的。熊瞎子就是黑熊，夏天生活在密林里，冬天则蹲仓，一年之间大半时间长眠在树洞里，有时也会被套住。犴大罕学名驼鹿，俗称四不像，似马非马，似驴非驴，似牛非牛，似鹿非鹿。我见过被套住的犴大罕，头像马，角像鹿，尾像驴，蹄似牛，性情颇温驯，是可以家养的。有人还说它的脖颈像骆驼，但似乎还没听有人叫它五不像。

大兴安岭的雪缤纷如落英，继续在我面前飞舞，形成一道宽阔的银幕，映现着大兴安岭的旖旎风光和平凡而富于生活情趣的故事。

大兴安岭的雪，是圣洁的雪，是上苍馈赠的礼物！

二、林

高高的兴安岭，确是一片大森林；不，不是一片大森林，而是若干片大森林，无数片大森林。每一片大森林就似一片波涛，无数片波涛连成了浩瀚的林海。林海和雪原如同兄妹，一年之中有大半年是相依为命、共同生活在一起的。

林是树的组合，大森林更是无数树的组合。大兴安岭的树种类并不多，占绝对统治地位的是落叶松，其次是桦树。落叶松高大挺拔，直指云天，可达二三十米，雄气十足，威风凛凛，是树中的伟丈夫。桦树皆为白桦，皮白而光滑，光闪闪的，远远就能辨认出。落叶松占山为王，峰峰岭岭都是它的地盘，顶峰上更是由其独霸。桦树大多生长在山脚下、平地上、谷底里，也是成片成林的，宛如一群妩媚的白衣少女，是比较弱小的群体。落叶松与桦树，二者两小无猜，情同孪生的龙凤胎，彼此和睦相处，共存共荣。

除了松树桦树，大兴安岭还有少许杨树、柳树、榆树，大多生活在溪、河边。另外，还有枫树、柞树，各个择地而生，但都是林海不可或缺的成员，极其宝贵的点缀。

大兴安岭似乎没有春天，冬天刚过，马上就是夏天，而且是盛夏。夏天的时候，雪原隐退，草木疯长，仿佛一夜之间，就成了绿色的海洋，绿色的世界。朱自清描写过绿，宗璞描写过绿，恐怕哪儿的绿，也绿不过大兴安岭夏天的绿。大兴安岭没有荒山秃岭，无处不是树，因此也无处不是绿。绿得葱茏，绿得蓊郁，绿得碧翠，绿得朝气蓬勃，绿得生机盎然，是"绿"的大写意！

大兴安岭最早开的花是大头香，也就是杜鹃花，朝鲜族人称之为金达莱。大头香是落叶灌木，生长在山坡上，齐膝高。开花的时候，山坡上红艳艳的，一片又一片，煞是美观。林区的孩子们，常结伴到大头香花丛中采花，嬉戏，享尽大自然的芬芳。大头香开花，就预示着春天——不，夏天——的到来。

夏天的山林里，还生长着多种野果。有嘟柿、羊奶子、山丁子，还有水葡萄。它们都能吃，且甘甜可口。在那荒僻之地，在那物资匮乏的年月，能采点野果打牙祭，也是一件幸事，一件乐事，一件美事。因此，每当野果成熟的时候，常见三五成群的妇女儿童钻山入林，四处采摘。那紫莹莹的嘟柿，红艳艳的山丁子，绿晶晶的水葡萄，皆成了他们的篮中之物，口中之食。他们一边采摘一边大把地吃着，饕餮一般。伴着欢声笑语，鸟鸣禽叫，另有一番情趣。

夏末秋初，又是采蘑菇的好时节。大兴安岭原始生态，自然造化，夏秋雨水充沛。一场大雨过后，蘑菇就如南方的雨后春笋一样，在林间空地上生长出来，有草蘑，有树蘑，最多的是桦树蘑。一棵大的桦树墩上，密密麻麻长着上下好几层，一采就是一满筐。采得蘑菇回家，一部分用缸腌起来，一部分用线穿起，挂在屋门旁房檐下晒起来。几乎家家房檐下都挂满了一串串蘑菇，就像南方山乡，家家户户房檐下都挂满了一串串辣椒一样。

山林中有各种小鸟，清晨是它们啼鸣最欢的时候，啁啁啾啾，叽叽喳喳，就像群英荟萃的歌唱会。夏晨，我常到林路上散步，一面呼吸着世界上最清新的空气，一面聆听着世界上最美丽的音乐，万虑皆消，心清腑爽，如同进入了仙界。我一生并不嗜音乐，但也听过一些音乐会，纵使爱乐乐音乐团的演出，也未曾引起我在大兴安岭听林中晨曲时的那种绝妙感觉。

仿佛，我的口中吃起了大兴安岭的野果，我的眼前闪动起大兴安岭的蘑菇，我的耳边响起了大兴安岭的鸟啭；进而，我的味觉模糊了，我的视觉模糊了，我的听觉模糊了，口、眼、耳融到了一起，味觉、视觉、听觉通感了。

天晴了，大青山巅飞出了一道彩虹。

三、人

大兴安岭的原居民是鄂伦春人，一个以狩猎为生的民族。从前，他们穿兽皮衣，吃禽兽肉，住撮罗子，游居山中，如同野人。全国解放后，鄂伦春人也获得了彻底解放。1951年，鄂伦春自治旗成立，旗政府设在阿里河镇。从此，鄂伦春人开始了新的生活。

阿里河镇西北约十公里处，有一载入史册的著名山洞，名曰嘎仙洞。据考，嘎仙洞是鲜卑族的祖居石室，也就是拓跋氏的发祥地。后来，鲜卑人走出嘎仙洞，走出大兴安岭，统一中国北方，建立北魏政权，煊赫达一百七十余年。

五十年代初，大兴安岭开始进行林业开发，陆续建立了十多个林业局，人迹罕至封锁闭塞的茫茫林海人烟凑集，沸腾了起来。我曾经工作生活过的克一河林业局，六十年代末已有两万多人口，主要是林业工人及其家属。林业工人来自五湖四海，全国各地，主要有四川人、山东人、河北人、河南人和东北三省人。

第一批进入的是从朝鲜归国转业的志愿军，其中多是四川兵，故林区多四川人。各省人都有自己的外号，四川人被称"四川耗子"，山东人被称"山东棒子"，河北人被称"河北老奤"，东北三省人被称"东北臭糜子"。这是彼此间的戏谑，无伤大雅的。这些人后来便统称了"大兴安岭人"。

大兴安岭因林而兴，林业工人便成为林区生产和生活的主体。他们伐木，他们运木，他们装火车，终年劳碌着，辛苦着，每根原木上都渗透着他们的汗水。一辆辆满载着粗大原木的火车欢歌猛叫着奔向祖国的四面八方。那根根原木或做了电线杆，或做了矿柱，或铺了桥梁，或加工成其他板材，大大地支援了各地的建设。那时，正值林业生产的黄金时代，原木换来了人民币，虽说不上财源滚滚，但算得上财路不绝。人称林区为"林大头"——也就是有钱的意思。

那时，林区还有一个特殊群体，名曰盲流。顾名思义，盲流就是盲目流窜来的人。他们都来自北方贫困农村，为讨生活来到大兴安岭，大多为青壮年，下得苦力的人。他们没有正式工作，只能打些杂工、零工，或参加农业社，种地谋生。大兴安岭虽属高寒地区，植物生长期短，可也种得土豆、白菜、大头菜和小麦。进行农业生产，一家人也可糊口，比在家乡强。他们的存在，也是对林区生活的一个重要补充。他们也渐渐融入当地社会，成为不可或缺的大兴安岭人。

再一个群体，便是老乡群体。亲不亲，家乡人。我所说的老乡，泛指山东人，也就是"山东棒子"。山东人遍东北，几乎村村有，屯屯有，当年山东人闯关东胜过山西人走西口。大兴安岭的山东人，也有转业军人，但大多是1958年大跃进时招工来的，还有相当多的盲流。既然是老乡，口音相近，习俗相同，心理相通，自然容易亲近，互相走动得频繁些，彼此帮助得也多些。我至今难以忘怀的是这样两个老乡：一个是铁匠，章丘人，八级工，粗眉大眼，矮胖敦实，淳朴忠厚，标准的山东硬汉，像门神中的尉迟敬德，给我生活上诸多帮助；一个是林场小工队队长，有些文化，像个书生，我与他本不相识，我本想找另一个老乡拉车样子，却误找到了他，他竟二话不说爽快地帮了忙。我搬家到呼市时，他还给我准备了一整汽车板材。今天看来都是生活小事，当年对我来说却都是大事。滴水之恩，当涌泉相报。可惜我后来没有与他们联系，据说他们也都从大兴安岭迁回了山东老家。他们都比我年龄大些，今天已为耄耋，不知尚健在否？今天思来，甚是负疚愧心。有恩不报，不知其可也。

我想到的另一个特殊群体，是大学生群体。大兴安岭本来大学生很少，一个林业局偶有几个大学生，也是林业院校的毕业生。可到了 1968 年前后，从全国各地涌来了大量的大学生，有北大的、清华的、人大的、南开的、北师大的、华东师大的……几乎都是国家重点大学的毕业生。他们是按照"四个面向"的政策被分配来的。成百上千的大学生一股脑儿聚集到大兴安岭的深山老林里，可算得中国教育史上的一个奇迹。他们先是被分到各个林业局的各个林场，接受工人的再教育，然后就分配具体工作，大多进了中学里，成了一名"臭老九"。我所在的林业局中学，一下子汇聚了二十多名大学生，有男的，也有女的。重点大学毕业生教中学，自然绰绰有余。他们有的顺时安分，听天由命，既无远虑，亦无近忧，怡然自得，准备终老林下，长做大兴安岭人；有的则韬光养晦，养精蓄锐，待时而发。大兴安岭也就成了藏龙卧虎之地。天有不测风云，时势骤变，云开天雾，万象更新，教育界竟次第恢复了高考和招收研究生。一石激起千层浪，全国的大学生欢欣鼓舞，骚动起来。大兴安岭的大学生也骚动起来，厉兵秣马，奋力一搏，几年间，考走了若干研究生，我也是其中的一员。

自强不息，命不我欺！长风破浪会有时，直挂云帆济沧海！

四、我

夕阳西下，大青山巅涂上了薄暮的霞光。我的思绪在霞光的映照下仍绵延不断。也许是有意，也许是无意，在此有意无意之间，我的精神之光渐渐聚焦到了自我身上。

隆隆隆隆，咣当咣当，咔嚓咔嚓，我的眼前仿佛奔驰起一辆绿色的蒸汽火车。它奔向北方，一直奔向大兴安岭。五十年前，我就是乘着这种比较原始的火车到达了大兴安岭的。

时令已是腊月，大兴安岭天气最冷的时候，一般都在零下三四十摄氏度。我在牙克石一下火车，酷寒就给了我一个下马威。我没准备皮帽子，只有一条薄围巾。围巾裹在头上，只似一层纸，怎抵得住冷神的针扎锥刺般的侵袭。一出站台，我的脑袋就要冻僵了，耳朵鼻子最为敏感，就像要被冻掉下来。我赶紧跑到附近的一个商店里买了一顶兔皮帽子，才算救了急，保住了五官完好无损，不然面相就成残缺美了。

我住进了牙克石宾馆。这是当年大兴安岭林区最大的宾馆，四层楼。后来听说，此宾馆几个月间先后住过从全国各地分配来的四百多位大学生。他们都是在这儿被分配到各林业局的。

我先是分到了克一河林业局下属的一个林场，名曰索图汗。我至今也不知道这"索图汗"三字为哪族语言，是什么意思。该林场是克一河林业局最大的一个林场，大约有五六百户住家，自然大多是林业工人。时值春节前，林业局要进行文艺汇演，各林场都要出节目。真是天生我材必有用，我一到林场就被安排为文艺队编节目。我大学虽是学政教的，但文学是我的嗜好和优长，编个快板书、三句半、二人转什么的，可说是小菜一碟。我编的节目在文艺汇演中大受欢迎，我也算是初露锋芒。

春节过后，我被安排到一个小工队接受再教育，也就是跟工人一起参加林业生产劳动。砍楂、打枝丫、捆木、赶套子，什么都干过。这些活都是在原始林里干的，只有落叶松和啄木鸟做伴，艰辛又寂寞，但我并没有感到特别地枯燥难耐。劳作一天后，晚上回到帐篷里安息，帐中炉火熊熊，热气腾腾，非常地暖和，非常地惬意。大多工人赤着膊，只着一条短裤。这是另一番世界，有的喝小酒，有的闲唠嗑，有的打扑克，有的哼唱评剧、二人转，各自寻找着快乐。留给我印象最深的是两个臭糜子，一个瘪着一只眼，一个舒着大长牙，虽然其貌不扬，却都满腹经纶——装着一肚子的歇后语。酒足饭饱后，两人便对面坐下来，对起歇后语。你一个歇后语，他一个歇后语，从不重复，而意义相接，竟互对两三个小时而不中断，分不出胜负，真称得上歇后语大师。倘将二位聘到北大、清华的中文系、文学院做教授，也实至名归，说不上高就。倘我当年将他们说的歇后语都记下来，必能出一本《歇后语大全》，借以评个语言学教授，大约也不成问题，甚至能混个长江学者之类。可惜我并无先见之明，当时听得有趣，过后却只做了耳旁风，于今悔之晚矣。

在木材生产最前线劳动，是冒着很大风险的。我在小工队劳动仅半年，就曾经历过两次重大的危险，都发生在装车场。一次是我正聚精会神地弯腰捆木，绞盘机吊到半空中的一捆两三根巨木突然又落下来，紧擦着我的臀部。倘我身体再靠后一点，顿时就会粉身碎骨。再一次是我已捆好木，但还骑在木头上，绞盘机手大概是疏忽，竟将我与原木一起吊了起来，直到半空；幸亏绞盘机手终于发现了，连木头带人慢慢地放到了地上，我才得以脱险。倘吊得再高些，我从上面摔下来，即使不一命呜呼，也落个

178

终身残疾。当时并没意识到什么，今天想来，才深感后怕。俗话说，大难不死，必有后福，其实，大难不死本身就是福。人生一世，总是要遇到诸多危险的，化险为夷，历劫而复，福莫大焉。

劳动半年后，我便进了索图汗学校。这是一所小学不是小学、中学不是中学的二混子学校，时称戴帽子中学，也就是小学上面戴了个初中的帽子，其实叫戴帽子小学更合适。二三年后，我因教学成绩比较突出，被调到了克一河中学，教起了高中，直到八十年代初离开。

我一生嗜好文学，1963年高考报的第一志愿就是北京大学中文系，可惜夙愿未酬，被录到了华东师大政教系。我从在大兴安岭林区当老师起，教的就是语文。教学之余，我不辍文学创作，写过诗歌、散文和小说，大多发表在《大兴安岭文艺》上，有一篇还发表在《黑龙江日报》上。我过去本不吸烟，只因在省报上发表了一篇小说，高兴之际，吸了朋友表示祝贺递给的一只葡萄牌香烟，从此便一发而不可收，成了长达二十多年的烟民，直到五十岁那年才下决心忌掉。有人苦叹忌烟难，难于过鬼门关，其实只要有决心，又有何难哉？

在大兴安岭林区，我还创作过一部长篇小说，初名《英雄谱》，后改《山村晨曲》，是以安徽凤阳山区为背景，写农业合作化的。大学读书期间，我曾去安徽定远县搞过四清，定远县就背靠凤阳山。山的那面，就是凤阳县，朱元璋的老家。凤阳花鼓是出名的，贫穷也是出名的，谁人未听过这样一段唱：说凤阳，道凤阳，凤阳是个好地方，自从出了个朱皇帝，十年倒有九年荒！凤阳穷，定远甚至比它还穷。

回校后，我便酝酿创作《英雄谱》，只写了一小部分，便毕业了。到了大兴安岭林区，在索图汗工作期间，我又重操旧业，可说是争分夺秒，废寝忘食，终于将该书续完。我视之为瑰宝，还求学校的木匠做了个装稿的小匣子。我将一份誊抄稿寄给了上海文艺出版社，不仅没予采用，还被唬了个半死，因为我在致编辑的信中，写了"文责自负"四字，编辑回信义正词严地指出："这是右派言论！"其实我的小说完全是歌颂农业合作化的，完全符合当时的政治标准，我并不怕文责自负，但"右派言论"四字，还是骇了我一身冷汗。右派为何物？这我很清楚，在当年划出的阶级敌人五类分子中，排老五；在我读过的中学和大学里，都见过他们灰溜溜的身影。就在我劳动过的小工队里，就近距离接触过一个所谓右派分子。他本是一个海军军官，打成右派后辗转来到这最为基层的生产单位进行劳动改造。他四十来岁，中等身材，圆脸，文质彬彬的样子，很有文化却是深藏不露；天天只是埋头不语地干活，晚上在帐篷里也是一语不发，偶尔也独酌一点小酒。看得出，他承受着极大的精神压力。我想，他后来肯定平反又回到了部队，重为军官，甚至有可能升为将军。但当年他确实落魄得很，成为被社会踏上一只脚的人。"右派"二字，当时在我心中，还是一个非常可怕的词，避之唯恐不及。

冬去夏来，夏去冬来，一年两季，周而复始，我渐渐适应了大兴安岭林区的生活；教书之外，弄弄文学创作，虽艰苦备尝，却甘之若饴，从无心生调离之念，转眼已是一十二载。然命运之神却惠顾了我，我于1980年考上了辽宁大学中文系中国现代文学专业研究生，从此又走出了深山老林。

大青山上空，跳出了一钩新月，洒下一片绿色的清辉。

人生如旅，百般跋涉，大约又可分几个时期。我生活于大兴安岭十二年，可谓我人生史上的一个重要时期——大兴安岭时期，林海雪原成为我永久的记忆。大兴安岭如同一幅《清明上河图》，时时展现在我面前。那山那树，那雪那花，那鸟那兽，那人那事，无不刻骨铭心。

我热爱大兴安岭，曾为离开大兴安岭感到惋惜和遗憾过。那里有我的身影，有我的足迹，有我洒过的汗水和心血，有我青春的梦，有我的朋友知己，有我的酸甜苦辣。

我又想离开大兴安岭，改革开放唤醒了我沉睡心底的理想，提供了十载难逢的新机遇。我要深造，我要攀登，我要开拓新的用武之地，于是我便通过自己的艰辛努力，舞动理想的翅膀，飞出了大兴安岭，来到了更广阔的天地，成就了自己的一番文学事业。

我回首往事，无怨无悔。即使在偏僻闭塞的大兴安岭，我也并没蹉跎岁月，荒废生命。我可以昂首挺胸，自负地说：我的一生，是努力奋斗的一生！

我透过大青山，遥望大兴安岭。亲爱的大兴安岭，你还好吗?

第四章　坐床观海记

坐床观海记

有谁坐在床头上观看过大海吗？也许有，大概也不会多。我在旅英期间，却获此幸运和殊遇。晨昏阴晴，风朝雨夕，静坐在山城居室的床头上，凭窗而观大海，别有一种风景，另具一番兴味。英游归来，余念在心，情丝不断，首先要写的便是这一胜景美事，名之曰坐床观海记。

晨风扯开沉重的夜幕，远眺是澄明的蓝天。苍穹下仿佛沉睡着的是蓝色的大海。大海仰面而卧，沉凝静默，恬淡安然，像圣母玛利亚，敞开着宽广的胸襟。

天空是蓝的，海水也是蓝的，海的颜色比天的颜色深，一个是深蓝，一个是浅蓝。蓝天上镶贴着白云，有的如乱絮，有的像丝带，有的似花朵，却都一动也不动。天空中还残留着几粒星星，闪烁着，像困倦而又惺忪的夜眼。海面上无风也无浪，只有细瞅去，才见微波轻漾。

斜对岸山坡上，还亮着点点灯火，像磷光在薄明中明灭。一会儿，山顶上泛出三抹橘红色的朝霞，在彩霞的簇拥下，一轮红日喷薄而出，海面上也浮光耀金起来。艳艳赤日，茫茫大海，湛湛晴空，构成了一幅奇妙的海上旭日初升图。看陆上日出，可说有千百遍；看海上日出，却只有几回；而在异国他乡看海上日出，在我还是头一回呢。

不知什么时候，海鸥出现了，先是一二只，接着三四只，五六只……它们是大海的儿女，天之骄子，在母亲的怀抱里纵情地撒娇，一会儿轻掠海面，一会儿回翔中空，一会儿直上云霄。

乌鸦也出现了，它们也是大海的儿女，黑衣天使。它们有时独立成群，有时与海鸥比翼齐飞，有时相互穿梭。海鸥"嘎——嘎"地叫着，乌鸦"呀——呀"地叫着，汇成美妙的音符，如同交响乐，晨鸣曲。

白帆也出现了，映着日光，在远处缓缓飘动，像在海波上婆娑起舞的白色蝴蝶，又如在海中绽放的白玫瑰。孤帆远影，婀婀娜娜，飘飘忽忽似白色的梦。

忽然，从岸边冲出几条小的快艇，向大海远处疾驰，身后激起的浪花，编织成一条条长长的银色绢带……

晨安，大海！

白昼的大海，由骚动归于平静。太阳乘着云车升上高空，笑盈盈地面对大海，就像向大海求爱的情人。太阳将光和热洒向大海，大海将柔情和爱心献给太阳。在太阳的抚慰和温存下，大海娴静、优雅、婉丽，像是穿着一身蓝色睡衣的女神维纳斯。

黄昏时刻，太阳笑别大海，情意缱绻地回眸着，一步三顾地向西山下落去。在将坠未坠、暮色苍茫之际，大海上又出现了鸥飞鸦翔你鸣我叫的喧闹景象。夕晖下，大海呈现出蓝绿两种不同颜色，有一道莹莹如玉的绿色长带束在海湾的腰间。一会儿，太阳归巢了，山头上仍涂着淡淡的霞光。暮霭泛起了，像灰色的轻纱笼上水面。大海又要睡去了。

晚安，大海！

英国多雨。正值中国"春雨贵如油"的时节，这儿却是霪雨不断，如同黄梅之季。雨一般不大，飘飘洒洒，丝丝缕缕，如烟如雾，如缟如素。当雨雾掩映大海的时候，大海破茧化蝶，翩翩起舞起来，不知大海化成了蝴蝶，还是蝴蝶化成了大海。千年一幅烟雨图，幻作三春蝴蝶梦。此时的大海上，没有了鸥飞鸦噪，没有了帆光船影，显得无限幽邃、神秘、缥缈，像一部永远也读不完的大书，像一个永远也解不透的深谜。

此地的大海也并非总是平静、肃穆、安详的，也有暴躁发威的时候。一时间，风雨如晦，急浪滚滚，从远处奔腾而来，像无数只凶猛的野狮，猛烈地撞击到堤岸上，卷起千堆雪。飞溅的浪花就像扑在眼前，轰然的声音就似炸响在耳边。大海由柔弱变得无比粗犷豪放起来。

我坐在床头上，观海、望海、眺海，也赏海、乐海、思海。我看遍了晨昏阴晴中的各种海景：静的海，动的海；蓝的海，绿的海；明朗的海，晦暝的海；坦露的海，蕴藉的海；雨的海，雾的海……眼前的海，心中的海。种种海景犹如幅幅油画，至今仍萦绕在我的脑际，闪亮在我的心头。

古语云：海纳百川，有容乃大。大海辽阔，浩瀚，不择细流，包罗万象。包容是大海的品格，不包容无以成其大，不包容无以成其深；只因包容，才混融天地，气吞万里。大海呀，还有谁比得了你的胸怀博大呢？

俗谚曰：海阔凭鱼跃，天高任鸟飞。海洋如同人生的平台，人生的平台如同海洋。人生应如鱼跃鸟飞，天马行空，只有自由的人生，才是完美的人生。大海呀，你不就象征着人生的自由，自由的人生吗？

河通海，海通洋。我坐在床头上眺望远方，凝视着海平线，仿佛看到眼前的海湾连通着英吉利海峡，英吉利海峡连通着大西洋，大西洋连通着太平洋，太平洋连通着中国的南海、东海、黄海、渤海。江河海洋，蓝水碧波，如同纽带将世界连为一体。只有海洋安宁了，世界才能太平。

我坐在床头上，观望着眼前的大海，远处是英吉利海峡……

草地赞

我爱绿色，我爱草地。草地上跳动着绿色的诗，沉淀着绿色的梦，蹁跹着绿色的精灵。

我到过天南海北的许多地方，见过若干的草地，但留给我印象最为深刻的，还是英国的草地。在大不列颠岛上，从南到北，处处是草地，绵延亘带，绿深翠浓，确确实实是一道非常迷人的锦绣风景。

在城镇，道路两旁，公园里，校园中，民院内，凡空闲的地方，都是草地。有的是纯粹的植被，只作景观；有的则是活动场所，大人在上面休闲，孩子们在上面玩耍。草地上的孩子们或嬉戏，或踢球，金发碧眼，穿红着彩，像快乐的小天使。在乡村，更是一草独秀，几乎没有一处地方不是草地。

英国的草地是四季常青的，即使严寒的冬天，大雪盖地，覆雪下面的草也是生长着的。一旦冬天过去，大地回暖，春风几度，卷走地上的雪，绽露出来的仍然是绿莹莹青葱葱的草地。连一点儿枯色也没有，并无我们在国内常见的"离离原上草，一岁一枯荣"的景象。

我到英国的时候，正值四月初，相当中国农历的烟花三月，仲春时节。在英国也春色正浓，万物复苏，但草地早已是生机勃勃、绿意盎然了。

我住处的门前就是一方草地，周边种着郁金香、水仙、紫罗兰，如同一张镶上花边的绿色绒毯，绒毯上还点缀了星星点点的小黄花和小蓝花。我不出游时常走到跟前观赏这一片小草地，草细如丝，盘曲纠结，毛茸茸的，柔绵绵的，虽然青翠欲滴，风华正茂，却并不会疯长，就像英国的绅士，潇洒飘逸而不疏狂。时有鸟儿飞来，在草地上啄食，多的是麻雀，也有一种全身乌黑比麻雀略大些的鸟儿，说不上名称，我便叫它小乌鸦。

我见到的无垠的大草地，自然是在旅途中，乡野里。无论是坐火车，还是乘大巴，我都跟飞机上一样，总喜欢坐在紧靠窗口的地方，为的是依窗望远，览景物，观风光。这时候，对我来说，风物景色就是一切。车在飞奔，一片片草地迎面扑来，又急急退去。眼前展现的，除了草地，还是草地；满目滚动着的，只有：草地，草地，草地！

平野上，是草地；丘坡上，是草地；丘顶上，还是草地。草地连着草地，既分片分块，中间隔以树篱，又块块相连，衔接得天衣无缝。有的草地是深绿色的，郁郁苍苍；有的草地颜色稍浅，绿中泛黄；还有的草地，深一条，浅一条，深浅相间。青草离离，无边无际，焕然一个琉璃的世界，一个翡翠的世界！

乡野的草地全是牧场，无处不是牛羊的天下。牛有奶牛、黄牛，羊却是清一色的绵羊。羊的数量远胜于牛，像银珠点点撒在草地上，羊、草互衬，白、绿相映，更加地色彩鲜明。我甚至觉得，那羊群散落在绿野上，竟像蠕动在锦茵上的白白亮亮的肥虱子——也许这个比喻并不文雅，却是非常地恰切，起码我的感觉是这样的。牧场上牛羊多多，却并不见一个人，连个牧童的影子也没有。我有时不免在心里唱起：羊儿在山坡上吃草，放羊的人儿哪里去了？

雨中的草地更加葱翠可爱。霏霏细雨轻轻地将草叶沾湿，淡淡的烟霭袅袅地将草地笼起，青草如同啜了琼浆，情绪饱满地奋发生长。微风拂起，草泛涟漪，这哪儿是草地？分明是披在地母身上的碧缕绮衣！

我最喜爱的，还是剑桥的草地，特别是剑桥大学的草地。剑桥大学的各个学院里，剑河两岸都是青葱葱绿油油的草地。这儿的草地，芳草萋萋，如同莘莘学子，充满了朝气和活力；这儿的草地，平展如席，温软似毯，可坐可卧，可俯可仰，还可满地撒欢、打滚。当年的中国诗人徐志摩就在剑桥的草地上，随心所欲，踌躇满志，将人生的自由和乐趣挥洒得淋漓尽致。你听，他在说："带一卷书，走十里路，选一块清静地，看天，听鸟，读书，倦了时，和身在草绵绵处寻梦去——你能想象更适情更适应的消遣吗？"

草地凝聚着绿色，绿色浸润着草地。没有没有绿色的草地，没有草地没有绿色。绿色既是草地的外观，也是草地的内涵。绿色是生命的象征，没有了绿色就没有了生命。

世界上还有许多地方只有戈壁和沙漠，而没有绿地。也许若干年后，戈壁和沙漠都变成了绿地；但也许，在不远的将来，草地都变成了戈壁和沙漠。这大概不是杞人忧天吧？

夜瞰伦敦

　　我站在兰卡斯特大酒店十四层楼观景房的窗前，俯瞰心仪已久的伦敦。浓重的夜色中，只能看清个大致的轮廓。我巡视几番后，脑子里竟跳出一个疑问：这就是伦敦？

　　小时候，也就是读小学的时候，我就知道了伦敦。它和巴黎、纽约、东京、上海，并称为世界上的五大国际都市。但它给我的印象是不仅不可即，也不可望。随着年龄的渐长，知识的丰富，我对伦敦的了解愈来愈多了，但仍然像一团迷雾，因为有关它的知识和认识，都是从书本上得来的，正如古人所言，纸上得来终觉浅哪。凡未亲经亲历亲睹的事情和事物，无论怎样用想象力来穿透，还总觉得如坠五里云雾中，扑朔迷离，暧昧不清。现在居高临下，看到真实的伦敦了，心理上却产生了很大落差。我觉得，眼下的伦敦不是我想象中的伦敦，不是我心目中的伦敦。我想象中的伦敦，高楼摩天，五光十色，璀璨绚烂——但它不是。

　　因为是阴天，夜色很浓，天上没有一丝星光。晦暝的天幕下，静卧着半眠半醒的伦敦城。这儿那儿，亮着灯火，但灯火都是昏黄的，一粒粒孤独地闪烁着，像猫头鹰的眼睛。我极力去搜寻现在国内一般城市里都会有的霓虹灯，却似乎没有，除了黄色外，其他任何颜色的灯光都未发现。即使黄色的灯光，也疏疏落落的，连不成片，形不成晕。向远处望去，可见一个高耸而硕大的静止着的转轮，上面缀着一圈灯光——也是黄色的——人称"伦敦眼"。偶见一个地方有着较密集的灯光，那大约是商业街或金融街，可也难以用"灿烂"来形容。我想，倘若站在上海的"东方明珠"上，观看黄浦江对岸的南京路，则是处处虹霓，飞光流彩，红透半边天；而伦敦……

十四层楼在今天说来并不算高，但我站在十四层楼上望伦敦，却有"会当凌绝顶，一览众山小"的感觉。我所看到的伦敦楼房，一般都是三四层，五六层，一座座在夜色中沉默着。我从前楼窗前走到后楼窗前，前前后后，可以将整个伦敦城看遍。但我仔细数了数，在二十层以上、可以称得上高层建筑的，满打满算的不足五十座，而所谓的摩天大楼，更是寥寥无几、凤毛麟角了。我已习惯看国内大中城市鳞次栉比的高楼，所以乍一看到伦敦这种现状，便在心理上有一种失落感了。

无论怎么疑惑，怎么失落，呈现在我面前的，就是实实在在的伦敦—— 一个闻名世界的国际大都市伦敦，一个打着呵欠微闭起眼睛正要睡去的夜伦敦。我尽量有意识地摆脱初见伦敦只有表面印象的局限，努力地用思想的尖角穿透表象，去探寻伦敦内在的价值和底蕴。想到这儿，我忽然觉得夜伦敦就像个黑箱，非常神秘起来。

夜，犹似白发魔女，用她肥大的手掌将半个地球捂住。魔掌下的伦敦，没有喧嚣和嘈杂，没有灯红和酒绿，没有疯狂和躁动，只有沉寂和神秘。

夜伦敦就像一本掩上封面的书，我站在楼上，时而浏览，时而谛视，时而盲目地翻阅。渐渐地，眼前的景象在脑际的荧光屏上模糊了、淡化了、隐退了，而缕缕思绪却又油然而升上心头。

伦敦，人文历史资源丰富深厚的伦敦，这儿不是有着蜚声世界的泰晤士河、大英博物馆、莎士比亚剧院、白金汉宫、温莎城堡、伦敦塔、伦敦眼、塔桥……吗？但这一切，都被夜晚的黑暗给湮灭了；须到白昼，亲往观瞻，方能揭开罩在它们身上的层层面纱呀。

我又想起伦敦的人——那些曾在伦敦生活过和仍然在这儿生活着的"人物"们——来了：伊丽莎白一世女王、维多利亚女王、伊丽莎白二世女王、莎士比亚、狄更斯、丘吉尔、撒切尔夫人、霍金……在英国历史上，女性是风头出尽、大放异彩的呀！伊丽莎白一世雄才大略，励精图治，是一代杰出的君主；维多利亚女王文治武功、开疆拓土，开创了个"维多利亚时代"——中国香港的一大名胜，至今仍叫维多利亚湾呢。还有那撒切尔夫人，人称"铁娘子"，风云政坛多年，巾帼不让须眉。据说，她曾患老年痴呆症，天气晴暖时，常到室外晒太阳。廉颇老矣，尚能饭否？……莎士比亚，英国最伟大的骄傲，他的戏剧舞台和人生舞台都在伦敦……霍金，那个躺在轮椅上的科学巨人，他全身都瘫痪了，大脑却分外地发达。他思考的是世界，是宇宙，是人类的未来。他预言，一千年后，地球就要毁灭了；他呼吁人类，赶快大力发展航天事业，用宇宙飞船将"地球人"都送到其他星球上去……塔桥、大本钟、伦敦眼、哈姆雷特、雾都孤儿、圣保罗大教堂、温莎的风流娘儿们、马岛战争、奥运会、伦敦碗、戴安娜王妃、威廉王子……我一知半解的有关伦敦的一切，都在大脑的平台上翻腾起来，错综起来，混融起来。最终，只剩下《哈姆雷特》中的一段台词在我感官的琴弦上震颤：

人类是一件多么了不得的杰作！多么高贵的理性！多么伟大的力量！多么优美的仪表！多么文雅的举动！

在行为上多么像一个天使！在智慧上多么像一个天神！

宇宙的精华！万物的灵长！

这是一段人文主义思想的宣言书，这是一首"人"的赞美诗，这是一曲文艺复兴精神的国际歌！它出自哈姆雷特之口，却是出自莎士比亚之心，出自世界上千千万万人之子的心。让我们一起高唱这"人之歌"吧！

天儿仿佛下起了雨。绵绵雨丝从开着的窗口飘进来，沾在我的身上，欲湿犹干。我身在英国，面对伦敦，喜逢夜雨，倏然间想起杜甫的诗来：随风潜入夜，润物细无声！

站在"伦敦眼"上

泰晤士河右岸，威斯敏斯特桥的前方，耸立着一架大转轮，人称"伦敦眼"。大约因此轮为圆形，如同人的眼睛；且登上去，旋转一周，可将整个伦敦看遍，故得此俗号，或谓雅称。

这个转轮非常之高大，少说也在二三百米以上，百层大楼也难与其比肩，为伦敦建筑之第一高度，也是我看到过的最大的转轮。它兀立岸边，上接天穹，由几根粗大的斜柱支撑着，非常坚固，牢如磐石。大概在建筑学上，也是一大杰作和不小的奇迹。站在它旁边仰视，只觉得巍巍乎高哉，庞庞然大哉，小山一般。

这天，不阴不晴，不冷不热，不雾不雨，在以天气糟糕著称的伦敦，算得上一个不错的日子。三生有幸，我在这样的良辰佳日登上了"伦敦眼"，得以一览伦敦的白日风光。我曾经站在旅馆的楼台上夜瞰过伦敦，那是初识，只能雾里看花；这已是重睹，且在光天化日之下了。

"伦敦眼"按着逆时针方向缓缓转动。我站在一个轮厢里，从地面冉冉升起，视野逐渐扩大。我顺着泰晤士河向东远眺，第一眼注意到的，便是飞架两岸的大塔桥。塔桥南北两端，各矗立着一座高达四十多米的巍峨壮观的桥塔。双塔之间，即为上下两层的桥面，上桥高悬半空，下桥贴近河面。据说，下桥可以开启：当大船来时，它呈"八"字形打开；待船通过，又马上合起来。可我并没看到这种景象，因为港口下移，巨轮已很少从此桥通过。

伦敦塔桥已有百年以上的历史，是维多利亚时代的杰作，它迄今仍是泰晤士河上的地标性建筑，被视作伦敦的"正门"，从泰晤士河下游上溯而来，要进入伦敦市区，必过此门。从转轮上望去，只见塔桥上车水马龙，行人如蚁，熙熙攘攘，好不热闹。塔桥外侧，已属市郊；顺河而下，可直达格林尼治天文台，那是将地球分为东西两半的地方。塔桥内侧不远处，静泊着一艘身形修长的大船——那是一艘过时退役的皇家海军军舰，作为历史的遗存，停在河中，供游人观览。想必这艘军舰在英国历史上曾有过昔日的辉煌，今天停泊在那儿，有其重大的象征意义，只是我不得其详。

泰晤士河北岸，离塔桥咫尺之远的，是名谓伦敦塔的一座古城堡。它似乎建在一个高坡上，城垣环护，气势宏伟，如蟠踞狮盘。城堡西面，离河岸一箭之地，即圣保罗大教堂。河南岸，与圣保罗大教堂斜对的，是莎士比亚剧院。莎士比亚剧院，白色，圆形，像蒙古包，光芒四射。一个是宗教圣殿，一个是艺术宝宫，相反又相成，媲美于两岸。

伦敦眼虽然转速缓慢，但不知不觉中还是已转了半圈，也就是说，我站的轮厢升到了顶端，即最高点。站在最高处，四望无碍，整个伦敦尽收眼底。我看到，伦敦城的四周，似乎都是矮矮的小山，这些小山围成一个圆盘，伦敦城就坐落在这个硕大的盘子里。瞧！那不是白金汉宫？宫的两侧，各有一片蓊蓊郁郁的园林，如同白鹤展开的双翼。白金汉宫处于伦敦的中心地带，呈正方形，门前竖立着维多利亚女王纪念碑。乍看去，纪念碑像鹤头，白金汉宫像鹤身，东西园林像鹤翅，正跃跃欲飞……哟，那是什么？一队人戴着黑黑的高帽子，骑着大马，在皇家大道上巡行。对了，那是皇家卫队，在威武庄严地例行公事。瞧，那是牛津街！那是海德公园！那是大英博物馆！那是帕丁顿火车站！伦敦碗呢？温莎城堡呢？……正当我东张西望、南眺北看、目不暇接的时候，突然耳边响起了悠扬洪亮的乐曲声。我下意识地顺声音望去，啊，原来是"大本钟"在定点奏乐报时。"大本钟"离"伦敦眼"不远，就在泰晤士河的斜对岸，镶嵌在一座高耸的塔楼上，圆圆的，大大的，倒也像是一只眼睛—— 一只会唱歌能报时的眼睛。

"这钟为什么叫大笨钟呢？"一个轮厢里可容纳七八人，我在的轮厢里有几个中国游客，我问他们。

"大概因为这钟又大又笨的缘故吧！"有人回答道，似乎在开玩笑。

"不对的！"马上有人予以纠正，"这钟的名字是大本不是大笨，是本来的'本'，不是愚笨的'笨'。大本是本杰明·霍尔的爱称，他是钟的建造者，为了纪念他，人们就将这钟称作'大本钟'了，爱屋及乌嘛。中国人叫顺口了，就成大笨钟啰！"

"我看叫大'笨'钟也对，"又一游客说，"你瞧瞧，那钟不是又大又笨嘛，听说，直径有六七米，重量达十多吨哩！"

转轮开始下行，我扫视大本钟旁边，有国会大厦和威斯敏斯特教堂，都是典型的哥特式建筑。前者是英国议会的大本营，后者是英国国王登基加冕之地，也是许多国王和名人的陵园，牛顿、达尔文都安息在那儿。

我又放眼泰晤士河上，只见泰晤士河由西而来，先是北折，后又东拐，流向大海。河上每隔不远便有一座桥，大约有十多座。桥面的形态各异，有的拱形，有的平面，有的豪华，有的素雅，有的钢架，有的石砌，十里长河，倒像个桥的展览廊。但河面并不宽阔，河水也不汹涌，只是缓缓地流着。我忽然想到了中国古代名画《清明上河图》，那是北宋人张择端描绘的京城汴河两岸的风景和风情，而现在我眼前所呈示的是当今英国首都伦敦泰晤士河两岸的现实风景和风情。虽然时差千年，地隔万里，但两相对照，仍隐隐觉得，彼此有某种相通相似之处，仿佛有着一种历史感应。

转轮渐渐降到了地面，我在走出轮厢的一刹那，心里又不免生出一个疑问：这就是泰晤士河？

记"海德公园"

英国是个美丽的国度，处处绿地，处处公园。英伦公园万千个，我最感兴趣的是海德公园。这不仅因为它是伦敦乃至英国最大的公园，还因为曾听说，在这座公园里，有一个叫什么"演说角"的东西，是供各种人自由发表政见的地方。我想看一看，到这儿演说的都是些什么头角峥嵘的人物，是如何不知天高地厚，胆大妄为，唾沫横飞，信口雌黄的？

我从北京飞抵伦敦的当天晚上，就乘两三个小时的火车到了滨海小镇托基。数天后，我才又重返伦敦，为的是参加第二天清晨开始的欧美嘉纵横五日游。回到伦敦的时候，已是傍晚了。走出帕丁顿火车站，拐弯抹角地去找早已订好的旅馆。幸好旅馆离火车站不远，不一会儿就找到了。急急忙忙办好住宿手续，放下行装，就匆匆去逛海德公园。因为事先听说，海德公园就在我们所住旅馆的旁边。趁天色尚早，赶快去瞧瞧，不然天黑下来，就来不及了。早一步天宽地阔，晚一步好事成空，过了此村就没了此店哪。

果不其然，走出旅馆，跨过一条马路，就是大名鼎鼎的海德公园，用中国的话说，不过一箭之地。公园大门简易得出人意料，更令我惊喜的是，进门不用买票，游人可以大摇大摆地自由出入。我心想，阿弥陀佛，又省下了几英镑，又可饱餐一顿比萨了。一进门口，即见两方碧水，许多人在池边闲玩。池边有人物塑像，名不见经传，我也不知是老几，瞥一眼就过去了。

沿池边斜行，即步入一条林荫大道。虽然时令未到，有树无叶更无荫，但古木参天，道路平坦而宽阔，行人不绝，也不失为一处胜景。路的左侧有一条修长的带状湖，弯曲而去，不见终端。湖里清水幽幽，水禽徜祥；岸上花木扶疏，柳条轻扬。路的右侧，则是一片广袤的草地。草地略有起伏，绿意盎然。草地上也长着一些古树，高大挺拔，但不密集，彼此空间很大，可供游人活动。只见一些青年人和小孩子在踢足球，打羽毛球，蹦跳玩耍，就跟在托基的公园里看到的一样。再往前走，就远远地看到一座高耸的青铜塑像，据说，那是阿尔伯特亲王像，是他贤惠而又痴情的妻子维多利亚女王为缅怀他而特地在这儿竖立的，供游客瞻仰；也可以说，这是一座爱情纪念碑，寄托着女王的哀思和情思。英国王室成员中，不乏多情种子。因为时间关系，我没有去跟前瞧上一眼，所以印象也不怎么深。

走到林荫道的尽头往西折，步入另一条比较窄的路，只见这儿花团锦簇，飞红流金，秾艳无比，大约有桃花、樱花、迎春花什么的，也许是些我根本不知名的另外什么花。再往前走，又见"青树翠蔓，蒙络摇缀，参差披拂"。这儿出现了一些小精灵——松鼠。灰细的皮毛，软长的身躯，高翘而卷起的尾巴，或在路上爬来爬去，或在树上攀上溜下，一点也不怕人。如果扔一点食物给它们，这些小家伙会先是瞪起眼睛感激地望你一下，然后捕捉过去，聚而食之，偶尔发出吱吱的欢叫声。其实它们并不饿，只是逗人玩罢了。另外还有些鸽子，和小松鼠交杂在一起，彼此毫无敌意，也无戒心，真正地和平相处，亲如一家人。在过去我的观念里，鼠类都是宵小无耻之徒，钻穴跳梁之辈，鸽子才是温驯和善的良民；而在这儿，竟然是鼠鸽同乐，互利共赢，宛似彬彬君子，真个地羞煞人也。

三走两行，信马由缰，无意间又来到一面大的塘池边。池水澄明清浅，浮游着若干禽鸟，有野鸭、海鸥、绿头鸭，最多的却是天鹅。岸边也有几只天鹅，一身雪白，长颈直挺，昂头环视，大得像鸵鸟，高傲得像白雪公主，颇具王者之风，只可惜翅膀已经退化，再也飞不起来了。塘的周边是草地，没有树木，显得很空旷。我脚边草地上，有一只母锦鸡带着两只松花小雏鸡在啄食，悠悠然一副绅士态。岸边的游人，或坐在木椅上小憩，或沿塘路安闲地踱步。太阳已将收尽它最后的淡黄色的光线了。

夜幕徐徐下垂，夜色渐渐变浓，眼前模糊起来。此刻我猛然想到，还没参观演说角呢，于是赶紧去寻找，可东找西找，找来找去，到底没找到什么演说角。演说角在哪儿呢？

我带着些许遗憾回到旅馆。当我登上高楼，推开窗户，往外一望的时候，伦敦已是万家灯火。

归国大半年后，我仍为在海德公园未能看到演说角而心存遗憾。可有一天，我随意翻看从英国带回的伦敦地图，却忽然发现，我参观过的所谓海德公园根本不是什么海德公园，而是与其相邻的肯辛顿公园，顿觉大跌眼镜，油然而生愧悔之感。肯辛顿公园与海德公园是连体的，像伏羲和女娲一样紧紧拥抱着，中间只隔了我曾见过的那条带状湖。我游览了半天，却未曾踏上海德公园的一寸土地。演说角位于离湖很远的海德公园的东北角，我又怎么能找得到呢，那不是缘木求鱼嘛。

这件事给了我深刻的教训和重大的启示：凡事要多动动脑筋，且不可妄听轻信；盲信小则误事，大则误身，甚至误国。可在现实生活中这种以假为真、妄听盲信的事不是还在经常发生吗？

烟蒙雨笼中的"苏格兰第一村"

踏上苏格兰的土地，引发游客青睐的第一景点，竟是一个小村庄。这个村庄的本名叫什么，鲜为人知，旅客们对此也似乎并不感兴趣。广为人知而又声名远播的，是它的两个外号，一个叫"苏格兰第一村"，一个叫"结婚小镇"。

它本是一个小村，后来发展为一个小镇。即使成镇，规模也很小，大约只有百十户人家，看去还是像个小村。房屋的布局也不规整，有些七零八落的，连个像样的街道也没有。它的亮点在"村"中心的小广场，人称"结婚广场"。

我们乘车抵达时，天不作美，又下起了雨。前面经见的是英格兰的风、英格兰的云、英格兰的雨，现在经见的已是苏格兰的风、苏格兰的云、苏格兰的雨了。雨时而蒙蒙，时而霏霏；时而淅淅，时而沥沥，雨色雨声魔幻般地变化着。大约是远离了城市，地处乡野，又加上雨的洗礼，空气格外清新，芳醇。我一下车，就深深地吸了一口气，不由得叹道：好爽啊！

人们纷纷撑起雨伞，急匆匆地直奔结婚广场。广场不大，一亩见方的样子。乍一进场，骤然相见的是一座一人多高的两手相握的铜黄色雕塑。塑像虽不位居广场的中心，却最吸引游客的眼球。它高大、光亮、坚实，寓意深远，象征着爱情，仿佛在告诉人们：步入婚姻殿堂的朋友们，请将爱情之手握紧吧！爱情是永恒的……

我站在雕塑前，久久凝立，脑中浮现着关于这个小村镇的传说。传说是从大巴车上听来的。几十位车友中，有留学生，有大学教师，有作家，可谓人才济济，学贯中西、通晓英国风俗民情者，不乏人在，彼此交流信息，互通有无。同为天涯旅游人，相谈何必曾相识？

一个荒野小村，为什么被称作"苏格兰第一村"？——据说，古时候，从英格兰首府伦敦到苏格兰首府爱丁堡，长路漫漫，要乘马车。马车一路奔波，艰苦备尝，进了苏格兰境地，第一个要打尖住宿的地方，就是这个小村庄，故名之曰"苏格兰第一村"。实际上，就是一个小的驿站。尽管天在下雨，纤尘未有，但在我的眼前，仍似乎看到人喊马嘶、辘辘车行、尘土飞扬的景象。英国的车高马大，奔驰起来肯定会是很壮观的。

那为什么又叫"结婚小镇"呢？说来有些话长了。据说，十八世纪中叶，也就是1753年，英格兰修订婚姻法，规定青年男女必须年满二十一岁才能自由结婚；不满二十一岁，得经父母同意。有些青年男女，甚至少男少女，按捺不住爱情的饥渴，急于早婚，父母又坚决反对，于是便偷偷地逃到苏格兰来结婚，因为苏格兰没有婚龄的限制。他们逃到苏格兰，最近的就是这个小村。结婚须有证婚人，一般由牧师来担任；没有牧师，就找铁匠代替。在苏格兰，铁匠是可以做证婚人的。当年，这个小广场的前面，就有一个铁匠铺。现在旧址仍在，只是改作商店了。当结婚者的父母闻讯急急追来的时候，他们木已成舟，生米做成熟饭了。这个小广场后来就成了结婚的圣地，不管多大年龄的人，不管是英格兰人还是苏格兰人，甚至外国人，都有喜欢到这个小广场上来举行婚姻庆典的，小村并因而发展成小镇，并被美之名曰

"结婚小镇"了。现在每年有五六千对新人来此结婚，每天平均有一二十对之多。倘丽日晴天，这广场上定然很热闹，只可惜今天阴云不开，雨下不止，纵使结婚圣地，新人们也望而却步了。小广场上没有婚庆景象，只有游人在彳亍，脸上露着失望和遗憾的表情，甚至有的在叹惋。

雨下得有些大了，雨丝变成了雨点，落在伞上砰砰地响。雨水从雕塑的顶端流下来，浸泡起我的脚，我却全然不知。我正在发怔，忽听得一声乍响，我急转过身去，只见一个穿花格裙的苏格兰风笛手抱着风笛，一边吹一边走进场来。我是第一次看到风笛手和风笛，感到很是新奇。可我的目光尚未在风笛手身上落定，又见七八个人簇拥着一对新人走上场——终于有人来结婚了，我心里一阵欣喜。

在雨中的露天场地上举行婚礼，在我记忆中还是首次。新郎一身黑色西装，新娘一袭白色婚纱，先是他们热烈地亲吻，后是有人向他们头颈上抛撒花瓣。没人证婚，没人献词，没人唱歌，没人起舞，仪式非常地简单。我转眼再去看那风笛手，不知啥时候已经溜掉了。

"新娘真丑！"有旅客在我耳边说。我再细瞅去，才看清新郎新娘的尊容。新郎尚年青，二十五六岁的光景，那新娘却是半老徐娘、徐娘半老了，少说也三十大几了。她脸上已有不少皱纹，眉目也不清秀，倒像个狼外婆。我对那团友说："新娘虽老，可心年青！爱情是属于那颗年青心的，不管她是老是少，是美是丑。"

看罢婚礼，再去看铁匠铺。铁匠铺就在小广场的左前方，只隔咫尺。铁匠铺确实改作商店了，但墙上还有着"铁匠铺"的英文字牌，且挂着两个大的铁制车轮子，标识着这房子的过去。铺房矮小简陋，但却见证了几百年的历史，今天仿佛仍在向人们诉说着一段一段的婚姻佳话。无论是在中国还是在外国，无论英格兰人还是苏格兰人，为了婚姻的自由，爱情的幸福，不惜采用各种手段，冲破一切范围和桎梏，就像洪水冲决堤坝一样。这结婚小广场，不就是很好的说明吗？广场虽小，却是自由的象征，爱情的象征，幸福的象征，吉祥的象征——不自由，毋宁死！

走出小广场，来至村外。一棵大树下，堆放着一些废弃的农具。我近前观看，却辨别不出各有什么用途，既不知其然，更不知其所以然。只见锈迹斑斑，印证着它们的岁月悠久。我出身在中国的北方农村，熟识家乡的几乎所有旧式农具，从犁、耙、耧、砘，到锹、铲、锄、镰，可这儿的农具，我一件儿也不认得。同为农耕文明的产物，却差别甚大，这也可说是异域风情吧。当然今天的中、英，农作都用上了拖拉机、播种机、收割机等机械，这又是在全球化背景下的文明趋同吧。

大树前方不远处，就是一片广袤的牧场。近前有两只牛儿在雨中悠闲地吃草，一只黑白花，一只全身皆黄。它们长得很高大，膘肥体壮，性情却很沉静，毫无桀骜不驯的样子。我忽然想到，这温顺而又倔强的老牛，不就正体现着苏格兰民族的性格吗？

放眼环视，目光所及之处，都是由低渐高的坡地。坡地上都是翠绿的青草，像是随坡势铺展开的绿纱，在微风中轻轻地飘曳。这儿人烟稀少，视野内再没有看到第二个村庄。天地对接的地方，只见烟雨苍茫，缥缈凄迷。

雨中而来，又雨中而去。我回眸身后：好一个烟蒙雨笼的"苏格兰第一村"！

苏格兰高地巡礼

山越来越多越来越高，湖越来越少越来越小，景象越来越萧疏越来越荒凉。我知道，已经进入苏格兰高地的深处了。

清晨，烟雾迷漫中，我们欧美嘉旅游团离开了苏格兰中部重镇格拉斯哥的布鲁斯酒店，乘车北上。今天旅游的重点，就是苏格兰高地。苏格兰高地是英国的一大旅游胜地，每年都有一二千万人出入其中。其名之盛，如日本的富士山、中国台湾的阿里山、埃及的金字塔一样。

车行不久，来到一条河边，河上架着一座长长的拱桥。桥本身似乎并没有什么特别出奇之处，但桥头上却建有四个红色的电话亭，非常显眼，牵惹出人们的好奇心和兴趣。荒江野渡的桥上建电话亭做什么，又都是红色？——据说，常有英国人到这桥上来寻短见，每年跳水自杀者竟有一二十人之多。为了拯救这些急于见上帝的人，就建了电话亭，用来报警的。想不到，被许多外国人视为人间天堂的英国，竟也有厌弃人间天堂而自甘入地狱的哩，岂非身在福中不知福，匪夷所思，咄咄怪事？

离开断命桥不多时，就进入了苏格兰高地的南端。所谓高地，就是山区。山有土山，有石山，苏格兰高地皆为石头山。但进入高地后，最先激发人们观赏热情和兴趣的却不是山，而是湖——柔媚神奇的落梦湖。澄澈的湖水，婀娜的湖姿，凄美动人的爱情故事，都让游人们陶醉、沉迷。湖两岸的山脉则相形见绌，显得灰溜溜的，抬不起头来。如果将落梦湖比作一条美人鱼，那两侧的山则如两条黑泥鳅，妍媸分明，不可同日而语。

车开到了落梦湖的尽头，湖渐渐淡出了人们的视线。此时，山开始成了人们关注的焦点。苏格兰高地，山才是真正的主角哩。

车穿行在峡谷里，山层层叠叠扑面而来。崇山峻岭，层峦叠嶂，峰连壁立……任何形容词都会觉得黯然失色，唯有它本身才是对它最好的诠释。峡谷有时宽，有时窄。宽阔时，山离得较远；远望去，只见荒山野岭，峰巅上还有皑皑的积雪。狭窄处，两山对峙，车就在夹缝中行进。大凡宽阔处，都有一洼或几洼水。称之为湖，实在有些勉强，其实不过是一个野塘乃至水泡子。纵使是水泡子，也为山区增色不少。山离不开水，水离不开山，山水缠绵，就像夫妻一样。倘少了一方，景色就显得单调和寡淡了。

苏格兰高地的山大多坡缓顶圆，很少有尖削陡峭者。有的褐色，有的黑色。我曾问身边的游客："这儿的山怎么是黑色的？"

回答我的是武汉华中师范大学的一位地质学教授，他正在诺丁汉大学做访问学者，趁假期携妻儿做五日游。他说：

"黑色的山是玄武岩，玄不就是黑吗？玄武岩含铁比较多，所以呈现黑色。这种石头铺铁路比较好。"

我恍然大悟，并且惭愧自己知识的寡陋。三人行，必有吾师焉。孔夫子之言，不谬耳！车子开到苏格兰高地深处，遇到了穿花格裙的风笛手，纷纷和他拍照合影后，又继续前行，很快就到了三姐妹山前。

车子停住。游客们站在路边向右前方瞩望，只见三座相连的山峰兀立眼前，这就是所谓的三姐妹山。人们猜测和询问三姐妹山称呼的来由，可谁也说不出个子丑寅卯。也许三姐妹山像落梦湖一样，有着一个凄婉的故事；也许没有，只是因为三峰并立，就名之曰三姐妹山。三姐妹山山顶浑圆、雄壮，多的是阳刚之气，少的是柔媚之态，我想，如果别无故事，称之为三兄弟山更为合适、贴切。你看，三山虎背熊腰，昂首挺胸，携手并肩，多像三个亲如手足的壮夫莽汉？

我凝眸三姐妹山之际，忽然又想到了英国的文学三姐妹。英伦三岛，既是科技之乡，又是文学之乡，在这幅员并不辽阔的土地上，却产生了莎士比亚、萧伯纳、狄更斯、雪莱、拜伦、华兹华斯及夏洛蒂·勃朗特、艾米莉·勃朗特、安妮·勃朗特三姐妹等世界著名的戏剧家、小说家和诗人。夏洛蒂的《简·爱》、艾米莉的《呼啸山庄》、安妮的《艾格尼丝·格雷》，都是彪炳世界文坛的杰作，在中国也脍炙人口。夏洛蒂三姐妹就像文学高地上的三姐妹山，倘将这儿的三姐妹山比作"勃朗特三姐妹"，不是别开生面、别有意趣吗？

过了三姐妹山，便到了威廉堡。威廉堡因威廉三世在这里修建城堡而得名，但现在城堡已不复存在，只是一个一般的万人小镇。房子依山而建，街道成长条形。历史上曾为军事要塞。城东可见苏格兰高地之最高峰本内维斯山，也是英伦三岛的第一高峰，是登山攀岩的好地方。在一个超市的门前，我见到了一个漂亮的少年风笛手，他为去美国留学，卖艺筹款。他的笛声很是美妙，他的事迹更为动人。至今他的秀逸影像还活现在我的眼前。

过了威廉堡，就是我们此次旅游的终点——尼斯湖。乘船在尼斯湖上，自然要去搜寻那所谓的水怪，但什么怪也没发现，只看到一片墨汁般的乌黑湖水，心里油然而生一种失望感。尼斯湖哇尼斯湖，难道你真的是无解之谜，只留给游客困惑、悔恨和遗憾吗？

满怀兴趣而来,却失望而去。由于尼斯湖不尽如人意,人们心里不免有些快快。归程中,大家的情绪似乎低落了不少,只有到了一个新的景点后,才又重新振奋起来。

新的景点是一个纪念碑,矗立在荒郊野外的一个略高的土坡上,名曰"英国特种部队纪念碑",简称"科满斗"。碑座上立着三个头戴贝雷帽、腰缠子弹袋的士兵;中间一个颈项上挂着望远镜,大约是军官。三个战士并非特定的"这一个",而是英国特种部队的象征。

英国特种部队的前身是英国空勤团,成立于1942年,曾成功地炸毁过希特勒建在挪威生产重水的工程和搬迁未炸毁部分的轮船,在二战中立下赫赫战功,因此英国人立碑纪念。纪念碑周围,摆放着一些烈士的照片和今人献上的鲜花。

英国是一个历史悠久的国家,处处充满历史感。城堡、教堂、塑像、纪念碑,无不是历史的化身。在某种意义上,英伦三岛就像一本大的历史书。

离开"科满斗",开始按原路返回,又见山、湖、路、天四位一体。山在跌宕,湖在潋滟,路在逶迤,天在流光。只是很少人烟,偶见一个小村,也不过几户十几户人家,房屋虽然齐整,并不显富足,却颇具山居图的诗情画意。

山间有轻烟在袅娜,天已渐近黄昏。此刻,大巴左前方的山脚下,出现了一长溜小火车,像嫩绿色的豆虫在蠕行,并时而发出一声长鸣。于是车上有人喊道:哈利·波特的火车!原来,《哈利·波特》电影拍摄时,曾在这儿取景,并拍进了这儿的火车。可以和"哈利·波特火车"相提并论的是前方不远处的"哈利·波特火车站"。车到跟前,大家纷纷探望。这是一座非常老旧、简陋、破败的小小火车站,只是一间砖瓦房,可却因《哈利·波特》而声名大噪。

哈利·波特！哈利·波特！人们大谈特谈起哈利·波特，似乎人人都是哈利·波特专家。一个英国女作家，一部魔幻小说，一个虚拟的人物，竟一时间风靡世界，牵动亿万人的心。这又是英国人创造的一个文化奇迹。这是什么？——这就是软实力。

出了高地，又回到格拉斯哥郊外的饭店。下车的一瞬间，我看到对面墙壁上有一个用钢筋扭制编织而成的武士造型，像一具人的骷髅。这大约是一位将军，全身武装，一手执长枪，一手执战斧，威风凛凛。一问讯，才知这是苏格兰民族英雄布鲁斯的塑像，于是我恍然大悟，我们下榻的酒店名称原来是纪念苏格兰历史名人布鲁斯的。

布鲁斯出身于苏格兰贵族世家，十三世纪末，愤起领导了反抗英格兰侵略的斗争，并继位于危难之中，史称罗伯特一世。他与英格兰不断争战，却屡战屡败，曾被迫将女儿做人质。有一次，他穷途末路，败退到一个小岛上，看到蜘蛛结网，深受启发，重鼓起反抗斗争的勇气。蜘蛛结网，破了补，再破再补，不屈不挠，坚持不懈，人也可学蜘蛛结网，坚韧不拔地斗争下去。他卧薪尝胆、重出江湖，乃至进行游击战，终于打败英格兰军队，杀掉英格兰国王，取得独立战争的胜利，成为苏格兰的再造元勋，"国父"般的人物。

布鲁斯晚年，发动了对西班牙的十字军远征。但他已重病缠身，不能亲征。他临死前对部下道格拉斯说：我死后，把我的心取出来，放在一个盒子里，随军出征。道格拉斯依嘱而行。苏格兰军队深受鼓舞，英勇向前，打败了西班牙。布鲁斯的心成为"勇敢的心"，后来被葬在修道院里。

我望着墙上的布鲁斯金属塑像，眼前卷起历史的风云，耳畔响起厮杀声。苏格兰和英格兰，就像一对弟兄冤家，恩恩怨怨，分分合合，打打杀杀。听说，今天苏格兰人又要闹独立了，英国还会一分为二，一分为三，甚至一分为四吗？当年的"日不落帝国"不仅已失去了世界上几乎所有的殖民地，而且内部也面临着分崩离析的危险，这也是历史的必然逻辑吗？

夜间，我做了一个梦，仿佛真的看到了尼斯湖"水怪"。它像一只乌黑油亮的大鲈鱼，游在尼斯湖里，游在苏格兰高地的峡谷中，似乎也在做着巡礼……

凄美的落梦湖

一

微风细雨中，旅游巴士开进了苏格兰高地。苏格兰高地有大大小小许多的湖，最先看到的一大湖泊就是落梦湖。落梦湖又有人翻译成罗梦湖、罗蒙湖、洛蒙湖、洛蒙德湖。但我觉得，译为落梦湖最好，最富有诗意。你想啊，一个彩虹似的梦落入泱泱湖水中，会激起游人多少想象，牵惹出游人多少情思呢？

落梦湖，美丽的落梦湖！

雨停烟散的时候，我登上了一艘游船，开始游湖。落梦湖很大，据说有三四十公里长。我们游的只是一个点，最南端的一个点。如果把落梦湖比喻成一条中国龙，那么，这个点就是龙头。它湖面广阔，一碧万顷。

游船是双层大舫，在马达的轰鸣声中，向湖的纵深处驶去。我站在高高的船头上，极目四眺。落梦湖群山环绕，湖叫落梦湖，山叫落梦山。梦山梦水，身处此地此景，真似坠入缥缈的梦幻中。

落梦山连绵络绎，却并不高峻，大约离湖面只有五六百米的样子。山上的树木繁密，但尚未完全返青，远远望去乌苍苍的。

在群山的呵护和拥抱下，落梦湖就像个睡美人，温柔，婉丽，妩媚。群山临湖而立，倒映在水里，随波摇曳。湖面上有水鸟在颉颃，树林里有鸣禽在歌唱。湖景山色，天光云影，融在一起，化为一体；湖在山中，山在湖里，已分不清哪是山，哪是湖，哪是树，哪是水，哪是天，哪是地。不是图画、胜似图画，神姿仙态，像是一首美妙绝伦的月光曲。

落梦湖中有若干小岛，此地湖腰处，就有两岛对峙，使湖面呈酒葫芦状。湖水浓如酒，装在葫芦里，让人一看，就觉得芳香扑鼻，甘甜如饴。游船驶过葫芦腰，驶向葫芦底。这儿的湖面更加浩瀚，烟波更加缥缈，氛围更加静谧，具有了一种神秘感，像是走在童话里。

我喜山乐水，爱溪，爱河，爱湖，爱海。我到过国内的许多湖，如杭州的西湖，长春的南湖，武昌的东湖，还有台湾的日月潭。我可以说，落梦湖与那些湖一样美，但更具原生态。落梦湖形同处子，不加雕饰，天赋神韵，秀媚而不妖冶，娇美而不奢丽，娴雅而不浮躁。也许我有些厌烦了城市的喧嚣，闾阎的热闹，很想偏处一隅，落草江湖，特别是像落梦湖这样自然美的湖。茅舍一椽，淡饭粗茶，一笔在手，临湖写作，岂不别有一番滋味在心头？

游船到达湖的终端后，又沿另岸返回。我仍然站在船头上，饱餐秀色，湖风猎猎，扑面入怀。此时我胸豁脑朗，神怡气爽，情不自禁地低吟起中国游乐高手、一代词圣诗杰苏东坡的一首游湖诗：

水光潋滟晴方好，山色空蒙雨亦奇。
欲把西湖比西子，淡妆浓抹总相宜。

苏东坡当年游的是西湖,我现在游的是落梦湖。两湖相隔何止千里万里,但湖光山色之美是共同的。倘苏先生穿越历史,来到落梦湖,又会作何感想,写出怎样的诗呢?他会把落梦湖比作貂蝉、杨贵妃吗?不会的!他也许会将落梦湖比作王昭君,因为王昭君是出塞的,如将落梦湖视为嫁到苏格兰高地的西湖,不是很有意趣吗?

下船登岸,我信步漫游起来。码头附近有一个小村庄,英文名字叫"LUSS",和汉语的"辣子"谐音,于是中国的游客便笑称为"辣子小村"。这个村庄确实很小,只有几十户人家,清一色的石头房子,散落在湖岸边。村头有几株粗达几围的大树,印证着这个村庄的古老。这本是一个很普通的小山村,却因为坐落在旅游胜地落梦湖畔,便负起盛名来。凡来此地一游的中国旅客,无不在嘴里甜蜜地咀嚼着"辣子小村"这一名称。

游罢湖头,又开始新的行程。湖身随山势蜿蜒,公路随湖势逶迤,大巴随路势盘旋。湖、路、两岸的山脉,形成四条并行线,同弯同直,同曲同折,一起携手并肩向苏格兰高地腹地延伸,迈进。

雨丝还在飘拂着。沾衣欲湿杏花雨!

二

大约是疲累了,车上的旅客大多闭起眼睛养神,有的还昏昏欲睡起来。为了提振大家的精神,导游小姐开始讲起落梦湖的故事。大凡名湖名山,都有许多浪漫的故事。譬如我国的西湖,就盛有许仙与白娘子、白居易、苏东坡、岳飞、苏小小等的故事。我在初中的时候,就买过一本《西湖佳话》,至今里面的许多故事,我还记忆犹新。落梦湖也盛有许多故事,最动人的是一个凄美的爱情故事，名曰"落梦湖之歌"。导游要讲的，就是这个故事。

导游小姐正值妙龄，三十多岁的样子，长发披肩，身材细挑。长得并不算漂亮，但她年轻、热情，富有朝气和活力。她来自中国大陆的北方，普通话很好，已做导游多年。她很善言说，一路上滔滔不绝。她的声音温婉、柔和而清亮，娓娓道来，如同涓涓又潺潺的山涧细流响在大家的耳畔，流向人们的心头。

"……几百年以前，"她说，"正当乔治二世在位的时候，苏格兰王子率众起事，反抗英格兰王室统治，要求苏格兰独立。大家都知道，大英帝国主要是由英格兰和苏格兰两大部分组合而成的，当然还包括威尔士和北爱尔兰。可在历史上，苏格兰和英格兰却分分合合，争战不已。1749年，由于苏格兰王子的反叛，苏、英战争又爆发了。一场大战过后，苏格兰遭到了惨败，许多士兵做了俘虏。

"有一个苏格兰士兵，就出身于落梦湖一带的一个部族。他响应王子的召唤，参加了这次战争。他长得英俊威武，非常地骁勇善战，杀入敌阵，如入无人之境，可终因寡不敌众，也做了英格兰的俘虏。按照当时英国的律令，俘虏是要杀头的，可并不一概斩尽杀绝，而是杀一部分，留一部分。杀谁留谁？谁死谁活？由抽签决定。抽着死签者受刑，抽着活签者放生。一根小小的木签上，就系着许多人的性命。

"这个士兵不幸而抽到了死签，不久就要上断头台。他不仅作战英勇，而且视死如归，死不足惧，就是有个人他放心不下。这人是谁？这个人是一个女子，也就是他的爱人，也可说是情人或妻子。当兵前，他们常在落梦湖一起游玩，或水上泛舟，或岸边漫步；看云聚云散，鹰飞鹰落，听兽吼高山，鸟鸣深林；男欢女爱，缠绵悱恻，在此度过了许多美好的时光，留下了无数甜蜜的记忆。可有一天，他们不得不分手了，因为男青年要当兵上战场去。这是个夕阳方落、皎月初升的夜晚，他们在落梦湖畔，落梦山旁，恋情缱绻，依依惜别。从此，他们就再也没有相见，也不可能再相见了。"

讲到此处，导游小姐沉重地叹息了一声，惋惜之情溢于肺腑。

一路之上，我一面听故事，一面观湖景。湖和路之间，有一条绵长的隔离带，生长着各种树木，有乔木，也有灌木。树尚未抽芽长叶，透过树隙可直视湖面。湖面已由广阔变得瘦细，倒像是一条河了。湖岸的山，也渐渐变得粗犷起来。湖上有时会出现一个小岛，岛上林木森森，黑魆魆的，像是盘着一条大蟒。我既沉迷于故事中，又陶醉在湖景里。忽听导游一声叹息，我知故事已渐入佳境。

"苏格兰士兵和他的爱人，情如落梦湖之水一样地深，爱像落梦山之峰一样地高。他临刑之前，写了一封血泪情书——也就是一首情诗，托他的一位幸免于死的战友，捎回家乡，转交给他的爱人。诗中反复写着一句'你走山路，我走平原'，是士兵在向他的爱人倾诉：我的信走在山间小路上，可我的魂却走在平坦大道上，只是咱们再也不能世间相见了。

"还有一种传说，说这个苏格兰士兵被杀后，要进行示众。而且不是一般的示众，而是将他血淋淋的头颅挑在长矛上，从伦敦到苏格兰的格拉斯哥，迢迢千里，一路上进行示众。让他的头颅遭受风吹、日晒、雨淋，百般地羞辱，百般地损害，手段非常地残忍，可说是惨绝人寰哪。

"士兵受刑时，他的爱人已闻讯从落梦湖来到了伦敦。示众后，她便一路跟行。不过，示众的头颅走的是山路，她走的是平原。士兵的爱人一面痛苦地奔走着，一面悲戚地吟唱着歌，表达她对美好爱情的怀念，对生离死别的感伤。她走了一路，唱了一路，最终唱出了一首《落梦湖之歌》—— 一首无比感人的爱情之歌！"

　　大巴在疾驶，湖回路转。窗外的风景已有些苍凉。湖面静静的，一只孤鸟在低空寂寞地飞翔着，时而发出"嘎——嘎"的叫声，似在寻觅失落的爱情。对面的山上，树木渐渐稀少，有的地方还裸露出秃顶，却显得更为肃穆更为凝重。

　　《落梦湖之歌》有多层含义，一是指苏格兰士兵写给他爱人的情诗，二是指士兵的爱人吟唱出的爱情歌词，三是指一首动听的歌曲，四是指一个哀婉的爱情故事。"导游沉吟一会儿后，继续说。她忽然问："我讲的故事怎么样啊？"

　　"很好！"一个旅客回答。

　　"怎么好呢？"

　　"都讲得让我快要睡着了。"

　　导游哈哈一笑，诙谐地说道："那好哇！大概是《落梦湖之歌》里的爱情之梦，落进你的脑海里，你也要做起爱情的梦吧——祝福你！"

　　车上响起一阵笑声，气氛顿时活跃起来。

三

　　车上归于寂静的时候，导游开始播放《落梦湖之歌》。这首歌套用的是苏格兰一首民间歌谣的曲调，旋律沉郁又浑厚、奔放，一响起就将旅客们的心紧紧地搂住了。歌词是英文的，导游怕大家听不懂，用汉语同步地朗诵起来，如同话外音：

　　　　傍着青青的山，依着碧绿的水，
　　　　太阳照耀在落梦湖上，
　　　　我和我的爱人时常来游逛，

在那最美丽的落梦湖岸上。

你走山路，我走平原，
我要比你先到苏格兰，
但我和我爱人永不能再相见，
在那最美丽的落梦湖岸上。

　　车内是优美的歌声，窗外是壮美的风景。落梦湖变得越来越苗条，落梦山却变得越来越莽苍。歌声融入景色，景色拥抱着歌声，一起荡漾在我的心头。

回想我们分手在幽暗的山谷里，
分手在峻峭的落梦山旁，
看那高山笼罩着紫色霞光，
又见明月在黄昏中升起。

你走山路，我走平原，
我要比你先到苏格兰，
但我和我爱人永不能再相见，
在那最美丽的落梦湖岸上。

　　导游的声音深沉、蕴藉、富有张力。她完全沉浸在诗和歌的意境中，她的朗读像一只哀鸿在落梦湖水面上飞……

小鸟在歌唱，野花在开放，
阳光下面湖水已入梦乡，
虽然春天能使忧愁的心欢畅，

破碎的心再也见不到春光。

你走山路，我走平原，
我要比你先到苏格兰，
但我和我爱人永不能再相见，
在那最美丽的落梦湖岸上。

诗很美，旋律也很美。歌曲播送完了，朗诵也结束了。但余音袅袅，仍飘忽在车厢内，飘忽在人们的耳畔，飘忽在人们的心间，像那只哀鸿，轻拍着翅膀，缓缓地飞向远方。

大巴车也开到了落梦湖的尽头。它沿湖岸一路驶来，弯弯曲曲，像是为《落梦湖之歌》画了一道五线谱。

落梦湖消逝在视线里，却铭刻在记忆中。

落梦湖哇落梦湖，你青春美丽，你沉淀着爱情之梦，你象征着生命的自由，对美好生活的向往。我告别了你，却不会忘记你，尽管我和你可能"永不能再相见"。

落梦湖，我心上的湖！

尼斯湖的水为什么是黑的?

苏格兰高地中有一条长长的峡谷,从高地的南端直通北端,蜿蜒如游蛇,飘逸似锦带。峡谷里有若干个湖,南端入口处是落梦湖,北端出口处是尼斯湖,中间还有一个大湖,名叫莱文湖——因其狭长,且流入爱尔兰海,故又称莱文河。落梦湖因《落梦湖之歌》著名于世,尼斯湖因"尼斯湖水怪"声震遐迩,唯独莱文湖默默无闻,像个弃妇。其实,莱文湖也有一段悲惨的历史,有一个浸淫着血腥的故事。

很早很早以前,莱文湖畔就有人居住,渐渐形成两大部落,两大家族,一个是曼氏家族,另一家族,其名不详。两大家族一向不和,互相斗殴,恩怨情仇,世代相续。英王威廉一世时,将他们全部征服,但曼氏家族内心不服,不断地反抗政府,而另一家族却始终亲媚政府。威廉三世继位后,曼氏家族改弦更张,决定宣誓忠于英政府,并与另一家族修好讲和。一天,曼氏家族的首领带领着本部落的主要成员赶往威廉三世指定的地方宣誓效忠,却不料走错了路,又遇上大雨,等到了指定地点,已误期五天。威廉三世大怒,当即下了屠杀令,由军队将曼氏家族来的人在格兰山口全部杀死,多达七十八人,血染格兰山、莱文湖。这就是格兰山口大屠杀,英国民族史上血腥而又悲惨的一页。

落梦湖澄明亮丽，莱文湖深沉蕴藉，尼斯湖诡谲神秘。尼斯湖何以神秘？——因为它有一个至今仍未解开、也许永远不能解开的"水怪"之谜。

　　尼斯湖很大很大，容积达六十二亿多立方英尺，也就是说，将世界人口的十倍置入湖中，也绰绰有余。它最深处达二百六十多米，比周边最高山峰的高度还大。它连通北海，水是咸的，冬季无论如何严寒也不结冰。上世纪三十年代，当地人拍到湖面上露出的一个动物的小脑袋，报上一登，"水怪"的传说就大肆张扬开来。传说越来越多，故事也越编越奇。英国政府曾派科考队探测考察，得出的答案是："水怪"就是"海鳗"。

　　海鳗是一种大型海洋动物，繁殖于北海，生活在尼斯湖。它昼伏夜出，浮出水面时呈弧形，因为很少被人看到，少见而多怪，便被视为水怪。据说，海鳗吃饱时皆为雌性；饥饿时，方现雌雄。

　　对于这一答案，人们并不完全认同。人们似乎更愿它是个永远解不开的谜，因为谜会诱发人们的想象力、好奇心和求知欲，倘谜底真的揭开了，也就索然寡味了。正因尼斯湖有一个神秘的水怪之谜，才每年吸引上千万人来此一游。如果神秘的外衣被剥掉，其魅力便将大逊其色，就像美人鱼曝死于岸，纵使有过昔日的辉煌，也会倍遭冷遇，风光不再了。

　　游船向湖心开去。我仍像在落梦湖一样，登到船的顶层，站在前方甲板上，张大双目紧盯着湖面。尽管我明知不会看到什么水怪，但我还是在那强烈的好奇心驱使下，期望看到那兴许就根本不存在的水中怪物，宁信其有，不信其无哇！天堂、上帝、菩萨之类，哪儿真的会有呢，不是有许多人在心灵深处，很真诚地顶礼膜拜吗？

　　我紧盯着浩浩的湖水，去寻觅那水怪的魔影，水怪自然没有看到，却惊奇地发现，或者说才强烈地意识到：湖水是黑的。游船疾驶向前，无处不是黑浪滚滚。水色很黑很黑，就像墨汁一样。这哪儿是湖？宛如盛满墨汁的巨盆。水虽黑，却并不显污浊，而像墨玉一样的晶莹。因为水黑如墨，能见度几乎为零，不用说水怪，连小鱼小虾也看不到，便更感水深无底，神秘莫测。

尼斯湖也是群山环绕。远山如带，起伏连绵，山顶仍有皑皑积雪，真可称得上白山黑水。湖水缅邈，又非常旷寂，连飞鸟都很少看到。远望去，只见乌亮亮的一片，顿觉无限苍凉。

游船归岸。船的左侧可见尖顶教堂，是著名的奥古斯特堡修道院；右边不远处，便是喀利多尼亚运河的入湖口。我沿运河右侧的石阶拾级而上，步步登高，一览运河风情。运河上建有五六道彼此相隔不远的闸门，一道比一道高，逐级提升。运河水和尼斯湖水一样，都是墨黑墨黑的。河水从闸门上跃下，形成飞瀑，砰然有声；黑水飞迸的一刹那，竟闪出的是白光，飞银抛玉一般。五六道飞瀑上下相映，层层连接，一起喧豗、闪耀，气势颇为雄壮，令游人有惊心动魄之感。

喀利多尼亚运河已有近二百年的历史，开凿于十九世纪初。它连通北海与大西洋，当初可作航运之用。但河面太窄，不适应后来建造的大型蒸汽船，于是渐渐废弃不用，只作为游客观赏的景点了。

游罢尼斯湖，心里却有一种失望感，大约是由"水怪"吊起的胃口没有得到满足的缘故吧。世界上的事情往往会这样，期望越高，随之而来的失望也会越大；根本不带什么期望，反倒会获得一些惊喜。如此次到尼斯湖，失望的是没有看到任何一点"水怪"的影儿，却惊喜地发现：尼斯湖的水是黑的。这也算得上是失之东隅，得之桑榆吧。

游客们回到车上，仍议论纷纷，嚷嚷不休。人们议论的主题竟不是尼斯湖的"水怪",而是尼斯湖的水。

尼斯湖的水为什么会是黑的呢?

有人说,尼斯湖湖底的泥土是黑的,是黑泥将湖水染黑的;

有人说,尼斯湖的水怪能喷黑雾,是黑雾将湖水熏黑的;

有人说,尼斯湖周边山上富有泥炭颗粒,经多年雨水冲刷,泥炭颗粒流入湖中,逐渐将湖水染成黑色了;

还有人说……

众说纷纭,莫衷一是。但无论谁说的,都不能令众人信服。尼斯湖水为什么是黑的,竟跟尼斯湖"水怪"一样,成了个难解之谜。

有一位上了岁数的知识老人,温文尔雅,缄默沉静,一副学者的风范。他紧靠着车窗,一面外望风景,一面凝眉沉思,一面聆听着车上的欢声笑语,高谈阔论,却从不置一词。忽然有人朝他喊道,K教授,您说,尼斯湖水为什么是黑的?

我……我也……也不晓得。他说。

那您就编个故事给我们听吧!

编故事?

是的。

那不是骗人吗?

善意的骗人总比假作真诚的说教好。您就编吧!

K教授高情难却,或者说拗不过,因为一人提议,众人响应,大家都静下来要听他的故事。编故事难不倒他,他可说是这方面的行家里手。他沉吟一会儿,便慢条斯理地讲起他臆造的故事。他说:

"远古的时候,也就是若干若干年以前,尼斯湖的水是清澈透明、一眼就能望到底的,整个尼斯湖就像一个琉璃的世界。北海龙王在尼斯湖水下盖了一座水晶宫,非常豪华壮丽,让他最小的女儿居住。

"小龙女大名叫伊丽莎白，小名叫翠翠，金发碧眼，丰姿绰约，很是清纯可爱。她住在水晶宫里，日与鱼虾为友嬉戏，夜与星月相伴而眠，过着一种无忧无虑、自由自在的少女生活。

"不知什么时候，尼斯湖来了一个魔鬼，长得面目狰狞，又非常地凶恶残忍。他不仅要抢占水晶宫，而且要霸占小龙女为妻。小龙女从小跟父亲老龙王学得一身水战本领，任何鱼精鳖王、妖魔鬼怪都不是她的敌手，但她不愿与不速而来的魔鬼交战，主动逃出水晶宫，逃出尼斯湖，来到湖岸上，摇身一变，变作一个村姑，到一个大户人家做了下女。她心灵手巧，会编织各种羊毛制品，如毛围巾、毛格裙、毛地毯等等，很得主人喜欢。

"主人家是大牧户，养着许多羊，雇了几个牧羊人。其中有一个年青后生，长得飒爽英俊，又勤劳善良，还会吹风笛，人们都亲切地称呼他牧郎。牧郎每当放牧归来，就在自己住的下房里吹风笛，悠扬的风笛声吸引小龙女来听，日久生情，两心相悦，最终两人结为夫妻，住进了深山里，过起男牧女织的田园生活。

"小龙女逃出后，魔鬼并不甘心，派出他的喽啰上岸四处搜寻，终于在深山里将她找到，掳回尼斯湖中，并强迫她与他成亲。小龙女忍无可忍，与魔鬼争战起来。两人大战七天七夜，只杀得天昏地暗，天旋地转，湖浪滔天，湖水沸腾，仍不见分晓。当此紧要关头，小龙女毅然挥刀断臂，鲜血喷涌。小龙女喷出的血是黑的，霎时间将整个尼斯湖水染成漆黑一片。魔鬼被黑水蒙住了眼睛，遮蔽了视线，顿时失去了战斗力，只好束手就擒。小龙女将魔鬼囚禁在湖底深处的一个洞穴里，身上压了块大石头，叫他永不得翻身。

"小龙女战败魔鬼后，仍然回到岸上，与牧郎夫妻团圆。他们更加相亲相爱，并生下两个儿子，大儿子叫威廉，小儿子叫查理。小龙女虽然断掉了半截胳膊，但不失过去的美丽，像维纳斯一样。

"魔鬼被小龙女囚住后，仍不甘失败，经常地兴风作浪。世上的人不明底里，见湖面上有异常迹象，就认为是水怪。哪来的水怪，只是被小龙女镇在湖底的魔鬼作祟罢了。

"尼斯湖的水为什么是黑的？——是小龙女的鲜血染黑的。"

大家明明知道 K 教授的故事是杜撰的，却个个听得津津有味，整个大巴上鸦雀无声。他的故事讲完了，车上还沉寂着，就像风笛手吹完风笛，听众还沉浸在风笛曲的意境和余韵里。良久，才有人发出一声叹息：故事很美啊！

我也觉得 K 教授的故事编得很美，富有诗意和浪漫情调。是呀，幽深莫测的尼斯湖，不就像一首扑朔迷离的朦胧诗吗？

海　望

海风卷着海水，汇成波涛，浩浩荡荡、滚滚滔滔而来，猛地撞到岸边的礁盘和长堤上，随着"唰"的一声巨响，飞起一座座浪峰，溅出银珠万点，像是绽开了一片白色的玉兰花……

此刻，我正站在英国西南边陲普利茅斯市海滨高高的望海台上，凝望着面前的大海。

普利茅斯是大不列颠岛南端的一个天然良港，离我居住的托基不远，仅个把小时的车程。它是商港，也是军港，既有今天的繁荣，也有历史的辉煌，大英帝国的许多重大故事就发生在这儿。

普利茅斯也面临着一个海湾，但比托基的海湾辽阔得多，视域宽广得多，且别有一番风味。如果将托基的海湾比作一个娴静柔曼的女子，那么，普利茅斯的海湾就像一个粗犷雄强的壮汉，呈现的是阳刚豪放之美，包容八荒，气吞万里。

极目远方，烟波缥缈处，正有几艘巨轮在缓缓地行驶，犹似漂移着的小的冰山；收目近望，靠岸的一个灯架上，站着一只历尽沧桑、若有所思的海鸥，像哲学家一样地深沉。天半阴半晴着，阳光若隐若现。

我凝望着大海，两只眼睛仿佛分开岔来，一只投向了现实，一只投向了历史。

一

昨天，我曾到英国一户人家做客。临别时，主人忽然问我：明天去哪儿？我脱口而答：普利茅斯！

其实，我此前并无去普利茅斯的明确打算，可也并非是信口开河。后天我就要结束英伦之旅，启程回国了，明天还有一天的时间好消磨。是躺在家里好好睡上一天养精蓄锐，准备开始那长达十一个小时、行程一万七千余里的漫漫航行呢，还是再抓紧已迫在眉睫的宝贵时间，去参观另一个地方。要参观就只能去普利茅斯了，因为它离托基较近，又是一个历史文化名城。正当我犹豫不决、举棋不定的时候，主人的无意一问竟促使我做出了明确的选择、干脆的回答。

君子重然诺哇，虽然我并非君子，也不是对主人做的什么承诺，但一言既出，就须言必行行必果——当然，我本来要去的倾向性就更大些。于是，我这天一大早就来到了英国南部的重要门户——普利茅斯。

火车穿峡过谷，渡林越野，风驰电掣一般，很快就到达目的地。出了车站，走不多远，就是市中心大街的北端。顺街前瞻，直览无碍，一眼到底。街道中凹，像是一张朝天的巨弓。先是由高渐低，后又由低渐高，南端便是横着的一道高坡，远望去像是一道屏障，又像是一座大坝。坡顶上耸立着一座高大雄伟的纪念碑。

中心街很宽阔。街中间是长条状的花园，被横穿的马路切割成数块。园中种植着花草树木，一片繁茂景象。这些植物有的属于寒温带的，也有的属于热带亚热带的，许多我曾在中国的海南岛、台湾和泰国见过，却大多叫不出名字。想不到，在这位于高寒地区的英伦，竟领略到了南国风光。

我顺长街走去，逐一游览。那一条条横穿的马路，也是一条条横街，依次是康沃尔街、新乔治街、皇家步行大街、诺特大街等。横街竖街交织，行人来往穿梭，比起托基小镇来，显得繁华热闹得多，也现代开放得多，大约一个中等城市的样子，规模胜过牛津和剑桥。

走过皇家步行大街，即来到长街的中心。这儿也是整个普利茅斯的市中心，左侧是市政厅，右侧是皇家剧院，还有法庭、电影院、艺术中心等。

长街的中心位置，竖着一个很大的屏幕，一群少年学生聚集在屏幕前，蹦跳嚷叫，欢喜雀跃，他们的一举一动、音容笑貌都同步地在屏幕上映射出来。学生们故意做出各种夸张和滑稽的动作，扮鬼脸，恶作剧，兴高采烈，极尽少年之快乐。

再往前走，可以看到街的左面，有一个古老的中等规模的教堂，但并不对外开放。教堂外侧的墙上有若干壁龛，龛中雕刻着宗教人物宗教故事，大约都来自《圣经》。最惹人注意的是一个女子独体像，亭亭玉立，秀雅飘逸，可能是圣母玛利亚吧，也许是其他圣女。教堂四门紧闭，冷冷清清，罕见人影。前门左边，有一个小的窗口，上面写的是售票口，这教堂又似乎是个剧院。我困惑了：不知这座建筑原本就是教堂式的剧院，还是由教堂改作了剧院？抑或是教堂兼剧院？

走到长街的南端尽头，登上高坡，来到纪念碑旁，就看到了大海。海阔天空，白云碧水，雄浑苍茫，景象壮美，为他地见所未见。海的偏右方，有一个小岛，曾经是军营，扼守着海湾的咽喉。

我首先认真仔细参观的，就是庞然伟然的纪念碑。碑曰"战争纪念碑"，是纪念两次世界大战中牺牲的英国人的。纪念碑坐北朝南，背靠城区，面向海峡，碑身高挺，直插云天。碑身立在雄厚坚实的底座上。底座两侧，伸展出两道曲折的长墙，就像鹰展开了双翼。长墙上，有着若干并列的长方形黑格，每个黑格里，都刻写着密密麻麻的人的名字——战争的死难者。底座的中部，还镌有一段铭文。具体内容，因为是英文，我不得而知，但猜想，也不外乎是悼念、赞美、慰藉之词。

英国是两次世界大战的直接参战方，也都是战胜国。但，即使是战胜方，也是以无数人的生命为代价的，胜利的旗帜插在累累尸骨上，凯歌中混融着悲叫和呻吟。我忽然觉得，两墙上的人名像蚂蚁一样蠕动起来，并化作一颗颗游魂，在空中翻腾、回荡、碰撞，伤痕斑斑。战争，啊，战争，无论战败和战胜，在一定意义上，都是人间悲剧。我想，人类的共同愿望和最大的企盼，不是为什么什么而战，而是告别战争。战争的车轮总是要碾碎无数人的生命、沾满死者的鲜血的。胜利固可贵，和平价更高哇！

纪念碑的两侧，还有其他一些雕塑，最为著名的，当属航海家弗朗西斯·德雷克的青铜塑像了。你看他，屹立在高高的台基上，一身戎装，斜挂长剑，傲睨着天地和海洋。他左手叉腰，右手握着圆规，圆规下则是个小小的地球仪，多么自负，又是何等霸气！地球就像个足球龟缩在他的脚边，他一抬脚，就可将它踢飞，或踩碎。这是个航海家的伟大形象，也是个海洋大盗的人物标本。

距战争纪念碑不远而面海的丘坡上，还有一座红白条纹相间的古老灯塔，已有二百多年的历史。它巍然矗立，历经风雨，阅尽沧桑，是重要的文化遗存。因该塔为英国工程师斯米顿所建，故称斯米顿灯塔。据说，斯米顿在英吉利海峡上修筑了若干灯塔，见证了英国的航海史。灯塔，是航标，是指针。每当黑沉沉的夜晚，或灰蒙蒙的雾天，塔上的灯光明灭闪烁着，指引航船启航或归港。历经惊涛骇浪，看到了岸上的灯塔就看到了光明，看到了希望，看到了凯旋门。但，也许，在此灯塔的指引下，曾有一艘艘的炮舰耀武扬威地出发，一艘艘帆船满载着劫掠的珍宝返航……

灯塔的东面，相隔不远有一座皇家城堡。这是古代的军事要塞，雄视着英吉利海峡。它高墙厚垣，壁垒森严，进可以攻，退可以守。它始建于十七世纪，今天虽已失去军事价值，但雄风犹存。堡门大开着，从门口可以看到堡内道路两旁陈列着一门门青黑色的古炮。因来的时日不对，无缘进去参观，只能远离门口瞭望一番。门前有一个小的纪念碑，游人可以驻足观看。碑前的土坡上，有几株花树，正开得缤纷烂漫。

由灯塔左侧北折东行，在一个剧院附近的海岸边，就可看到又一个著名的历史遗迹：五月花帆船启航处。五月花，多么美丽动听的名字！

二

伊丽莎白一世女王时代，是英国历史上具有划时代和里程碑意义的时代，是英国开始在世界上崛起的时代。时势造英雄啊，在这一时代，英国产生了伟大的戏剧家威廉·莎士比亚、哲学家弗兰西斯·培根和航海家弗朗西斯·德雷克。

德雷克的航海史和发迹史就是从普利茅斯开始的。伊丽莎白女王曾亲自授予他爵士头衔和任命他为普利茅斯市长，他并获得"女王的海狗"的称号。

我站在观海台上瞩望大海，眼前却不断闪现出德雷克雕像的掠影。他一会儿从我眼前走向大海远处，一会儿又从大海远方走到我的面前。这是一位声名显赫的航海英雄，还是一位臭名昭著的大海盗？

远方隐隐出现了一个渐渐膨胀着的模糊的黑点，那也许是德雷克正在驾驶着的金鹿号航船吧。我仿佛看到，德雷克雄赳赳地站在金鹿号的甲板上，率领着自己的远洋船队，从普利茅斯出发，劈波斩浪，经过英吉利海峡，进入大西洋；然后沿着北、南美洲的东海岸，一路南行，闯过麦哲伦海峡，直接跨入了太平洋；随即又沿美洲的西海岸北行，一直到了加拿大沿海一带。他本想继续北行，经北冰洋直接回到大西洋，但未能成功。于是他又掉转船头，改向西行，经过菲律宾、印度尼西亚，横穿印度洋，绕过好望角，重返大西洋，再沿非洲西海岸北行，最终回到了原点——普利茅斯。他带领船队历经五大洲三大洋，绕地球一圈，成为英国历史上环球航行的第一人。最后回到普利茅斯的，只剩下了一个金鹿号。金鹿号，啊，金鹿号！它真的像一匹金鹿，跑遍世界，在地球上留下了一道漫长的深深的闪光的足迹。这一条长痕又如同一根长线，将五大洲缝在了一起。

　　我仿佛又看到，德雷克带领远洋船队四处劫掠，并将掠得的财富源源不断地运回英国，堆积在普利茅斯港口的海岸上，金光四射，银辉耀眼，珠光宝气，五彩斑斓。渐渐地，那些金银财宝又化成了血，化成了泪，流入海中，与海水一起汹涌起来……

　　海天交接处出现一团云雾，那是海战的硝烟吗？我又仿佛看到，德雷克摇身一变，全副武装，成了英国舰队的最高统帅，并身先士卒，率领英国舰队迎击西班牙的来犯之敌，火烧连营。可怜西班牙惨淡经营的所谓"无敌舰队"，在德雷克胜利的笑声和凯歌声中折戟沉沙，落花流水，灰飞烟灭。听！那是什么声音？是当年海战的炮声余音吧。德雷克一战而成为旷世英雄……

　　世界上最伟大的航海家有三个：一个是中国的郑和，一个是意大利的哥伦布，一个是葡萄牙的麦哲伦。除上述三人外，就当属德雷克了。但既是航海家，又是海军统帅、海战英雄的，则唯独德雷克一人。德雷克，他一手擎着罗盘，一手挥着长剑……

德雷克出身于平民之家，十三岁就在海船上当徒工，历经十年磨难，成为驾风驭浪的高手。后不断率船远航，屡建功勋，成就一生伟业。最终却因染热病而死，葬身在异国他乡，享年仅五十三岁。

我外望着面前的沧海，内视着心上的德雷克。转瞬间，德雷克又幻成了金鹿号航船，金鹿号又幻成了"五月花"，一挂高扬的白帆鼓着风飘闪在我的眼前。飘哇飘哇，像一朵水上漂流的白莲。

三

1620年9月中旬，一个天高气爽、风平浪静的日子，五月花号帆船驶离普利茅斯码头，开始了海外之行。船上载着一百零二名清教徒。他们要去哪儿呢？——他们要去远离英国本土的地方，大西洋的彼岸，一个未知的新大陆。

清教徒是信奉清教主义的基督教教徒，他们因在英国国内遭受迫害，便想移民国外，去异域获取生活幸福和宗教自由。他们乘坐一艘载重一百八十来吨、长不足三十米的小小帆船，跨海越洋，颠簸在惊涛骇浪之上，随时有船倾人亡的危险。他们心里充满了希望、期待、憧憬，也带有恐惧和悲凉。船长M.斯坦迪什不断鼓励大家：五月花号的全体公民们，团结向前，前面就是新大陆，那儿遍地黄金，处处自由！

五月花号帆船，挣扎在大西洋的风暴中，时而被抛上浪巅，时而又跌落谷底，如同一片树叶，一枚弹丸，一朵落花。但它机动灵活，巧妙地周旋于波峰浪谷之间。有时被一个顶头浪打回去了，一退几十米远，但马上又找准时机，像庖丁解牛的尖刀利刃一样，因形就势，几经回旋，又冲向了前方，一飞数海里。船上的百名乘客同舟共济，众志成城，跨过了一个又一个狂涛，击碎了一个又一个巨浪，勇往直前，义无反顾。他们九死一生，历经两个多月的艰苦航行，终于到达了北美海岸，在今天美国的波士顿附近登上了新大陆。他们欢呼，他们跳跃，他们修房筑路，他们建立了第一个移民居住点，这里也成了第一个永久性的英国殖民地。半年后，五月花号又返回了普利茅斯。

"五月花"呀"五月花"，它是探险精神的象征，追求自由幸福的象征，也是殖民的象征。从此，英国开始了海外大殖民，成就了一个所谓的"日不落帝国"。

殖民，是耶，非耶？功耶，罪耶？千秋功罪，如何评说？

四

我站在高高的望海台上，临风远眺，心游万仞，思接千载，不由得联想到中国与英国的纠葛与恩怨，前尘与今缘。

中国古代的四大发明，漂洋过海，传到了欧洲，也传到了英国。倘若没有中国发明的指南针，他们又何能渡海远航？倘若没有中国发明的火药，他们的炮舰又有何用？倘若没有中国发明的造纸术……倘若没有中国发明的印刷术……倘若……在某种意义上可以说，中国古代的四大发明是西方现代科技文明的滥觞和渊源。他们倒是应当好好地饮水思源呢。

到了近代，英国强盛了，发达了。牛顿的万有引力定律、达尔文的进化论成了中国学子心中的圭臬；莎士比亚的戏剧，狄更斯的小说，拜伦、雪莱的诗歌，成了中国脍炙人口的精神食粮；沿着史蒂芬森修建的世界上第一条铁路轨道，发展成了中国今天冠压全球的高速铁路；英国发明的足球、网球、高尔夫球，也在今日的神州大地上遍地开花；他们发明的乒乓球，竟成了中国的国球……

可也不能忘记，中国人发明的指南针和火药，武装了英国的商船和炮舰，他们却用来向中国源源不断地输送鸦片。中国人终于愤怒了，林则徐虎门销烟，火光冲天；三元里人民揭竿而起，浴血抗英。还不能忘记，1860 年，英法联军攻占北京，火烧圆明园；1900 年，以英国为首的八国联军大举侵华，强迫清政府签订丧权辱国的《辛丑条约》；并割占香港、九龙，强租新界……当然更不能忘记，1997 年 7 月 1 日，香港回归中国，港府门前的英国米字旗从竿头悄然落下。撒切尔夫人，那个号称"铁娘子"的英国女首相，因在马岛战争中大胜阿根廷而蜚声世界，可在与中国领导人的博弈中彻底失败了，昏头昏脑地摔倒在北京人民大会堂的台阶上。听说她已得了老年痴呆症，天气晴好时会到室外去晒太阳。这是她在北京跌跤跌出的后遗症吗？今天的撒切尔夫人就是当今英国的写照吗？

……一艘艘航船和炮舰的影子在眼前淡薄了，模糊了，消逝了，一架架飞机却在我大脑的平台上频频闪现。今天的中国人，乘着飞机，纷纷来到英国，或求学，或工作，或旅游。从大不列颠岛的南部到北部，西部到中部，处处可见华夏儿女的身影、炎黄子孙的踪迹。有人说，倘若没有中国人来英国旅游，他们的旅游业起码要塌掉半边天，钱袋子也会缩水一半。中英之间的交往，今天才真正揭开新的篇章啊！没有侵略，没有殖民，没有歧视和仇视，有的是和平、友好、自由、平等的交往。历史固然不能忘记，但也不能躺在历史上，只是追忆往昔，咀嚼历史，金刚怒目，悲愤填膺，发出感慨和叹息。中国有一句时尚话：向前看！

我努力地睁大眼睛，高瞻远瞩，极目天际。

风弱了，浪小了，大海基本归于平静。我将远望的目光收回，扫瞄脚下的海岸。海岸边盘旋着弯弯曲曲的石径，从岸上一直通向水面。靠岸处有一个大的圆形游泳池，空的。因时令不到，尚没有人来游泳。海岸上下，几无人影，一片静悄悄。设想炎热的夏天，这儿必是人头攒动、万人争游的热闹景象。

原来，这儿是一个公园，名叫"霍公园"。我所称谓的望海台，其实是一个观礼台。它临海而建，直面南方，飞檐凌空，气势非凡，可迎八方来客，可观五洲风云！

小城印象

英国南部，有一个背山临海的小城，名叫托基。旅英期间，我曾在那儿住过十来日之久，因此比较熟悉，印象也最深。

托基是个镇，一个不大也不小的镇，大约有三五万人口的样子。它呈弧形，像个浅浅的月牙儿。它与毗邻的佩恩顿镇以及又与佩恩顿右侧接壤的另一小镇布里克瑟姆，共同形成一个腹部深凹的半月形；又像一张无弦的弓，紧紧怀抱着一个不大的海湾。三镇的民居都建在山上——山坡山顶皆有，既层层叠叠，密密麻麻，又错落有致，各得其所；几乎全是二层小洋楼，又几乎全是白色或淡黄色，衬着蔚蓝色的海湾，显得非常耀眼夺目。

我就住在海湾正面的山坡上，依偎着海滨，又与佩恩顿镇比邻，只一二百米之遥。据称，这儿是富人区，地势最好，环境最雅，房子最漂亮，不仅能近距离又正面地观赏海景，还可直视远眺英吉利海峡。碧水苍茫，海鸟纷翔，天光云影，波澜不惊，真个是无限风光！

一有时间，我就去游览小城。走出家门，下了山坡，不几步就来到海边。再往前走里把路，就是托基镇的商业中心，一条长不足百米的古老小街。虽然名为商业街、镇中心，但店铺并不很多，也不大，更说不上多么繁华，大概是在国内看的街市热闹景象太多了，反倒觉得有些冷清，甚至萧索。我还去过卡金顿公园、男子文法学校和佩恩顿镇。托基和佩恩顿唇齿相依，连为一体，如果事先不听介绍，还以为是一个镇，因为两镇不仅山海相连，一衣带水，而且完全是一种风格，一种色调，所以，在我的心目中，两镇是合二为一的一个小城，总名就叫托基。而且在我看到的一本中国版的《世界地图册》上，就只有托基而无佩恩顿，想必托基比佩恩顿著名；或者说，托基已将佩恩顿给包括进去了，成了两镇的共名。

我游览托基两天后，第三天便去了佩恩顿。下得坡来，向右拐过一个山脚，穿过一片草地，就到了佩恩顿的海滨。这儿的海岸比较直，沙滩也比较长。正是涨早潮的时候，方才还露着一片沙滩，有几个大人和儿童在上面捡螺拾贝，说说笑笑，可不一会儿，海水就喧哗着漫了上来，淹没沙滩，扑向石岸，激起浪花万点。因为无风，虽然潮水滚滚而来，但气势并不很大，到岸边撞击一下，就又扭头退去，就像老和尚撞钟，例行公事一般。岸上并排着一长溜小木房，是居民们夏天下海游泳时放东西用的，现在时令未到，一个个都是铁将军把门。远望去，倒像是立在岸上的一排哨兵。

沿海岸前行，便可一面观潮，一面浏览镇容。走到尽头，是一个大的儿童游乐场，有大大小小男男女女许多儿童在玩耍，或乘转盘，或溜滑梯，或荡秋千，或跳蹦床，或坐木马，或攀绳山……孩子们大呼小叫，上蹦下跳，玩得非常开心。玩耍是儿童的天性，中外皆然。保护孩子们的天性，让他们天马行空，自由发展，才是健全的人生。

离开岸边儿童游乐场，右拐下行，走不多远，就到了一个繁华所在，大约是一条商业街。这条街比起托基那边的小街来，似乎店铺更多些，规模更大些，也更热闹些。我没有上街购物的嗜

238

好，也没有逛商店的兴趣，只是在街道上闲遛，走一段，坐一阵，走走停停。或走或坐，我都怀着好奇心仔细地观察着英国人——那些白皮肤、高鼻子、蓝眼睛的在我的心理上仍然有些陌生的"洋鬼子"。我觉得，他们除了肤色长相外，并没有跟我们中国人特别不一样的地方，更无什么特别高贵的地方，也没有什么可畏可惧的地方。在"人"的概念面前，是一样的。对所谓"洋人"，既不可神化，也不必魔化，应以同类视之。

托基及其毗邻的小镇，在英国并不著名，既不如伦敦、伯明翰、曼彻斯特、格拉斯哥、爱丁堡这些大的城市，也不如与其相隔不远的埃克赛特和普利茅斯，在世界上更是默默无闻。但我与它们朝夕相处、耳鬓厮磨十来日，交谊颇深。我对托基的整体印象，可用五个字来概括，那就是：美、净、静、闲、雅。

英国很美，托基也很美，甚或说，托基比英国其他一般地方更美。其最大的亮点就是那一面海湾。海湾不大，更不粗犷，但其静如仙子，婉似淑女，娇若圣婴，钟灵毓秀，百媚千态，集小城风光之大成。环湾而立的是连绵起伏的小山细脉，山不高却潇洒飘逸，灵气飞动。那一层层的住宅小楼随势赋形，各具风韵，像是给小山披上一层银鳞，整体望去，犹似一条盘卧着的鲲鹏。细细观察，只见家家庭院里都有草，有花，有树，像个小花园。花多为郁金香、水仙、紫罗兰，还有玉兰花。我在北京就常见玉兰花，我寓所楼下的女房东就在后园里种了二三株玉兰树，但我离开北京时尚无花信，而在这儿却已是繁花满树了。树虽不算高大，但花团锦簇，既鲜艳，又典雅，点缀在小楼间，风情万种。

净，就是洁净、干净、明净。这儿的房舍很洁净，道路很干净，天空很明净。全城建筑的基本色调便是素朴淡雅，以白为主。也许这些房屋已有数十年、上百年，乃至几百年的历史，但座座小楼都像是刚粉刷过，洁净如新，一尘不染。房顶上没有杂草，墙壁上不见涂鸦，连一丝广告的影儿也无，更不用说标语口号了。小城的道路并不宽阔，且多是山径，七上八下，五高六低，盘绕回环，密如蛛网，但都是柏油路，柏油一直铺到草地边，墙根下。如果说草地是小城的天然绿茵，那么柏油路就是它人造的黑带。绿茵和黑带连接得严丝合缝，几乎不见一点裸土，纵使车驰如飞，也荡不起一缕烟尘。柏油路总像是新铺的，黑光锃亮。路上没有一点乱扔的纸屑、塑料袋，连落叶残花也没有。穿着皮鞋走上一天回来，鞋子依然是干干净净的，如果说一尘未染，那自然是有些夸张，但如果说光鲜如初，大约不会有不实之嫌。

阴雨天姑且不说，那样的日子必将阴霾满天。但一旦放晴，乌云散尽，所看到的天空便像水晶一样明净。整个小镇没有一根烟囱，没有一团黑烟，连白烟也没有。空气总是像经过特别净化过一样的清新，并带着一股海香味，吸入肺腑，每根神经每个细胞都如同麦粒灌了浆似的，格外地清爽和饱满。天空明净，空气清新，如啜甘露，如饮芳醇，是小城居民每个人每天都能领略到的。

小城虽然不大，却也有数万人口，只是除了海边、公园和商业街上，其他地方都很少看到人的踪影——"这儿的黎明静悄悄"。就我借寓的所谓富人区，民宅密集，想必人口也不会少，但无论夜晚还是白昼，都很少见到人的活动，既听不到欢声笑语，也看不到儿童嬉戏，除了沉寂还是沉寂，除了安静还是安静，简直就像坟场一样，连鸡鸣犬吠也没有。唯一能带来生气和活力的，就是在树丛草地间飞跳和啁啾的各种小鸟儿。我喜欢闹中取静，对于这种一味的静寂很不适应，甚至有一种凄凉感。我想，倘若让我长年住在这儿，我的神经会因为这种生活的枯寂和冷漠而磨砺得失常的，可当地的英国人就是这么日复一日年复一年地生活着的。

闲者，闲适之谓也。小城四月，春光明媚，我所看到的英国人儿，或是在海岸上散步，或是在木椅上养神，或是在小馆里泡吧，很少看到忙碌的身影，匆匆的脚步。这儿多的是悠闲自在，少的是拼搏精神。遥想当年，英国人漂洋过海，远走天涯，不失时机不择手段地占领殖民地，开拓疆域，抢夺市场，瓜分世界，是何等的急急匆匆，忙忙碌碌，但这一切已成前尘旧梦，明日黄花；而今日的英国人，却似乎是在坐吃山空，躺在虚华不实、危机四伏的高福利的安乐椅上享受人生。说不定有一天，这架在沙滩上的安乐椅会被海浪冲翻的。

最后，说一个"雅"字。雅，雅致、高雅、温文尔雅之义也。小城上房舍雅致，玲珑剔透；庭院雅致，花木扶疏；道路也雅致，婉若游龙；仿佛都是精雕细刻的艺术品，高雅不俗。居民们虽然生活散淡悠闲，但涵养深厚，举止文雅，彬彬有礼，颇有君子风和绅士气，并非过去印象中的那种面目狰狞、穷凶极恶的"洋鬼子"和眼睛朝天、狂妄傲慢的"英国佬"。

我虽然在英国待的时间并不长，但从南到北去过不少地方，而在托基住得最久。我觉得，麻雀虽小，五脏俱全；托基虽小，在某种意义上，却是英国的一个缩影。

再见了，康河

如果有人问我，你到了英国，最想去的地方是哪儿？我会毫不犹豫地回答：康桥！

康桥因康河而得名。多年以来，康河流在我的憧憬里，流在我的梦境中。我何以对康桥魂牵梦萦，心驰神往，情有独钟？答案有两个，一来是在这儿有世界上最著名的高等学府——剑桥大学；二来是在这儿曾生活过中国著名的新月派诗人——徐志摩。

> 轻轻的我走了，
> 正如我轻轻的来；
> 我轻轻的招手，
> 作别西天的云彩。
>
> 那河畔的金柳，
> 是夕阳中的新娘；
> …………

这《再别康桥》的流风余韵时常响彻在我的心头，强烈地召唤我去那儿一游。

一

　　壬辰之春，烟花三月，莺飞草长之季，我终于有幸来到英国探亲，并随团参加了欧美嘉纵横五日游。旅程的最后一天，便是从曼彻斯特到康桥。

　　英国的天气多变，时阴时晴，时雨时停，一会儿满天阴霾，一会儿云破日出，一会儿细雨霏霏，一会儿风息雨歇。一天中变化可达几次，十几次，乃至几十次，就像中国旧时待嫁女子的脸，时忧时喜，阴阳无常。

　　这一天，仿佛就是这样一个时阴时晴、云诡雨谲的日子。

　　英国的旅游车皆为双层大巴。我坐在顶层的右侧，紧倚在窗旁。凭窗外望，风光景物尽收眼底，一览无余。烟雨迷蒙中，展现在我面前的是一片锦绣原野。这儿的土地并不十分平坦，多的是高低起伏的丘陵，但无论是在平野上，还是在丘坡上，都是绿茵茵青葱葱的牧场。经过雨的洗礼，芳草萋萋，青翠欲滴，生气盎然，绿得就像中国山西名酒竹叶青一般。那牧场分成一块块，彼此有灌木树篱相隔，有的平铺着，有的斜挂在丘坡上，犹似硕大的翡翠玉毯。就在这玉毯上，蠕动着雪白的绵羊和杂色的奶牛。羊主宰了这儿的世界，或悠闲地吃草，或轻松地卧憩，或母羊带着乳羊在徜徉。和羊做伴的还有乌鸦。乌鸦黑亮得就像乌金，在草地上跳跃着，啄食着，或和绵羊喁喁细语，仿佛探讨着什么。在这绿色旷野中，散落着一棵棵苍劲的古树，树身不高，但树冠很大，像历尽沧桑的老人默默地守望着这碧野牛羊，又似在回眸历史，凝望未来。

　　大巴在高速公路上奔驰，掠过一片片牧场草地。忽然，在旷野绿地间，出现一大片油菜地。油菜花盛开着，金灿灿的，光闪闪的，黄嫩嫩的，特别地夺目耀眼。我心头为之一奋，又马上想到了我国的江南。也就是这个季节，在祖国江南的原野上，不也正盛开着片片的油菜花吗？英伦——中国，欧北——江南，相隔万里之遥，又是何其相似乃尔！

绿的草场，黄的菜花，白的绵羊，黑的乌鸦，灰的雾霭，……交织着，变幻着，游移着，旋转着，真个是色泽璀璨、五彩斑斓的异国烟雨图哇。

雨在飘洒，烟在氤氲，大巴穿行在苍茫的烟雨中。我一面留恋地观望着窗外的旖旎风景，一面急切地期盼着早点到达康桥。

二

中午时分，车到康桥。此刻雨停了，天却没放晴，仍然是乌沉沉灰蒙蒙的。下车走不远，便见一片绿茵地上立着一个高及人腰的圆形石盘，近前一看，上面刻着康桥的略图：蜿蜒的康河，相邻相伴的几个学院，弯曲的学院路街和其他什么建筑。再往前一走，即见到了心仪已久的康河。康河很窄，大约只有十来米宽；水也不清澈，甚至有些混浊，可潺潺地流淌着，自然有其独具的神韵。团友们纷纷涌上一座人行桥，站在桥上向左观望，便听有人惊喜地喊道：瞧！那就是牛顿的数学桥！

在大巴上，导游就介绍过数学桥。据传，此桥最早是牛顿根据自己的"数学原理"设计建造的，故人称"数学桥"。原桥全身木料，没用一枚铁钉一颗螺母，迄今仍没有人能解开当年的奥妙。可后来牛顿的一个学生，将桥拆掉，再进行仿造复制，却已无法还原，只好用了螺钉螺母。其实，该桥1749年才建成，而牛顿早在二十二年前的1727年就已仙逝了，显然此传说并不能完全成立。另一传说是，真正的设计者为威廉，他曾到中国学习过制造木桥的技术，归国后就建成了这座桥；但事实上，威廉并没有去过中国，此传说也归于虚无。传说总是美好的，我为第一个传说欣喜，却为第二个传说感到骄傲，因为这大名鼎鼎的世界之桥在传说中竟是采用中国的技术建成的，是鲁班子孙再造的辉煌，作为中国一分子的我，怎能不为之扬眉吐气，油然而生自豪之情？也许这桥本来就用了螺钉螺母，只是后来人编成了神话。事实已经不再重要，重要的是该桥所含的历史文化意蕴，不然，为什么至今人们仍固执地称之为"牛顿的数学桥"而令千万人崇敬瞻仰呢？

云空似乎裂开了条条细缝，漏下了缕缕日光。在蒙蒙的天色中，我站在人行桥的桥头，瞩望相隔并不甚远的数学桥。只见一座小木桥横跨康河上，如春蚕卧波。细瞅去，这是一座看似极为普通平常的拱形木质小桥，线条粗疏，构造简单，颜色淡灰，一副古朴、老旧、简陋之状。我极力辨认，也没看清到底用没用螺钉螺母。它建在王后学院的校园里，连接着两岸的楼宇。它静卧着，饱经风霜，默默无语，任凭人们猜测臆想，指点评说。不知什么时候，一束阳光投射在桥身上，数学桥犹似一条金色的鲤鱼跃动起来，凌波映水，并放出奇辉异彩。

我凝望着，凝望着，小木桥忽然幻成了一个大问号，横亘在我的眼前，模糊了我的视线。迷离恍惚中，我的脑际不由得闪现出这样一种思绪，这样一种联想：莫非牛顿设计这样一座神秘的小木桥，是向世人昭示说：世界就像个大问号，充满了秘密，只有科学，才能做出解释。世界是无穷的，科学也是无止境的……当然，这是我的一种臆想，姑妄言之罢了。

三

下了人行桥稍走片刻，往左一拐，就步入了学院路街。街的北侧，依次排列着王后、国王、三一、圣约翰四个学院。据说，剑桥大学有三十来个学院，这儿只有一小部分，也是最重要的部分。我怀着歆羡膜拜的心情，从各学院门口逐次走过，看到的都是古色古香、浑厚凝重的欧式建筑。各学院都有大门，但各个大门既不轩昂雄伟，也不豪华壮丽。因正值复活节放假期间，各校门或开或闭，很少有师生出入，倒是游客盈门，并多是我们的同胞——英姿飒爽的中国人。熟悉的面影，熟悉的衣着，熟悉的语言，挤挤攘攘，乍一瞧，恍如在国内，真正成了康桥一道亮丽的风景。曾几何时，国人难出国门一步；喜看今日，中国人遍游世界，甚至撑起英游的半边天空，又怎不令人欢欣鼓舞，豪情满怀？时代贵在变革，历史方能前进，不是吗，朋友们？

我驻足时间最长的是在三一学院门前。三一学院是剑桥大学规模最宏大、成绩最卓著、影响最深远的一个子校，它不仅以智慧的奶汁哺育出一代世界科学泰斗牛顿，而且相继诞生了三十多位诺贝尔奖获得者。我久久不愿离去，并非因为重门深掩中的庭院殿堂，而是门口的一株树，人谓"牛顿的苹果树"，它像"牛顿的数学桥"一样深深地吸引着我的眼球，凝聚起我贪婪的目光。这株树位于院门的左侧，大约只有几年的树龄。因时令未到，尚没抽芽，虬枝纵横，疏朗有致，呈青黑色，庄严得如同一株铁树。它像数学桥一样的默默无语，也像数学桥一样的普通平凡，当然也像数学桥一样的意蕴深含。遥想二百多年前，牛顿仰卧草地上，看到苹果落地而悟出了万有引力定律。这棵苹果树成了智慧之树，科学之树，启迪之树。当然眼下这棵树已非当年那棵原树，而是从原树逐代嫁接出来的，但遗传基因未变，系嫡传后裔。自当年而至今日，牛顿栽植的科学之树不是越来越花繁叶茂、硕果累累吗？他开创的科学之路不也是越来越宽广，越走越昌盛吗？科学没有国界，科学是真理之王，顺之者昌，逆之者亡——这棵苹果树仿佛在这样告诉人们。

走到学院的尽头，便又来到康河岸边。康河从王后学院流入，从圣约翰学院流出，横贯各个学院，像一条大动脉，将各个学院联成有机的一体。隔河一望，我眼前不由得一亮，霍然而见对岸二三株被徐志摩赞为"夕阳中的新娘"的"金柳"。我见过许许多多的垂柳，却从未见过这样一种，她遍身柔细的枝条，层层叠叠，密密麻麻，如长发纷披；她颜色特别艳丽，鹅黄鹅黄，似金丝缤纷。只可惜此时既非黄昏，亦非晴日，又洒起蒙蒙细雨，不能将其视为"夕阳中"的"新娘"。但在烟雨空蒙中，她更加瑰丽浓艳，婀娜绰约，用个并非十分恰当的譬喻，倒像是戴着皇冠披着金妆的英国女王，雍容而华贵，安详又庄重。金柳傍岸，倒映在水中，微风吹拂，岸上水下柳影婆娑，轻摇，曼舞，美极了，也酷极了；我心里也喜极了，爽极了。霎时间，金柳又化为金焰，在我的幻觉中熊熊燃烧起来。

沿河岸右行，河边泊着若干小船，却并无人撑篙打桨，泛舟戏水，而犹似一幅"野渡无人舟自横"的景象。我想，这蚱蜢般的小船大约就是徐志摩当年曾经把玩过的"长形撑篙船"吧。走不多久，过一段木板铺就的河岸，就到了城郊。楼群的边缘，紧接着一大片寥廓无垠的草地，草地上点缀着黄色的、白色的、紫色的小花。草地的一侧，对称地并排着两长列粗壮的大树。我不知道这叫什么树，但见它们挺拔奇伟，高可参天，宛如皇家的卫队。这些树无疑经历了上百年乃至数百年的岁月风霜，身上布满树突，像是在展示肌肉。两排树之间，有一条笔直的通道，伸向遥远的深处。草地上和树林里，既无牛羊也无人影，只有空旷和恬静，引发人的无限遐思和想象。

四

我在城郊逶巡、盘桓了一会儿，就照原路返回，开始参观剑桥大学。第一观瞻的是圣约翰学院。我从门口随人群鱼贯而入，首先映入眼帘的是一个方形大庭院。庭院里依然是绿茵草地，被交叉的甬路分割成许多块。草地的四周，是彼此毗邻、相互依偎的琼楼玉宇，一般为二至三层。庭院封闭得如固若金汤的城堡，外面的水泼不进，风也吹不进。穿过一个楼洞，走入第二进的庭院，其布局和规模与第一进相仿佛。再穿过一个楼洞，就是第三进的庭院，也就是圣约翰的后花园。这儿三面是楼，一面是康河，对岸是大草坪。康河上架着三座姿态各异的小桥。我站上了中间一座石桥，观望另一座构造精美、既玲珑剔透又相对雄伟的连体桥，人称叹息桥。何谓叹息桥？据说，叹息桥源于意大利的威尼斯，本为连接监狱和法庭而凌空高架二者之间的通道，用以引渡囚犯的。每当犯人经过此道，想到自己多舛的命途，便会发出沉重的叹息，故曰叹息桥，倒是个颇富诗意的名称。我在牛津见过叹息桥，离地很高，颇为短小，下面也没有河流，只是衔接两座楼房而已。在这高等学府里看到叹息桥，却是我始料不及的。大学校园里，应是书声琅琅，笑语盈盈，何来叹息之声？听人说，有的学生考试不及格，或者失恋，便偷偷地来到这桥上，叹息一声，投河轻生。显然这是一种穿凿附会，荒诞不经的。因为我看到，那桥既坚固又密封，想跳也无从跳起；再者，学校怎么会造一座专供学生投水轻生的桥呢？我想，叹息桥原本是造给犯人用的，后来凡建在二楼之间的桥，便通称叹息桥了。这正如世界上的许多事物，最初是名实相副，后来便渐渐名实疏离，徒具形式了。

走出圣约翰学院，越过三一学院，我便急匆匆赶往国王学院。国王学院是亨利六世和亨利八世两代英国国王所建，所以称名国王学院。学院大门的上方，还嵌着亨利八世的雕像。他胖大威武，一身戎装，为一代雄主。我最想看的是该学院，并非因为它为国王所建，而是因为我们的大诗人徐志摩曾在这儿留学过，我要寻觅他的陈迹与芳踪，足痕与倩影。

国王学院的前门对游人不开放，要进去须走中门。我绕过一个狭长的小巷，来到偏僻的中门。门侧的一小片空地上，有两株正在怒放的花树。一株开红花，大约是桃树；一株开白花，大约是樱树。也许既非桃树，也不是樱树，而是其他什么树。但正值花季，两株树开得花团锦簇，花枝低垂，十分地秾艳绮丽，像是从天上落下的两朵彩云。

买票入门，最先参观的是一个大教堂。校园里建教堂，又是如此地高大雄伟，恐怕世所罕见，起码对我来说是破天荒。长条式的廊殿，高不可攀的穹顶，绚烂斑驳的彩窗，一排排密集的唱诗班的黑褐色的座椅，长明着的蜡烛，沉凝而森严的气氛，使你仿佛走到了上帝的面前，感受到了天主的尊严。这座教堂属于哥特式晚期的建筑，两代国王历时数十年方才建成。它是国王学院的一大地标，见证了英国一段历史的兴衰。

走出教堂的边门，便进入了国王学院的后院。这儿跟圣约翰学院的后院如出一辙，只是显得更空阔敞亮一些。在这儿我又见到了康河——与徐志摩结缘最深的一段康河。我走上了一座桥头，一眼便瞥见离岸不远处一丛小树旁的一块白色纪念碑，上面清晰地镌刻着徐志摩《再别康桥》中的两节诗：

轻轻的我走了，

正如我轻轻的来；

我挥一挥衣袖，

不带走一片云彩。

纪念碑何人所立？立于何时？因何而立？为何立于此处？碑上没有注明，游人自然无从得知，只能做了无头之案。

我徘徊于桥头与石碑之间，浮想联翩。遥想八十多年前，徐志摩在这儿，是何等的优游潇洒，自由畅快！我举目远眺，又是一无涯际的草坪，同时耳畔响起了诗人呢喃的声音："这岸边的草坪又是我的爱宠，在清朝，在傍晚，我常去这天然的织锦上坐地，有时读书，有时看水，有时仰卧着看天空的行云，有时反仆着搂抱大地的温软。"随着缭绕的声音，我的脑际闪现出一只绿色的精灵，蹦跳在草地上，蹁跹于康河里。此刻，河中驶来一只小船，一人站在船头撑篙，四五人或坐或半仰卧在舱中。这不是徐志摩和他的游伴们吗？他们是"撑一支长篙"在寻"彩虹似的梦"吧？我兴奋得差点喊叫起来。可定神细瞅去，撑船的竟是一个身材修长的白人，大概是本地的船工；而坐船的是皮肤黝黑的亚裔游客，可能是印、巴人。我不免有些失望和怅惘起来。河上随即又驶过两只，三只……

天半阴半晴，太阳微露不露，地上若明若暗。国王学院的后花园里，有淡白色的轻烟在袅娜地升腾。树朦胧，草也朦胧。

走出国王学院，重又回到学院路街。归途中，迎面看到剑桥大学图书馆临街的墙壁上，嵌着一挂金钟。钟很大，呈圆形，钟面上有几个同心圆的环状隆突，闪着略带青色的金光。最令人讶异和惊奇的是，钟的上端立有一只灰黑色的大蝗虫，影影绰绰的，似实若虚。蝗虫的两条前腿不停地迈动着；嘴巴一张一合，像是咬啮什么。这挂金钟是剑桥大学建校八百年之际，一个有了成就的毕业生捐资百万英镑建造的。设计精美大气，寓意丰赡深刻，仿佛在说：时间是宝贵的，时间就是生命，珍惜它吧，别让蝗虫白白地吞噬掉！……

五

我又回到大巴上。

天气渐渐放晴。旅游车沐浴着阳光驰往伦敦方向。高速公路上车来车往，川流不息，很是繁忙。公路两旁，依然是黄绿相间的平畴沃野。我也依然是一面浏览着窗外的景色，一面静思默想。我不由得吟咏起徐志摩的《再别康桥》；吟着吟着，心底竟升起这样一个念头：何不模仿徐志摩，也来一首告别诗？于是便东施效颦、邯郸学步起来。经过一番苦思冥想，也终于造作出一首。诗曰：

再见了，康河
——拟徐志摩

徐志摩他走了，
我又轻轻地来；
康河静静地流淌着，
依然是当年的风采。

康河在城中缓缓地流过，
有如在历史的隧道中穿越；
微风拂起层层涟漪，
轻舟漾起粼粼细波。

那河畔的金柳，
已非夕阳中的新娘；
在烟雨空蒙里，
犹似戴着皇冠的女王。

遥想诗人当年，
撑一支长篙在河中漫溯；
他在寻一个彩虹似的梦，
梦却被绿头鸭惊破。

我站在桥头凭吊，
凭吊当年的康桥；
仿佛桥上飘过诗人的身影，
像飘过一个精灵。

岸边的绿荫和草地，
犹见诗人嬉戏；
一块白色的纪念碑，
刻下美好的记忆。

诗人他走了，
已经不能再来；
也许他的幽灵，
仍在岸边徘徊。

我站在桥头凝望，

凝望沉默中的康河；
远处传来沉重的钟声，
只好依依惜别。

没有别离的笙萧，
没有草丛的虫鸣；
只有诗人的孤魂，
在冥冥中为我送行。

匆匆地我走了，
正如我匆匆地来；
我挥一挥衣袖；
携走诗人的一缕诗魂……

安息吧，——徐志摩！
再见了，——康河！

　　我的蹩脚的赝品诗刚刚吟成，车已抵近伦敦。正是薄暮时分，夕阳西下，远方的天空泛出一抹玫瑰色的晚霞。

　　注：康河即剑河，康桥即剑桥。康河、康桥为徐志摩对剑河、剑桥的称谓。

欧游十日
（二〇一九年）

6月11日（农历五月初九）星期二

　　仲夏六月，岁在己亥①，余参团欧游六国。六国者，法国、瑞士、列支敦士登、奥地利、德国、意大利是也。列、奥、德仅途经而已，法、瑞、意三国，方为深度游，游中之重耳。

　　此游谓"翔龙万里行"，亦可视之团名。参团者二十七员，另加导游一名。导游姓顾名明，岁近不惑之年，北京人氏。其忌人直称其导游，告人呼其顾导、小顾可也。人多称其顾导，其洋洋焉。有戏之者曰，顾导与硕导、博导，并为当世三大"导"矣。顾导头圆体胖，额宽脸扁，嘴大口阔，身粗个矮，发如三毛，眉似衰草，面带诙谐，目不停转，确也颇富幽默感。其自谓生得糙而内心秀，犹"雪里红"萝卜然。其自云，祖父曾为北大教授，但命途多舛，岁月坎坷，因右派案下放农村，恋上捡垃圾，以致积习成性，积性成癖，唯垃圾是爱。堂堂国之大才，竟与弃物秽物莫逆半生，何可言哉？顾又云，其父为独生子，"文革"前之

----

① 己亥：2019 年。

老三届，后进厂当工人，与其生母仳离，另求新欢，对其弃之不养，实同失怙。顾少时缺教厌学，长大发愤，先中专，后大学，做导游已十五六载。他喜言善道，口若悬河，常一言滔滔半小时而不倦。尤精通欧洲人文历史，娓娓道来，如叙家谱般。其阅历丰富，学养深厚，为导游中之少有罕见者也。其有时也夹荤带腥，信口开河，为性情中人，但亦无伤大雅。其曰："欧洲之游，重在'宫保鸡丁'。宫者，皇宫也；保者，城堡也；鸡者，基督教教堂也；丁者，市政厅也。宫保鸡丁为旅欧之大餐，其余皆小菜耳。"

本日启行，适逢农历初九，黄道吉日也。俗谚云：要想走，三六九。然实为巧合，并非预谋。吾生不信天命，何计黄道黑道、吉日凶日哉。

凌晨一时①许，坐骑阿塞拜疆航空波音 747 由北京国际机场起飞，扶摇直上苍穹。俯瞰窗下，灯火一片，构成各种金色的几何图像，为不夜的京城。离京北去，初尚不绝灯光，连络绵延，可达边陲。此后即进入冥冥中，大约已入异域。天空既无皓月高照，亦无群星灿烂，唯有一枚孤星伴机同行。余逐星不舍，观其变化，始见其位于机翼正上方，恰与翼之尾灯相映生辉；后见其渐渐位移，侧降于翼前，约于五六时全然匿迹。余嗜观景，数小时不倦，舱内人皆大睡，时闻鼾声，唯我孜孜于夜景，览之不辍；纵夜色黑暗，唯余漆漆，亦不弃不离，兴致盎然，可谓景痴矣。

七时许，吃早餐。阿空姐高鼻深目，面白发黑，身材修长，介于东、西方人之间。虽话语不通，但交际无碍，殷勤服务之神态可掬。少焉，机后天际始现赭红色，又呈淡青色，即曙光耳。渐渐天亮，八时半②，波音降落巴库机场。时天气晴好，风和日

---

① 北京时间。
② 巴库与北京时差 4 小时，此为巴库时间 4 时半。

丽，如北京然。

巴库为阿塞拜疆首都，东滨里海。其机场国际闻名，规模宏巍，美丽大方，一色的玻璃幕墙，里外通透，净洁如镜，颇具现代感。停歇二小时后，换机复飞，仍为阿航空公司，但机型已小。余依然靠窗而坐，但霜凝舷窗，如贴膜一层，难以外望。不久，即霜融膜消，窗外豁然，吾心亦随之开朗矣。

下瞰仿佛一湖，淡烟飘动如飞絮。再飞，已近荒山秃岭，殆无人烟，乃不毛之地。继行，似临平原地带，下视可见田亩成畦，阡陌纵横，已现青翠葱茏之意。远眺又忽见雪山，白光闪烁，皎如银带。

十一时多，飞机抵达黑海上空。黑海为亚欧间的内海，非常广袤。凭窗放目，只见白云飞其上，蓝水荡其中。天蓝，水蓝，天水一色，浩浩渺渺，却不见一只船影，一只水鸟，如混沌初开般。

飞越黑海，便是云海，其壮观程度，更胜于黑海。白云漫空，浩无际涯，有的涌动，有的静止，变化无穷，千姿百态。或平铺如毡，或高耸如峰，或断崖壁立，或纠葛缠绵，或丛丛簇簇，或疏密相间，或如群羊赶场，或如银蛇腾挪，或如万马驰骋，或如老翁聚首，或如老牛伏枥，或如雄狮守门，或如雄鸡啼晓，或如白鹤展翅，或如仙袂飘拂，或如瀑布倒泻，或如雾凇挂树，或如珊瑚卧波，或如梅花初绽，或如梨瓣飞落，或如太上老君的眉毛，或如观音菩萨的莲花盆，或如城堡，或如沙滩，或如堆雪，或如砌玉，或如蜡像，或如鱼鳞，或如水晶，或如璎珞，或如蘑菇，或如馒头，或如游丝，或沟壑纵横，或一马平川……什么都如，又什么都不如。只叹自然造化无穷，人之笔力有限，眼前有景道之不出，难以尽述矣。

云海过尽，烟海又旋踵而至。云海尽云，烟海尽烟。云海尚清晰可辨，烟海却似鸿蒙未开。烟气蒸腾，烟雾滚滚，充塞天地间，茫茫然，浑浑然，如同宇宙大爆炸焉。

驶出烟海，渐渐清朗，隐隐可见下面陆地，眼前出现了一幅平畴绿野图。农田块块，或长方，或正方，或梯形，或刀状，参差错落。农田皆绿，与树林相间，又可谓之绿海。

十六时许，飞机降于巴黎戴高乐机场。旋乘大巴赴塞纳河，即开始了巴黎之游。司机意大利人氏，名罗伯特，顾导称其老罗。其人亦头大个小，身粗体肥，几与顾导同，唯发已花白，年岁稍长，略显老态，但精神矍铄，驾技娴熟，乐观阳光。二人搭档，可谓珠联璧合，相得益彰。顾曰："意人温驯，善解人意，但爱财，只要给钱，百事可做，违规亦肯。而德人拘泥谨行，循规蹈矩，不肯变通，一根筋！"

车抵塞纳河，一览风物。巴黎，余神往之；塞纳河，尤神往之。少时即晓巴黎为世界名城，与英国伦敦、美国纽约、日本东京、中国上海相伯仲。百闻不如一见，一见胜似百闻，终得亲睹芳容矣。

塞纳河为巴黎母亲河，巴黎因之而生。塞纳河本身并无特佳处，河面既不宽阔，河水亦不澄澈，河长仅七百余公里，与我国之长江、黄河相比，堪谓小巫见大巫。即使与上海黄浦江、广州珠江、哈尔滨松花江相比，亦不在同一档次。然其何以名著世界耶？因巴黎之故耳。城以河而立，河因城而名，二者相辅相成。法国之河不类中国，皆西流入海，通向大西洋——塞纳河即如是。塞纳河堪比伦敦之泰晤士河，有异曲同工之妙。

游船并不豪华，却很长大，且分上下两层，可容二三百人。此型船称"苍蝇船"，不知何故，渊博如顾导，亦不明其意，未作介绍。游客可自择座位，余捷足顶层，因其视野开阔。船上乘者济济，多为我国同胞，南人北士，邂逅于塞纳河上，不无惺惺相惜、扬眉吐气之情。昔为"东亚病夫"，今做西欧贵客，岂不自豪哉？

游船启碇，悠然前行，水花飞溅，水声潺潺，水鸟颉颃。余立船首，清风入怀，神怡心旷。举目前眺，亚历山大三世桥迎面而至。此桥为钢架拱桥，桥两端各有两座桥塔，塔顶各有一尊金色骏马雕像，呈腾飞状，且由身生双翼之小爱神托举，望去金光闪闪，分外耀眼。该桥本法兰西之桥，却以沙皇名字命名，何也？导游释云："十九世纪末，俄法联盟，沙皇尼古拉二世建此桥作厚礼馈赠法国，且以其父亚历山大三世之名命名，象征俄法友谊也。"导游又云，此桥夜晚灯火辉煌，其景更美。惜乎时间所限，弗能如愿以观，憾哉！

时天阴而不雨，虽值中午[①]，然无烈日炙烤，清风含凉，习习而来，气温适宜，正值游塞纳河的大好时机也。

游船驶过亚历山大三世桥，随即又见一桥，已不记其名。过了此桥，又是一桥，一桥接一桥，桥桥相隔咫尺。据说，巴黎塞纳河上，建有三十六七座桥，其数量之多，密度之大，建筑之美，堪称世界之最。我们绕圣路易岛一遭，即过桥二十余座，如穿梭桥林迷宫之中。

乘于游船之上，可尽览两岸风光。河之北岸，习称右岸；南岸，称左岸。左右两岸，皆米黄色百年老建筑，隔河对峙，若两道长城蜿蜒透迤。导游云："右岸有凯旋门、香榭丽舍大道、卢浮宫、协和广场等名胜；左岸有罗丹博物馆、巴黎圣母院、拿破仑墓、波旁宫等古迹。左岸用脑，是文人之福地；右岸多钱，是富人之天堂。"

船渐近巴黎圣母院，可观其概貌。钟楼依然健在，巍然矗立，如双子星座，昂首云天。因一月前曾遭火焚，正搭架重修。

---

① 此巴黎夏令时时间，与北京时差六小时。

巴黎圣母院位于西堤岛上，正处巴市中心，亦重要地标。其始建于路易七世时，已有近千年历史。巴市即发源于斯，滥觞于斯，为古巴黎之象征。余早年对其了解，实得之雨果同名小说；雨果描写虽详尽，仍觉隔靴挠痒耳。此时亲见，了却多年夙愿，仅此一得，已弗愧巴黎之行矣。

游罢塞纳河，弃船登岸，驱车前往凡尔赛宫。该宫由路易十四所建。顾导于途中云："路易十四有三大发明：一曰香水，一曰高跟鞋，一曰丝袜，且获世界专利。路易十四不喜沐浴，一生仅浴七次，身发异味，故发明香水，以掩其臭；其又喜舞，身材却矮（一米五六），为弥不足，故发明高跟鞋；其腿多毛，有碍观瞻，故发明丝袜。十四即仅吃此三项专利，亦可富甲天下，万年无衣食之虞矣。"顾导善戏谑，爱调侃，其言是真是假，亦难考究，其姑妄言之，吾等姑妄听之而已。逢场作戏，一笑了之，何必坐实耶？后见路易十四画像，确足登高跟（且为红色）鞋，腿着长筒丝袜，长发披肩，犹窈窕淑女焉。

时近黄昏，方达凡尔赛宫，天晴少云。宫前有一广场，入场前瞻，只觉金光灼灼。宫之栅门，皆镀之以金；殿之顶端，皆镶以金带，其辉煌程度，更胜于亚历山大三世桥之飞马雕塑。余心照以强烈金光，倏然为之一厷耳。

凡尔赛宫位于巴黎西南凡尔赛镇，由法王路易十四所建，历时三十六载（1674—1710）方成，为世界五大宫殿之一，与北京之故宫、伦敦之白金汉宫、莫斯科之克里姆林宫、华盛顿之白宫齐名。其规模之大，据顾导云：宫殿始成，路易十四曾招王公贵族、各级官僚三万人众入住三年，食宿皆在其内。顾之言虽不无夸大其词之嫌，但余之亲见亲历，足证其规模世所罕见，不弱于白金汉宫也。现为历史博物馆，供人参观游览。

门前排队，鱼贯而入，进馆后即可自由参观，做布朗运动。

馆内人多如蚁，纷纷扰扰。顾导告众客曰："此处有小偷，数量不多，然质量很高，望各自善加防范，以免失窃之患。"

凡尔赛宫内壁皆油画雕塑，多为战争场面和军事英雄，刀光剑影，杀气腾腾，充满血腥气，令人惊悚。由此可见，一部法兰西历史，亦即一部战争史也。

夜宿城郊，为乡村小旅馆。房舍虽陋，但设备一应俱全，唯卧榻较窄。顾导释曰："欧人皆侧卧，占地小，故床狭。仰卧乃停尸状，死人态，欧人生者皆忌而不为也。"

与余同室之"驴友"，廊坊一司机师傅也，刚至天命之年。其沉静罕语，却夜间多鼾，时鼻息如雷。余白昼累极，倒头即入黑甜乡，纵枕边霹雳，亦无碍黄粱矣。

是为一日记。

6月12日（农历五月初十）星期三

拂晓，乌云密布，天阴不雨，无风而寒。巴黎夏日，忽阴忽晴，乍冷乍热，天气多变。车行路上，如驶碧海之中。两侧草深林密，时见农田。百里长途，无地不绿，不见裸土，如披锦绣然。

顾导曰："巴黎堵车，甚于北京。北京堵车有时，巴黎堵车终日，故法国首都成'首堵'。为不误游时，特清晨起程，早发白帝耳。"因首站凯旋门，顾导便于途中介绍起凯旋门与拿破仑。其曰："凯旋门为拿破仑所建，并亲为奠基，然其生前未曾建成，一波三折，至1836年始竣工，历时整三十载矣。凯旋门者，顾名思义，迎出征将士胜利凯旋之门也。1840年，拿氏灵柩返归巴黎，穿凯旋门而过，葬于塞纳河左岸的荣军院，终实现了其一大夙愿。然非胜利之日，而于败绩死亡之后，不无讽刺耳。"

大巴驶至，余等下车，仰首即见凯旋门。四门洞开，迎八面来风。噫嘻！果名不虚传，巍峨壮观，伟乎高哉，为世界圆拱门之最。绕之周遭，高瞻低觑，见浮雕若干，多战争画面，寓意：出征——胜利——和平与抵抗。凯旋门踞一圆形广场之中心，由广场辐射出十二条斜街，犹星光四射，故曰星形广场，亦名戴高乐广场。各街宽度及建筑大致相仿，皆米黄色百年老楼，高不过五六层。

凯旋门东接香榭丽舍大道。香榭丽舍大道为十二街道之一，寓"天堂乐土"之意。其世界闻名，堪与北京之长安街比肩也，余早晓其名耳。然今日亲睹芳容，却不免顿生大失所望之感。乍望之，楼既不高，道亦不宽，犹落魄老妪焉。但深究之，则恍然大悟，油然而生敬意矣。其一方面承载着法兰西三百年之厚重历史，见证诸多重大历史事件，拿破仑之身影、雨果之灵柩、戴高乐之足迹，无不闪现其中也；再者，其商贸鼎盛，名牌云集，为世界近现代工业文明的标帜耳。

车行道中，顾导问众人曰："道侧圆桶有何功用？"众莫一能对。顾自答云："此油桶耳！古时无电，路灯皆燃煤油，特储油桶中，以备不时之需。路灯燃油，巴黎一大创举也。"众人方悟，且称善。

香榭丽舍大道两旁皆植梧桐，成行成排，逶迤而去。梧桐堪谓法兰西国树，故称法国梧桐。其身斑驳，如着迷彩服；其叶阔大，似伸展之手掌；亭亭玉立，犹卫道哨兵。巴黎生态优良，绿化甚好，无处不树，又多梧桐。或多棵构成群落，或单株独立；或身高腰粗，冠盖如云，或年岁尚青，体量且小，正值生长发育期。梧桐之在法国，不仅是一种树，而且是一种符号、一种象征，犹郁金香之在荷兰、樱花之在日本然。

看到法国本土之梧桐，勾起我一段尘封已久却非常美好之记忆。1963 年孟秋，余入学华东师大，初进校门，即见前所未见之两排树夹道而立，树冠相连，枝叶交错，浓荫蔽日，形成一道深长的拱门，于余印象殊深。有人告知，此即法国梧桐也。后于上海他处，亦常见此树。毕业尔后，辗转各地，却再未曾见之。今于其故乡得见，岂无感触乎？梧桐树是一种吉祥树，俗谚云：栽上梧桐树，引得凤凰来。法国梧桐伴余度过五载之大学生涯，一见钟情，于缘深焉。

顺香榭丽舍大道向东直行，瞬间即达协和广场，为又一胜景。广场呈八角形，中矗高大之方尖碑；周边有八大雕塑，代表法兰西八个城市。方尖碑下方上尖，由红色花岗岩雕成，为埃及总督穆罕默德所赠。顾导曰："协和广场亦杀人场也，路易十六及其王后等千余人即断头于斯。阴霾天可闻鬼哭矣。"

观罢三地，余心生一喻：香榭丽舍犹扁担一条，一头挑起星形广场和凯旋门，一头挑起协和广场和方尖碑。不唯挑着名胜，且挑着历史。

傍晚，至卢浮宫。卢浮宫之规模宏丽，不亚于凡尔赛宫。此宫有三大镇馆之宝：一是断臂之维纳斯，二是无头之胜利女神，三是微笑之蒙娜丽莎。余因走错路线，又时间紧促，无缘维纳斯。后二者皆得以亲睹芳颜。胜利女神雕塑无首，肋生双翼，似自天飞翔而下，衣袂飘逸，姿态优雅，象征胜利。因其发现于爱琴海北端萨莫色雷斯岛之山崖上，故又曰"萨莫色雷斯尼凯像"。蒙娜丽莎挂于一壁之上，尺幅不大，且围观者甚众，层层叠加，人头攒动，余未能近视，唯得远观而已。影像模糊，扑朔迷离，何曾见其微笑耶？虽为真迹，然未察其妙，只得怏怏而去，憾哉！另得见著名油画《大宫女》。此画脊、臂、臀、腿皆异于常人，却因笔法夸张而更富特色，摄人眼球，遂成一盖世杰作。其他似与凡尔赛宫基本类同。

暮色苍茫中，大巴直奔城郊另一乡村旅馆。途中，顾导曰：

"今日得观卢浮宫，实乃幸事也，明日将罢工闭馆矣。法人一年之中：春天工作，夏天休假，秋天罢工，冬天过节。一周仅工作三十小时，犹嫌其长。动辄罢工，几为常态。近来，黄马甲周六必上街游行，惜乎本周六我们已离巴黎，不得亲睹矣。"

明日又至卢浮宫，果罢工闭馆，对外不开。众人哓哓于院中。

是为二日记。

6月13日（农历五月十一）星期四

上午九时许，车至奥斯曼大街。奥斯曼大街者，奥斯曼男爵规划建设之街也。街为奥氏所建，故冠其名。街衢两旁，皆为土黄色楼房，高不过七层。唯第三层独特，前设阳台，并装有黑色雕花护栏，以显富贵之气。顾导云，此乃贵族所居之所也。下两层为商铺，上几层居平民，层级愈高地位愈卑。街旁楼房，皆称奥斯曼式建筑。

奥斯曼大街之所著名，还因其有两大商场：一曰老佛爷百货，一曰春天百货，皆为巴市旗舰店。余向不爱逛商场，勉强进老佛爷。因何谓"老佛爷"？与慈禧有染否？余不得而知，顾导亦未讲。余进此店，不为购物，只欲游览。果见宏伟豪华，气象非凡。高大之拜占庭式彩色穹顶，不亚于大教堂。其商品之丰富，之名贵，世之所罕。他人收获多多，唯余未购一物。我向非需不购，远奢侈品也。

毗邻奥斯曼大街之景点，尚有巴黎歌剧院。至其前，唯观外貌而已，不得入内。外观其貌不扬，极为普通，不足道也。

拜拜歌剧院，即赴埃菲尔铁塔。驶过塞纳河，向右一拐，则至。顾导曰："埃菲尔铁塔以设计师古斯塔夫·埃菲尔之名命名，位于塞纳河左岸之战神广场中。高三百余米，直插云天，为巴市最高地标，从市区各处皆能睹其雄姿。1887 年开建，1889 年功成，历时仅二年又两月，可谓高速矣。建设之初，即大遭非议，贬为最丑建筑。建成之后，仍有愤者建议拆毁。据云，名人如莫泊桑者，竟专至塔之二楼就餐，并曰唯此地不见此塔也。然岁月移易，渐被市民接受，时至今日，已获誉'铁娘子'，成巴黎之骄傲、法国之骄傲，乃至世界之骄傲！每日游客纷至，皆以亲睹为快耳。"

余步入广场，一拐即直面埃菲尔铁塔，巍然屹立如山然。因其镂空透明，并无堵压之感。余上下巡视，跃跃欲登，然团纪所围，又时间所限，故未能如愿。憾乎哉？甚憾也！

塔前道上，行人缕缕，常见黑人青年和吉卜赛姑娘兜售小物什。黑人青年个高而帅，吉卜赛姑娘花枝招展，皆毫无潦倒状。顾导称谓其"小黑人"和"吉卜赛女郎"。并告诫曰："勿与之接近，以免受骗。休看他们衣着时尚，与常人无异，然常干诈骗偷窃勾当，稍有不慎，即会遭殃。切记，切记！"众驴友莫不警戒，惕惕然。然游览下来，并无发生顾导所言之事。

中午，就法餐。一桌四人，每人一瓶红酒，一块牛排，一张肉饼，一碗汤。餐罢上车，直奔瑞士而去。

别矣，巴黎！

由巴黎向东南，多平原之地。平畴沃野，正小麦黄熟之时，一片金海，直达天线，酷似余之故乡耳。然野旷村少，几不见人，又大异于村村相连、鸡犬之声相闻的吾之故乡矣。蓝天白云，广袤麦田，风吹浪起，好一派村野风光，好一派丰收景象，与喧嚣之巴黎迥异，别开生面焉。据云，法国为农业大国，粮食产量几占欧洲一半；睹目前之景，固信弗疑。行途中，亦时见丘陵，其上多树，如戴绿冠然。偶见农舍，皆二层小楼，红顶白墙，散落田间。敝人曾游英伦，彼此相较，似英国多草场，处处牛羊；法国多农田，车行百里，尚未见一牛一羊也。

大巴高歌猛进，麦田一掠而过。左方天际，忽现彩带，上层芒果色，下层赤中含紫。因并非雨后天霁，故知其非虹。似虹而非虹，天之奇象也。众人皆讶异，惊呼不止。多识博见如顾导者，亦弗知其为何象也。

车渐近第戎，已入勃艮第地区，风景为之一变。其鲜明特征，即牛之出现，且皆为白牛。牛身全白，犹似银牛、雪牛。先是一二只，再是三四只，后则成群成阵，为一大景观焉。牛儿或立或卧，悠闲自在，安详优雅，如绅士般。并无牧人呵护，处放养状态。惜乎牛皆处远方丘坡之上，唯可远眺，非能近视，犹观蒙娜丽莎然。顾导曰："勃艮第白牛世界闻名，不仅毛纯容美，如白衣仙子；且肉嫩味鲜，可大快朵颐。"众人皆咂舌不已。

路遇一山脉，瞬息即过，又复平畴，多为葡萄园。勃艮第葡萄酒，亦香飘全球也！

夜宿法瑞边境之法国小镇，俟翌日入瑞焉。

是为三日记。

6月14日（农历五月十二）星期五

进入瑞士疆域，别是一番天地。麦田白牛皆已不见，唯高山峻岭、沟壑峡谷而已；远处可见皑皑雪峰。路随山转，车绕山行，大巴如草蛇，游行于青山绿水之间。罗伯特驾技娴熟，老马识途，行山路如驶平地，得心应手，从容自如，犹行云流水一般，似炫其车术耳。

瑞士虽多山，然无一荒山，山山皆绿，如披绿锦然。谷地山坡上，树林、草场相间。山坡草场上，时见肥牛，然已非白牛，而为黄牛或花牛也。顾导见状，遥指山野，叹曰："吾愿做此山之一牛耳！"

乡间民户，多筑房山坡，由低渐高，层递而上，以至达于峰巅。余不由念及杜牧之诗：远上寒山石径斜，白云生处有人家。异地风景，何其相似乃尔耶？

午至某地，已不记其名，乃瑞士一售表重镇也。各种名表，应有尽有，琳琅满目。余对表了无兴趣，更无购念，当他人豕奔于各表店时，余则悠然店外，独步街衢。街前有一广场，碧草盖地。此地昔为一教堂，因遭火劫而夷为平地，后辟为广场。余惫，坐场边木椅小憩，且观滑降伞飞降。天晴好，风微气清。对面是山，时见一伞自山顶而出，飘荡天空，徐徐下落，终降广场中心。或载一人，或载二人。有时，多伞齐出，纷杂空中，如满天星然。

购表毕，众上车。顾导曰："今日吾团幸甚！某某购五万元表一只，而抽奖得一万八千元表一只，犹一大表又生一小表，一母表又生一子表，母子俱贵，岂非大吉利哉？"众听之，艳羡煞。

大巴朝住宿地开去，今夜将宿高山之旅馆。车盘旋而上，一面峭壁，一面深谷，下视窗外，不无惧感。倘司机稍有不慎，即陷坠落山崖、车毁人亡之灾。车愈上升，心悬愈高，怦怦然，且念佛不已。车终达宿地，心方释然。已是黄昏之时，暮色渐弥山间。

余住之室，前有一大平台，居高临下，可览大片风景。余坐台前，放眼望去，对面是巍巍山岭，岭顶覆雪，淡烟薄云缭绕其间。俯瞰台下，下临一湖，处两山之间。湖水浅蓝，细风微澜，有帆船游轮游弋其上。另有水鸟若干，飞凌湖空，时而抖翅，时而滑翔，时而比翼，时而孤飞，偶鸣几声，响彻湖山。

夕阳未坠，月已升空。月盘虽大，尚不明朗，隐没于云片之后，徘徊于雪峰之巅。上有云空日月，下有湖光山色，宛如立体

266

图画，至美至媚矣！

台周皆树，山高林密，鸟啭于上，虫鸣于下。啾啾唧唧，声声入耳，犹天乐仙籁然。无风树自静，鸟鸣林更幽，似入大化中。

夜帷终降，湖岸亮起灯光，星星点点，如萤光渔火般。

住高山之上，临湖而居，在余尚为首次，其幸无比焉！

是为四日记。

6月15日（农历五月十三）星期六

朝起赴阳台，以观晨景。旭日初露，晨曦方照，天色熹微中，迓来瑞士第一晨。雪峰泛霞，赤白相映；湖水荡漾，波光粼粼；轻烟薄雾，氤氲缭绕；林中之鸟，眠中醒来，似更欢忭，鸣声既高且脆。晨景比之晚景，似更胜一筹。然行程迫睫，不可流连，唯决然而别也。

今将赴阿尔卑斯山，观雪景。夫阿尔卑斯山者，欧洲第一大山脉也，其长千余公里，其最高峰海拔四千余米，峰顶终年积雪，如戴白帽然。其胜景多在瑞士，瑞处其北麓也。

车沿原途盘旋而下，路似九曲回肠，缠山腰带。下山途中，顾导曰："吾前带一团，为南北通透团，南为广西，北为黑龙江。南北各有一家人，皆五六口。南之年长者为一老妪，北之年长者为一老翁。为争前座，两家反目为仇，彼此互撑，不仅詈骂，且大打出手。妪举拐杖击翁脑壳，皮破血出矣。双方争执达数日之久，由法国而瑞士，于车上吵闹不休。后经裁决，以年岁论，翁长妪三日，判其坐前，争执方止。一战持续两国，可谓国际性大战矣。战初即雨，战罢天雾，他客欢曰：'雨过天晴矣！'前车之覆，当为后车之鉴。吾团应和睦相处，情同手足，万不可阋墙耳！"众服膺其言。

导游言罢，车亦驶至山下，然后直奔阿尔卑斯山雪朗峰而去。一路之上，又尽览瑞士乡野风光。草场木屋，黄牛花牛，小溪流水，大峡窄谷，自然之造化，天斧神工。其美只能心领神会，实难口言笔述也。

到达施特歇尔贝格山谷之米伦小镇，乘缆车往雪朗峰巅观景台行去。雪朗峰高近三千米，缆车悠悠，递级而上；凡四级，各级皆设观景平台。余逐台浏览，唯见云海茫茫。达于极顶，伫台四望，尤为壮观。天时阴时晴，日时隐时现。云开日出之时，视野宏阔，可见周边诸峰，如少女峰、莫希峰、僧侣峰、艾格峰等。少女峰为阿尔卑斯山峰之最，高达四千余米，远观亭亭若少女，故得此名，又誉为阿尔卑斯山之"皇后"。惜乎可望而不可即，与其失之交臂。余出观景台，入一山脊踏雪，游人络绎；道狭，仅容一人行和双人交错。雪莹然如玉，然颇滑，踏之栗栗危惧，步步惊心，唯恐猝然摔倒，滚雪球耳。实设有护障，大可不必为安全担忧也。余立雪舒臂，昂首穿苍，跃然欲飞焉。天阴无日时，云天一体，满目皆白，浩瀚渺茫，犹置身洪荒中。嗟夫！古稀之年，登顶阿尔卑斯山，得无豪情入怀哉？

雪朗峰顶设有旋转餐厅，颇宽敞。余执咖啡一杯，点心一碟，一面慢啜细嚼，一面游目观景，犹西客然。饮于九天之上，食在云霄之间，极富浪漫情调，油然而生恬适惬意之感。峰顶且有詹姆斯·邦德体验馆，余匆匆一瞥，无暇细览，印象如雪泥鸿爪，故不深也。

于山顶盘桓半小时许，复乘缆车返回。车厢阔大，挤满百十人。有四五高鼻深目者，相聚喧哗，洋声震天，西方文明尽失矣。厢中多我同胞，皆鸦雀无声，沉静缄默，何谓我炎黄子孙文明不及洋人耶？

缆车徐徐下降，可观两侧风光。余见左侧山上，有瀑布数条。此处瀑布由峰雪融之为水，流泻而成。随势赋形，连贯而下，细长如银丝，朦胧似淡雾。虽不宏壮，然婉约雅丽，若仙女垂袖般。

瑞士多湖，其大者有二，一曰图恩湖，一曰布里恩茨湖。余等乘金色山口列车得览此二湖，确山青水碧，天光云影，景色旖旎。

下午，乘船游卢赛恩湖（又译琉森湖）。环湖皆山也。山如萦带，湖似明镜，山镶镜边，湖为镜面。山色与湖光相映，天鹅与野鸭同游，绿波碧浪，白帆轻舟。坐船巡视，山腰多建筑，有教堂、城堡、别墅、公寓、酒店之属。顾导云，山之别墅多住政要、富豪和文化名人耳。

离卢赛恩东进，途经苏黎世。车绕其郊，远眺之，一河穿城而过。城滨河而建，楼房俨然，绵延十余里。顾导曰："苏黎世为瑞士最大城市，银行荟萃，金融发达，富甲天下。"惜乎与之擦肩而过也。

五时许，车出瑞境，过一河，抵袖珍小国列支敦士登之首都瓦杜兹。此乃一小镇也，似唯有一街，亦不长，其规模不及国内一中等县城。众客下车参观，反觉有趣。一面山上，筑有城堡式王宫。宫前无旗。顾导指之打趣曰："门前不挂旗，国王今日休假去矣。"此日恰值周六。顾导随即带大家去看崖刻"忧伤的狮子"。一崖窟中，卧一石刻之雄狮，半张其口，尾长如鞭，目似闭非闭，神情戚然，深怀忧伤。顾导云，此狮刻寓意似与雇佣军有关。列国虽小，却以邮票名世，极富，为我之邦交国。

出瓦杜兹，见皇家葡萄园。瞬间，进入奥地利。列国处瑞国与奥国之间也。

是为五日记。

6月16日（农历五月十四）星期日

夜宿奥地利边境无名小镇。晨起于阳台前望，仍见雪峰，大约阿尔卑斯山之余脉也。空气清冽而鲜美，稍带寒意。观周边房舍，已与瑞士非同，虽亦木制，然格局有异。此地房屋方大周正，多二三层。二层有游廊，绕以木制围栏，上置花卉，示生活之优雅裕如也。

八时半，离奥赴德；十时多，车抵天鹅堡。天鹅堡者，德奥交界处一古镇也，属德。镇以堡名。镇有二堡，一曰旧堡，一曰新堡。旧堡高踞前山之巅，鹅黄色；新堡建于一峰之腰，银白色。旧高新低，夹道而矗，彼此呼应。顾导曰："新堡为巴伐利亚国王路德维希二世所建。堡内诸物，乃至水龙头之类，皆天鹅造型，极尽奢华，人称梦幻城堡，童话世界。然路德维希二世少年失恋，爱情幻灭，终身未娶，不惑之岁葬身湖中。实乃一大悲剧也。呜呼，哀哉！"

新堡下临一湖，约十余亩，余未知其名。姑且称之曰天鹅湖，大概亦非错。一因其正处天鹅堡下，二因湖中确有数只天鹅与一群绿头鸭。

天鹅或浮游水中，或步上岸来，供人围观。天鹅脑满肠肥，雍容富贵，步履蹒跚，憨态可掬，犹傻绅般。其性情和顺，与人为善，可摸其头，搔其颈，抚其背，吻其口，握其胫，皆非烦非恼，落落大方。观者或饲之以食，或诱之以果。倘无人饵之，则会啄人抢食，人亦不惧。观者兴尽离去，鹅则挺其颈，昂其首，瞪其目，似有依依不舍之意。待游人离去，其孤苦伶仃，怅然若失，则现可怜巴巴之相，似垂泪焉。

天鹅天性在飞，展翅云天，英姿勃发，一翔千里，何其豪壮耳。然其现已臃肿肥硕，慵懒怠惰，本能尽失，毫无鸿鹄之志暨飞翔之力矣，且靠乞食于人维生。幸耶？悲耶？

有戏者对天鹅骤喊一声，不见反应。顾导曰："此为德国天鹅，非懂汉语，须操德语方可与其交流耳。"

别天鹅堡，复入奥地利，午后四时达其重镇因斯布鲁克。因斯布鲁克为奥五大城市之一，实不过一镇耳。其居阿尔卑斯山谷之中，十三世纪肇建，尽显中世纪古貌。其长街如线，两侧夹道之楼房，多为哥特风格。沿街前行，可览凯旋门——圣母玛利亚柱——黄金屋顶诸景观。黄金屋顶位长街终点，金光闪闪，灿然入目。其右侧山脚下，有圣雅各布大教堂。入其内一瞥，只觉宏伟而已。

莱茵河穿城而过。车沿岸而行，驶至某处，顾导指之，曰："此乃茜茜钓鱼，钩住弗朗茨衣襟之处也。"随即，其便滔滔于茜茜公主之趣闻逸事，且多以爱称"茜茜"谓之。言时，眉飞神扬，艳羡之情形之于色，溢于言表。可见，爱美之心，人皆有之耳。

顾导曰："茜茜出身贵族，系巴伐利亚公爵之次女也。本名伊丽莎白，昵称茜茜。茜茜貌美如花，腰细似柳，倾国倾城，沉鱼落雁。唯生有一口黄牙，然百俊遮一丑，无伤其美也。茜茜擅骑术，喜狩猎，爱自由与玫瑰，曾言'自由和真理高于一切！'。茜茜开朗活泼，纯真无邪，宛若天使，人皆爱之。"

顾导曰："茜茜十六岁与奥地利皇帝暨表兄弗朗茨结婚。二人属自由恋爱，伉俪情深。然茜茜不爱宫廷生活，视之为'黄金鸟笼'；蔑视宫廷礼仪，常有不规之举，故不得婆母暨姨母暨奥地利皇太后苏菲之宠，对其百般压抑拘束。茜茜不满苏菲专制，愤而反抗，且终获胜利。"

顾导曰："茜茜身为奥地利皇后，识大体，顾大局，颇具政

271

治眼光。其力劝弗朗茨大赦匈牙利罪犯，并与匈国结盟，建成强大之奥匈帝国，己亦为匈国女王也。调和奥匈关系，建设和谐社会，茜茜功莫大焉！茜茜于匈牙利所受拥戴，远胜于奥地利。茜茜似与匈国安德拉希伯爵有一段情缘，然发乎情而止于礼仪。"

顾导曰："茜茜晚年，与弗朗茨疏离，别多聚少，且身患忧郁症。1898年9月10日，茜茜于日内瓦遇暴徒锥刺身亡，年六十岁。呜呼！一代仙后，从兹香消玉殒矣！悲夫！"

一路之上，顾导满口"茜茜"，正如茜茜满口黄牙然。言及茜茜之死，其满面悲戚，神情惨淡，唏嘘不已也。

大巴越过阿尔卑斯山，驶至意大利境内，顿觉豁然开朗。此乃意国北部地区，山岳潜形，田野骤现。纵目远眺，皆黄熟之麦田与翠绿之玉米地，彼此相间。气候温热，寒意尽消。此地景象，颇类我国之华北大平原，余蓦生回归故乡之感矣。

噫嘻！

是为六日记。

6月17日（农历五月十五）星期一

睡眼惺忪之际，忽闻"咕咕"之声。咕咕——咕咕——咕咕——，一声紧似一声。此为何声耶？噫！顿悟，乃布谷鸟啼也。

余生鲁北农村，少时于故乡，即常闻布谷鸣叫。其叫多在农历五月，麦子将熟之时，故乡人拟其声曰："麦子秀熟！麦子秀熟！"布谷鸣声清脆悦耳，预兆麦收将至，农人皆喜闻乐听之。布谷又名杜鹃，中国古诗词中，多有杜鹃啼血之类描写。异域听布谷啼声，如闻乡音，倍感亲切也。

今日目标威尼斯。途中看《茜茜公主》电影，内容与顾导所讲大同小异，唯结尾于威尼斯，而非日内瓦之死。威尼斯，茜茜公主光临之地也。

顾导曰："意大利三面环海，地形狭长，犹一条臂膊，威尼斯正位其腋窝处。威尼斯者，世界著名之海城、岛城、水城、商城也；其因水而生，因水而兴，因水而美，因水而名，被誉为'亚得里亚海之明珠'。威市已有一千五百余年历史，早年为避阿提拉统率之匈奴军侵害填海而建。威尼斯为世界商业文明之起点，凭贩卖海盐获取首桶金。商人爱财，唯利是图，莎士比亚名剧《威尼斯商人》中之夏洛克即为典型代表。受威尼斯商人影响，意国人亦多爱财。爱财并非坏事，须获之以道也。"

九时半，乘船进入黄金水道，开启威尼斯之游。威市之黄金水道，犹巴黎之香榭丽舍大道、北京之长安街也。两旁皆古老建筑，三四层楼房，墙皮斑驳，甚至脱落，似现破败景象，然竟不予以修缮。缺资耶？故存耶？顾导未讲，不得而知。

游罢黄金水道，即登陆参观。首观叹息桥。叹息桥一侧是高等法院，一侧是牢狱，死刑犯必经之地也。死犯身经此桥时，念及他生未卜此生休，不免叹息一声，故曰叹息桥。此乃趋死之桥，升天之桥，悲伤之桥。余于英伦之牛津及剑桥，皆曾得见叹息桥。威市之叹息桥，似一短廊，乃巴洛克风格之密封石拱桥，唯两侧各有二小窗以观外界。桥临运河之上，常有贡多拉小舟自桥下荡过。顾导曰："据传，早年曾有一男性死犯，乃一青年。判刑后路经此桥，凭小窗下望，恰见一双男女拥抱亲吻于桥下贡多拉上；细觑女者，竟己之情人也。其愤怒至极，触窗而亡，血溅满窗，尸横窗下。后人竟化悲作喜，称情侣得于此桥下乘舟接吻而过，则必天长地久矣。"

叹息桥毗邻圣马可广场。圣马可广场既是威市之地理中心，亦为其政治、宗教、活动之中心。入其内，可瞻圣马可教堂、圣马可钟楼。广场呈长方形，南北狭而东西长，周边围以楼房。拿破仑誉其为"欧洲最美之客厅"。广场内游人熙熙，且下有群鸽信步，上有群鸥飞翔。圣马可教堂位广场东侧。相传公元九世纪，有威尼斯商贾二人，自埃及窃得耶稣圣徒马可之遗骸归，随起教堂，并葬马可于教堂中。故教堂以马可名，广场以马可名，钟楼亦以马可名也。

出圣马可广场，复乘船游水巷。船已非游轮，而系轻舟，即名贡多拉之小船者也。威市有小岛百余，水道近二百，小桥四百多，可谓河道纵横，密如蛛网。贡多拉两头尖翘，形如月牙，身涂浓彩，既轻捷又雅观，实乃游水巷之利器也。坐居其上，一舟仅容四五人；船工摇橹，欸乃而出，穿桥过巷，如入仙境也。

游罢水巷，赋小诗一首。曰：

天连碧水水连天，威市城里波潋滟。
水巷纵横密如网，轻舟摇过万门前。

下午三时半许，复乘大巴赴比萨古城。顾导曰："意国有两'萨'，一曰比萨，一曰披萨。比萨非披萨，披萨亦非比萨也。我们将参观比萨而非披萨。披萨者何？意式肉饼也。比萨者何？意之古城也。二萨非一萨，此萨非彼萨。一萨可食，一萨唯观，毋混也！"众笑应之。

离威尼斯而去，别情依依。一路之上，又见金浪翻动之麦田和碧波荡漾之玉米地，及成片之葡萄园。平畴沃野，衬以白垣红顶之民房，典型之乡野风光，余为之陶醉。薄暮时分，方抵比萨，暮色微光之中，匆忙赶赴比萨斜塔，一睹为快哉。

比萨斜塔位奇迹广场右侧，与洗礼堂、圣若望教堂构成宗教建筑群。三者并列，几为一体。教堂居中，洗礼堂与比萨斜塔为其两翼。斜塔本为教堂之钟楼，体呈圆形，计八层，高五十余米，向前微倾，斜而不倒。据传，比萨出生之科学家伽利略，曾于塔上做自由落体实验也。

奇迹广场碧草如茵，有肤色若南亚人者，相伴玩其上。场边即残破古城墙，渐没夜色中。

是为七日记。

6月18日（农历五月十六）星期二

意游之第二站，为佛罗伦萨。佛罗伦萨者，文艺复兴之发祥地也，意为"百花之城"。中文又译翡冷翠。佛罗伦萨四面环山，坐盆地之中，亚诺河拥波而过。佛罗伦萨现居民四十万，华族即有十万余，比率约四分之一也。

大巴首至米开朗琪罗广场，有大卫雕像立其上，乃赝品也。此地为丘顶，居高临下，鸟瞰可览佛城全貌。阖城皆深红楼顶，阳光下艳若一片赤火。其远观而鹤立鸡群者，乃圣母百花大教堂也。

顾导曰："佛城有文艺复兴三杰，即达·芬奇、米开朗琪罗、拉斐尔也。还有文豪但丁、薄伽丘。尊其为世界艺术之都，名副其实也。我国之风流才子徐氏志摩，亦曾涉足此地，且留下诗文若干。据云，译名翡冷翠，即得之其诗《翡冷翠的一夜》。善哉！"

大巴辗转入城，下车徒步参观。顾导前引，众尾随而行，穿街过巷，犹游蛇然。途经一处，顾指一小楼曰："此乃但丁之故居也。"游客如流水，唯走马观花而已，瞬间即过，不容流连。

至圣母百花大教堂。顾导告曰："世界有三大顶级教堂，一为梵蒂冈圣彼得教堂，二为伦敦圣保罗教堂，其三即此圣母百花大教堂也。圣彼得明日得览，圣保罗远在英伦，不在游程之内。三大教堂得览其二，可矣。"

圣母百花大教堂与洗礼堂、钟塔相依为命，构成庞大宗教建筑群。入教堂内，导游更为意籍华人，四十余岁男子，居意已十六七载；顾导谓其为好友，已莫逆多年。观此教堂，胜景仍在穹顶。穹顶高五十米，上绘巨幅天顶画《最后的审判》（又译《末日审判》）。因太高，须折项仰视，余颈僵弗能，故作罢。游至某处，导游指壁上某画云，此画背匿一名画，后经针探发现。故由此得一格言：只要寻找，就会发现！

薄暮，车将出城，路遇一白色人物雕像。顾导指之曰："此乃但丁雕像，一副苦相也。"视之，确然。"但丁因何而苦？苦于写作也。"顾导遂讲一但丁轶事，曰："一日，但丁赴宴，他客皆得大鱼，唯其小鱼数条而已。其无动声色，将小鱼逐一拿起，置于耳边伴听，然后放回原盘。主人见之讶异，问以何故。答云：'我有一友，亡后海葬，不晓其尸沉之海底否？故询之小鱼。小鱼皆曰：'请问同桌大鱼。'主人听之，大笑不已，遂更以大鱼矣！'但丁不仅忧郁，且亦幽默也。"

佛罗伦萨为但丁故乡，其生于斯，长于斯，然并非故于斯。

是为八日记。

6月19日（农历五月十七）星期三

俗谚云：条条大路通罗马。今日将游罗马也。九时由宿处出发，已是赤日炎炎。意国属地中海气候，其气温几与北京同。

途中多见一种树，名曰蘑菇树；又名蘑菇松，因其皆松树。树为乔木，一条主干，上分权成二三支干，挺起半球状树冠，形似蘑菇，故称蘑菇树。树冠皆人工修剪而成，既雅观，又遮阴，便于树下纳凉。此树于他国皆未见，唯意国独有，且较普遍，昨晚于佛罗伦萨城郊已见之。

途中车上，顾导又开讲。曰："罗马者，意大利国都也。其建城于七座山丘之上，故又称七丘之城。罗马城为古罗马之发祥地，已历经二千七百余年沧桑。其极具文化内蕴，地地古迹，处处历史，抓土一把即文物，世称'露天历史博物馆'。据传，公元前八世纪，有两孪生兄弟，一名罗慕卢斯，一名雷穆斯，为罗马王努米托雷之公主西尔维娅与战神马尔斯所生。婴时，遭外公之胞弟阿姆利奥戕害，双双被抛入台伯河中，幸遇母狼救之，哺育成活，后由猎人抚养长大。两兄弟长大后，杀死篡位之阿姆利奥，迎外公复王位。外公赐七丘之地，命二人建新城。工竣，然兄弟阋墙，兄杀弟死，独霸新城，且以己名名之，故曰罗马。狼为罗马人之图腾，迄今，'母狼乳婴'仍为罗马市徽耳。"

至罗马，首览梵蒂冈。梵蒂冈者，袖珍小国，位罗马城内，乃国中之国也。然教皇踞其中，辖十六亿教民，神权之大，为世界之最。经门廊而入其国，豁然而见圣彼得广场，与之毗邻的是圣彼得大教堂。余入教堂中，确觉其宏伟豪华，更胜于圣保罗和圣母百花大教堂。堂高一百三十八米，穹顶，堂皇富丽。顾导曰："教堂愈高，离上帝愈近！"堂中艺术品，无不无价之宝，灿然生辉，令人目眩神迷，若刘姥姥之入大观园然。至米开朗琪罗《圣母恋子》雕塑前，见圣母玛利亚手托圣子耶稣之遗体于双膝之上，满面凄伤，低首垂目，欲哭无泪，形象栩栩如生。此雕乃名世杰作，亦为教堂镇馆之宝也。至忏悔厅前，顾导曰："教堂虽圣地，然仍有窃贼在。窃者窃前祈祷，窃后忏悔，忏悔后复窃，复窃后再忏悔，如此循环不已也。"有油画一幅，曰《说谎》，颇耐人寻味，诫人诚实也。

出梵蒂冈，又历览圣天使堡、纳沃纳广场、万神殿诸景点。圣天使堡紧临台伯河，本为皇家之陵园，后曾成军事要塞，乃至监狱，现辟为国家博物馆。有罗马最美之桥圣天使桥以通外界。憾乎只得外览，未能入内。纳沃纳广场得以尽览，教堂、方尖碑、喷泉三位一体，有"罗马最美广场"之称。场内喷泉有三处，即四河喷泉、海神喷泉与摩尔人喷泉。四河喷泉尤著名，居广场核心，上有四人体雕塑，下有四喷泉出口，水喷溅而出，莹亮如银液。何谓四河喷泉？象征非洲之尼罗河、亚洲之恒河、欧洲之多瑙河、美洲之普拉特河四河也。方尖碑矗四河喷泉之上，顶端有口衔橄榄枝之雕鸽，寓意世界和平。教堂名圣阿涅塞教堂，位于广场之西侧。万神殿毗邻纳沃纳广场，徒步五分钟即到，观之倥偬，未遑细览也。

另外，还途经拿破仑办公楼及其母住房、总理府、上下议院诸地，唯流目一睹而已。

傍晚，至古罗马斗兽场，时游客极少，周边沉静寂寥。余观其外貌，如早前所见图片然。亦未能入内。其侧有古罗马废墟，只见墟坑内断壁残垣、孤柱败墩、碎石烂砖，一片狼藉。然其于夕阳之下，闪耀着历史的辉煌。噫嘻！历史化入废墟中，废墟展现着古罗马历史，其废态残状，更具历史美！沧桑美！沉重美！……

是为九日记。

6月20日（农历五月十八）星期四

沿海而行，长途奔袭米兰。途经五渔村，下车一览。五渔村属拉斯佩齐亚省，滨热那亚湾，居悬崖之上，由五小村组成，入世界文化遗产名录。步山径攀登，至峰腰，临崖可观沧海矣。余极目前眺，蓝天白云之下，唯见碧水浩渺，一片汪洋，远接天际。立山临崖而观沧海，在余亦尚属首次，且在异国，别有一番情趣耳。

午后抵米兰，先观米兰大教堂，后览圣西罗球场。大教堂坐落于教堂广场之上，哥特式建筑，历时五百载方建成，米市之地标也。余等至时，大门紧闭，已不开放，只得徘徊门前，瞻其门楼耳。广场北侧，有拱廊长街；穿廊而过，即斯卡拉广场；广场中央，立达·芬奇全身雕像。只见达·芬奇戴圆帽，留长髯，着长袍，双臂交错于胸前，作抄手状；其头微垂，目光深沉，闪放艺术之光。观其雕像，既伟大，又平凡，乃一慈祥敦厚之老翁也。

至圣西罗球场，又值一黄昏。该球场位米兰市郊，为意甲球队 AC 米兰和国际米兰的共用球场，于意大利乃至世界上，皆负有盛名。然薄明中观其外貌，则觉极为平常，无特别吸眼球之处，故览兴索然，马马虎虎一瞥而已。

至此，游程已毕，"翔龙万里行"基本落下帷幕。十日来，行色匆匆，马不停蹄，驴友皆已精疲神倦。众心思归，不复恋栈矣。皆以为，游以十日为限，多则怠，则厌，失其初心。

欧游虽云乐，时长思归家。嗟夫！

是为十日记。

尾　声

航机由米兰飞巴库，启返程。午后五时抵巴库，七时半复飞北京，正夕阳西下。余有幸又得坐舷窗旁，近水楼台。凭窗而望，正见乌云飞渡，夕阳时隐时现，明灭不已。噫！夕阳镶金边于乌云，黑黄分明，绵延数里，极为亮丽。

夕阳始为橘黄，复为白炽。夕阳下，又见白云缭乱。日落西方，几与日出东方同。时而一日独秀，并无彩霞相伴；时而日霞相映，艳光满天。

夕阳渐降，其色愈赤，如红纱之灯、熟透之柿然。终成一条红线，复为一赤点，隐没于云霄间。夕阳已坠，霞光仍存，若一抹红晕。待霞光全逝，即瞑色万里，一片漆黑，且不见星月焉。

众人已睡，然余尚醒。伴眠中，思绪蹁跹，且多为意识流。古贤云：读万卷书，行万里路。余参此团欧游，亲历六国，大有裨益，实不虚此行也。见前所未见，闻前所未闻，眼界大开，视通万里，乃晚年一大幸事也。顾导曰："欧洲代表近代文明，如秋；美洲代表现代文明，如夏；亚洲代表当代文明，如春。"吾信其言。欧洲处处百年老楼，一复旧貌，既昭示昔日辉煌，亦彰显今日滞后，似不及亚洲之蓬勃也。过去书本所得，游中多有印证，绝知此事须躬行也。欧游多国，同胞随处可见，足证中国经济已发达也；倘温饱未达，亦能作万里游乎？罗伯特临别举大拇赞曰："你们为最美最好之旅游团也！"国人旅游文明大增，信誉大增，人气大增，威望大增，岂可妄自菲薄哉？

四时半许，思止目睁，舒目窗外，天已微明。俯瞰下界，茫茫旷野，未见一丝灯火。余臆测，大约已飞至蒙古国，或仍在俄之西伯利亚。

天愈来愈明，天际由淡青变橘红。少焉，旭日喷薄而出，渐升高空。天已大亮，成白昼。

晨六时，阳光灿烂，白云平铺，飞机盘旋于北京上空。马达已歇，轰声不再。不久，即降落首都国际机场。

西欧六国游，圆满结束矣。

后　记

乍寒乍暖的时节，我收获了一件重大的喜事——我之散文集《月照小黑河》，行将由作家出版社出版。幸甚至哉！

我一生大约经历了三个阶段，亦可谓人生三部曲，即：读书、教书、写书。二十四岁前主要是读书；此后至退休前，主要是教书；退休后至今，乃至将来，则主要是写书。当然这三者之间，并非泾渭分明，画地为牢，读书期间也写过书；教书期间也读书和写书；退休后则是读书和写书，而读书也主要是为了写书了。写书成了我晚年的第一要务，荦荦大端。

我读书百千卷，博览广猎，但主要读的是文学方面的典籍；我教书几十载，只教过文学方面的课；著作三四百万字，也都是写的文学方面的书。文学伴我终生，自弱冠至古稀，春秋移易，风雨兼程，七十多年来，可说是唯文学马首是瞻，唯文学之命是从。

文学，啊，文学，多么美好的辞藻，多么美好的事业！我能与之结缘一辈子，与有幸焉，与有荣焉。

文学的天空，是广阔的！仰望文学的天空，无际无涯，浩浩汤汤，包罗万有，郁郁苍苍，何其壮伟！

文学的天空，是璀璨的！仰望文学的天空，虹霓飞彩，云霞流光，群星闪耀，日月辉映，何其绚烂！

文学的天空，是自由的！仰望文学的天空，莺歌燕舞，鱼游云翔，山欢水笑，狮鸣猿唱，何其狂放！

我骑着文学之骏马，驰骋在文学的天空中，挥文学之笔，著文学之书。人生之乐，莫过于此矣！

我一生所写之书，可分两大类，一为学术著作，一为文学创作。文学创作中，主要是小说，其次是散文。小说已撰二百余万字;散文所写仅三十多万言，现选出五十篇，集成《月照小黑河》，由作家出版社出版。

《月照小黑河》内容也分两大部分。一部分是本土风情，主要写的是内蒙古，特别是呼和浩特;再一部分是域外游记，有英、法、瑞士、意大利等国。无论本土还是域外，基本上都是写景抒情之文，夸大点说，就是美文。

所谓美文，即意象美、意境美、意蕴美、文字美的至美散文。我喜欢山川草木、天光云影、风花雪月、鸟兽虫鱼……——大自然的造化之美；也喜欢亭台轩榭、小桥轻舟、粉墙青瓦、高楼大厦……——巧夺天工的创造之美。我爱客观世界之美，亦爱精神世界之美。我喜美，爱美，钟情美，勠力将"美"浓缩进我的散文中，酿造出美轮美奂的美文。

但愿我的《月照小黑河》，能成为广大喜欢美文者的精神美餐！

二〇二一年五月

图书在版编目（CIP）数据

月照小黑河 / 陶长坤著 .—北京：作家出版社，2021.11
ISBN 978-7-5212-1391-1

Ⅰ.①月…　Ⅱ.①陶…　Ⅲ.①散文集－中国－当代
Ⅳ.① I267

中国版本图书馆 CIP 数据核字（2021）第 062513 号

月照小黑河

作　　者：陶长坤
策划编辑：乔永真
责任编辑：翟婧婧
装帧设计：周思陶
出版发行：作家出版社有限公司
社　　址：北京农展馆南里 10 号　　　邮　　编：100125
电话传真：86-10-65067186（发行中心及邮购部）
　　　　　86-10-65004079（总编室）
E-mail:zuojia @ zuojia.net.cn
http://www.zuojiachubanshe.com
印　　刷：三河市北燕印装有限公司
成品尺寸：152×230
字　　数：217 千
印　　张：18.75
版　　次：2021 年 11 月第 1 版
印　　次：2021 年 11 月第 1 次印刷
ISBN 978-7-5212-1391-1
定　　价：45.00 元